龙与渡鸦

[英]G. A. 亨蒂——著

邢 玮——译

古吴轩出版社

图书在版编目（CIP）数据

龙与渡鸦 /（英）G.A.亨蒂著；邢玮译. ——苏州：古吴轩出版社，2021.7（2023.3重印）
（世界少年经典文学书屋）
ISBN 978-7-5546-1770-0

Ⅰ.①龙… Ⅱ.①G… ②邢… Ⅲ.①儿童小说－长篇小说－英国－现代 Ⅳ.①I561.84

中国版本图书馆CIP数据核字(2021)第126855号

责任编辑：李 倩
见习编辑：闫毓燕
策　　划：沈 鹏
封面设计：张易凡

书　　名：龙与渡鸦
著　　者：［英］G.A.亨蒂
译　　者：邢 玮
出版发行：古吴轩出版社
　　　　　地址：苏州市八达街118号苏州新闻大厦30F
　　　　　电话：0512-65233679　　邮编：215123
印　　刷：无锡市证券印刷有限公司
开　　本：880×1240　1/32
印　　张：10.25
字　　数：192千字
版　　次：2021年7月第1版
印　　次：2023年3月第2次印刷
书　　号：ISBN 978-7-5546-1770-0
定　　价：49.80元

如有印装质量问题，请与售后联系：0512-87662766

致所有在征途上披荆斩棘的少年！

G. A. 亨蒂

序 言

亲爱的朋友：

生活在和平年代的你，恐怕很难想象阿尔弗雷德大帝的时代。在那个时代，野蛮的维京人在英格兰横行无忌，他们烧杀抢掠、无恶不作。

你可以设想一下，在那持续了半个世纪的希波战争[①]期间，倘若没有斯巴达人在温泉关的浴血奋战，没有希腊联军的同仇敌忾，会是怎样一个结局？光荣的希腊公民将沦为波斯帝国的阶下囚，等待他们的将是大屠杀和无尽的折磨。在维京人手底下生活的撒克逊人，过的就是这种苦日子。

多亏了英明神武、深谋远虑的阿尔弗雷德大帝，撒克逊人才摆脱了这段屈辱的历史。他身上有太多伟大的品质，如博学、睿智、勇猛、稳重和虔诚等。这样的人，纵观英

---

① 希波战争：公元前499年至公元前449年，波斯帝国与希腊城邦爆发了一系列战争，统称"希波战争"。战争以希腊获胜、波斯战败而结束。希腊城邦国家和制度得以幸存下来，而波斯帝国却从此一蹶不振。这次战争对东西方经济与文化产生了深远的影响。

格兰历史，也找不出第二个。他爱民如子，对手下败将也常怀仁慈之心。不论是战争期间还是和平时期，他都称得上伟大。没有他，就没有今天的英国，但在他的时代究竟发生过哪些事，很少有孩子可以详细地讲出来，多数人只能模糊地说个大概。学校的历史课对阿尔弗雷德大帝统治下的事件一笔带过，他有那么多丰功伟绩，但孩子们最熟悉的却是他烤煳饼子的逸事。

  我写这本书，就是想弥补这一缺憾。好在我们有《盎格鲁-撒克逊编年史》，阿尔弗雷德大帝的经历也都经他的顾问兼好友亚瑟流传了下来。威塞克斯王国当初是如何被维京人打败的？从威塞克斯到整个英格兰，撒克逊人是如何一步步逼退侵略者的？这中间又有哪些重要的战事和历史事件？我们都可以从信史中找到答案，我写作本书也正是忠于这些记载。阿邦神父是巴黎保卫战的亲历者，他对此有详细记录，我写巴黎保卫战，多是参考他的文字。

你的老朋友
G. A. 亨蒂

目 录

背井离乡 ·········· 001

凯斯蒂文之战 ·········· 017

克罗兰大屠杀 ·········· 033

威塞克斯大危机 ·········· 053

三角阵形 ·········· 071

撒克逊城堡 ·········· 087

飞龙号 ·········· 103

出航 ·········· 119

阶下囚 ·········· 137

决斗 ……… 153

阿塞尔纳岛 ……… 171

古斯鲁姆投降 ……… 189

巴黎保卫战 ……… 201

奇袭 ……… 219

患难见真情 ……… 235

弗蕾达 ……… 251

长途追击 ……… 271

重逢 ……… 289

团圆 ……… 301

第一章　背井离乡

　　一座小山的顶部有一间茅屋，屋顶简单地铺了些灯心草。小山上长满了灌木，一条蜿蜒的小路从中穿过，尽头正是茅屋所在的小片空地。小山的坡很陡，从茅屋出发，走二十码①左右，就看不到树了，目之所及尽是芦苇和灯心草，土地也变得湿软了。再往前走，就会在灯心草丛中发现好些个水塘。小路最终消失在了一片沼泽里，路虽然被水淹没了，但路两旁的灯心草还在，向远处望去，依旧可以看出小路延伸的方向。几条河流缓缓流经此处，水量充沛时，沼泽会变成湖泊，到那时候，小山就成了小岛。
　　望向开阔的水面，除了水边的苍鹭和从水面上掠过的大群野禽外，看不到其他生命的迹象。观察敏锐的人站在

---

① 本书常用的长度单位：1 码等于 0.9144 米；1 英里等于 1609 米；1 英尺等于 30.48 厘米；1 英寸等于 2.54 厘米。

龙与渡鸦

高处,倒有可能发现袅袅升起的炊烟。不过,要想找到高处也不容易,因为低处土壤潮湿,植被比高处长得高,整片沼泽看上去并没有高低起伏的变化。一眼望去,映入眼帘的,除了个别矮树,尽是灯心草。

茅屋门口站着一位十四岁上下的小伙子,穿着一件无袖短袍,腰间系着一条皮带。他的胳膊和腿都露在外面,头上也没戴东西,头发随意地散落在肩上。小伙子倚在墙边,手握一把短矛,身旁放着一张弓和一壶箭。他望了望太阳——已经落到地平线以下了。

"父亲还没回来。"他说,"我觉得他和埃格伯特应该不至于遇上什么危险。他跟我说需要三四天的工夫,最晚今天回来,今天已经是第四天了。一个人待在这也太无聊了。沃夫,我的老伙计,你也这么想,对不对?你恐怕比我还难受,整天窝在这座小山上,跑都跑不开。"

沃夫是一条威风的猎狼犬。茅屋内生了一堆火,沃夫就趴在旁边,脑袋耷在爪子上。它听到主人的呼唤后,抬起了头,"嗷"了一声,表示赞同。这个地方确实不讨沃夫的喜欢。

"别担心,老伙计。"小伙子继续说道,"我们不会在这待太久的。我们离开这里后,你就可以跟我一块去森林打猎。我们可以追捕野狼,一直追到你满意为止。"沃夫

第一章 背井离乡

慵懒地摇了摇尾巴。

"时间不早了,沃夫,我该出发了。我不觉得会有外人来。不过,保险起见,你还是留在这看家吧。"

沃夫站了起来,甩了甩身子,跟着主人一路往前走,一直走到沼泽地前。小伙子蹚进水中,继续往前走,沃夫见状,低吠一声,就往回走了。它走到门前,趴了下来。小伙子沿着水路,往前蹚了三四十码。紧接着,他拨开了身旁的灯心草,拉出了藏在里面的科拉科尔小船。船体是用柳条编成的,制作手法和编篮子手法类似。柳条外裹了一层未经鞣制的兽皮,有毛的一侧朝内。小船呈椭圆形,整体外貌就像一个大盆,长 4.5 英尺,宽 3.5 英尺。船内有一支手柄很长的船桨。他上了船,站在船中央,划起了桨。

船向前航行了一百码,到了一片相对开阔的水域:大概有半英里长,四五百码宽。水鸟并没有把船当回事,船快到身边了,才慢悠悠地飞走。

小伙子将船划到了水域的尽头,前方是一条小河,水流很缓——几乎看不出水在流动。小河的尽头是另一片水域。河口处漂着几捆浅色的灯心草。他将其一一拽出水面,每一捆灯心草都系着绳子,绳子被拽出来以后,系在另一头的笼子也跟着浮出水面。笼子的构造与如今诱捕鳗鱼或龙虾的笼子类似,里面的诱饵是一些鱼片。他从笼子里取出了十来尾鳗鱼和许多其他品种的鱼。

"收获不小啊!"他一边自言自语,一边将笼子放了下去,"接下来去围栏看看。"

小伙子再次划动船桨,不一会儿,就到了一条狭窄的水道前,水道两边仍旧生长着灯心草。船沿着水道向前航行,水道越来越窄,两边的灯心草越挨越近。他只能下船往前走,水深过膝,水底是湿软的淤泥。水道尽头,两边的灯心草只有一英尺之隔。灯心草都弯向水面,不清楚门道的人到了这,会以为草本身就是这样生长的。但仔细一观察,就会发现,在水面以上几英尺的位置,水道左右的草被绑在了一起,这就相当于一条灯心草隧道。

再往前两英尺,就不再是灯心草了,取而代之的是柳条,左右间隔一两英寸,顶部依旧被绑在一起。这一套装置相当于由灯心草和柳条组成的吊门,野禽从外面轻轻一碰,门就会打开,但只要一进去,门就会关上,更何况柳条隧道的尽头还连着一个倒扣的篮子,保准让那贪吃的飞鸟有进无回。

陷阱附近的水面漂着些谷粒,这是他前一晚撒下的诱饵。他从草丛绕路走到了围栏的位置。

"好家伙!三只鸭子,今天可真走运!"

第一章　背井离乡

小伙子把柳条拨到了一旁，将鸭子一只一只地取了出来，折断了脖子，而后将鸭头别在了腰间。回到船上后，他又在水面撒了几把谷粒，水道口撒得稀，围栏入口处撒得密，接着他便原路返回了。

船桨在水中几乎没发出什么声响，但还是逃不过沃夫的耳朵。当小伙子踏上陆地时，沃夫已经在沼泽旁摇着尾巴，煞有介事地等着他了。

"沃夫，瞧！你看我逮到了什么，十多条鳗鱼，十多条其他的鱼，还有三只鸭子。今晚你有骨头啃了，骨头虽然不能填饱肚子，但总能给你的晚饭添点滋味。来，我们把火烧旺，我一会还得把鸭子的毛拔了。我敢打包票，父亲和埃格伯特今晚回来肯定饿得要命。对了，我还得烤饼，这一两个小时可有得忙了。"

此时，太阳已经下山了。小伙子抱了一堆干柴，扔进了火堆，火苗一下子蹿了起来，屋子也跟着变得暖和了不少。接着，他开始准备晚饭，他把三只鸭子的毛拔干净后，放到了一旁，后面就差用火熏烤了。等他做好黑麦饼后，又将饼放进了泛红的灰烬里。忙完这一切，他挨着沃夫躺了下来。

"沃夫，别看了。你再怎么看那些鸭子，也没用。他们不回来，我是不会烤的。我中午吃饭还剩了半只呢。"

半小时后，本来平静趴着的沃夫突然起身，耳朵竖了起来，头也转向了门外。沃夫轻吠一声，尾巴在地上摇得很欢。

"老伙计，你听到他们的声音了？"小伙子说着站了起来，"我的耳朵要是和你一样敏锐就好了。有你那样的耳朵，我就不用担心睡着后被抓走咯。走，老伙计，我们去迎接他们吧！"

沃夫老早就听到了动静，而小伙子走到沼泽岸边，等了好几分钟，才隐约听到些声响。之后又过了约莫一两分钟，他看到两个人蹚水走了过来。

"父亲，欢迎回家！"小伙子大喊道，"我刚才还在担心呢，第四天眼看着就要结束了。"

"埃德蒙，我可没说过几点回来。"父亲边说边上了岸，"不过，我也没想到会回来得这么晚。沼泽地情况复杂，我和埃格伯特迷了路，要不是运气好，遇到一位钓鱼的老兄给我们指路，今晚恐怕都回不来了。你有东西吃吗？我们俩从凌晨开始，一口食物都没吃过，饿得要命。"

"父亲，您放心，管饱！不过您得等等，饭还没做熟。你们没回来，我动火做饭也没用，但火很旺，要不了多久，饭就可以做好。您此行如何，有什么新消息吗？"

"埃德蒙，我带回来的恐怕不是什么好消息。维京人

第一章　背井离乡

的援军正在源源不断地从麦西亚王国赶来，几乎每一天都有维京人赶到赛特福德。要不了多久，东盎格利亚王国恐怕就会重蹈诺森布里亚王国[1]的覆辙，落入维京人的魔爪。我们要是不抓紧时间，整个英格兰都会成为维京人的囊中物。想当年，我们的祖先征服了英格兰，如今怕是轮到维京人来征服这片土地了[2]。"

"太丢人了！"埃德蒙叹道，"我们的祖先击败了英格兰的土著居民。如今，我们撒克逊人要是被维京人打倒了，岂不是太不光彩了？"

"儿子，五年前，维京人攻占了诺森布里亚王国，民众惨遭洗劫，苦不堪言。现在，他们又要打东盎格利亚王国的主意。维京人已经在河流沿岸建立了落脚点，囤着大批兵力。我们沦为逃亡者，正是因为我们的领地靠近河岸。这仅仅是个开端，他们要是继续大量涌入，东盎格利亚王国早晚会沦陷的。我本希望大家可以团结起来反抗侵略者。但我现在看清了，我们的国王懒惰、畏战，是不会反抗的，更别提联合手下的贵族和首领一致对外了。等他反应过来，

---

[1] 公元5世纪到9世纪，居住在英格兰的盎格鲁-撒克逊非正式部落联盟由七大王国组成，分别是肯特、苏塞克斯（南撒克逊）、威塞克斯（西撒克逊）、埃塞克斯（东撒克逊）、诺森布里亚、东盎格利亚和麦西亚。这七个王国组成的非正式部落联盟成为后来英格兰王国的雏形。
[2] 公元5世纪，盎格鲁-撒克逊人在不列颠岛上由南部向中部入侵，建立王国。

黄花菜都凉了。麦西亚王国也有大批维京人涌入，多亏了威塞克斯出兵，麦西亚国王才能退敌。但这只是一时的，我料想他们要不了多久，就会卷土重来。"

"父亲，撒克逊人各自为战，真是太可惜了。要是所有的撒克逊人都能团结起来，听从一面旗帜的引领，我们对抗维京人、守卫英格兰，自然绰绰有余。他们也不可能在英格兰获得任何立足之地。"

"没错！"父亲说道，"维京人能在我们这立稳脚跟，就是因为撒克逊诸王国不和。如今，威塞克斯是我们唯一的希望。不久前，麦西亚国王迎娶了威塞克斯的公主；威塞克斯国王的弟弟，也就是王储阿尔弗雷德王子，最近也娶了一位麦西亚的王室成员。威塞克斯王室深知维京人是英格兰诸国的共同威胁。东盎格利亚和麦西亚两国要是能跟威塞克斯一致对外，或许可以阻止维京人侵略的脚步，将维京人从英格兰的海岸赶走。不过，我暂时看不出大家有任何联合抗敌的意愿，我们继续在这里耗下去，也毫无意义。明天我们就一路向北，赶往林肯郡的克罗兰修道院，我的弟弟、你的叔叔西奥多在那里担任院长。修道院比较安全，我们可以在那等待时机。家乡的民众要是觉醒了，我们自然会回去为家园而战。大家要还是无动于衷，我们也只能离开了，因为这样的东盎格利亚，迟早会被维京人

鲸吞蚕食掉的。事情要是真的恶化到了那种地步,我可以为威塞克斯国王效劳,我会求他赐予我土地与职务的。"

他们谈话时,埃格伯特在一旁烤鳗鱼和鸭子。埃德蒙的父亲名为埃尔德雷德,是西诺福克郡的郡长。维京人从麦西亚方向进军,西诺福克郡首当其冲,没多久就沦陷了。其间,埃尔德雷德率部顽强抵抗,让侵略者吃了不少苦头,但在大批敌人的疯狂进攻下,他的队伍还是被冲散了。他为了避难,带儿子和埃格伯特躲进了低地沼泽。刚开始,他还指望不久的未来,大家能勠力同心,击退维京人。但两个月过去了,他也看清了形势,东盎格利亚人犹如一盘散沙,根本联合不起来。他只能痛下决心,离开这是非之地。

"父亲,财宝还是继续埋在这里吗?"埃德蒙问道。

"对,"父亲答道,"我们现在也没法把财宝运出去,等我们后面有需要了,可以随时回来取。不过,我们走之前要把箱子挖出来,取几件像样的衣物和饰品。金银器皿等其他物件,倒是可以继续藏在这。"

金银器皿似乎跟九世纪随处可见的原始生活方式不符,但撒克逊文明确实是混合式的。撒克逊人的生活方式相当原始。他们的房屋,除了宗教建筑和大贵族的住所外,大都简单到了极致,但他们却拥有华丽的服饰以及金银打造的多种物件,如器皿、臂环、项链等。各类床具,他们

第一章 背井离乡

也应有尽有，但用的炊具却是最简陋的。屋内的地上也只是随意地铺了些灯心草。

罗马人统治英格兰时期，引入了罗马文明。撒克逊人征服英格兰时，与这一远超自己的先进文明发生了碰撞，他们采纳、吸收了不少罗马人的先进做法。

罗马的神职人员和修道士带来了罗马文明的先进做法，撒克逊人与他们接触后，学习、借鉴了许多。教会地位极高，拥有大量的财富和土地；主教和修道院院长等神职人员，除精神生活上的话语权以外，在世俗事务上也有相当大的权力，他们的建议甚至可以左右王国政策的走向。

不过可悲的是，知识在这一时代却处于最低谷。宏伟壮观的修道院常常举办盛大庄严的仪式，神职人员的祭服也华丽非常，但即便在修道院内，知识的境况也并未改善。有一次，阿尔弗雷德王子想学习拉丁语，但找遍威塞克斯，也找不出合适的老师。由于缺乏指引，他的学习被耽误了很久。等到登上国王宝座时，他很可能是全英格兰除修道院以外，唯一能流利读写拉丁文的人。

"父亲，"吃完晚饭后，埃德蒙说道，"现在看来，我们能否守护英格兰、和维京人抗衡，唯有仰仗威塞克斯人了。您能给我多讲讲他们的事吗？这位阿尔弗雷德王子，我以前就听您提过，您对他赞赏有加。我没记错的话，他应该是国王的弟弟,既然如此,他为何不去肯特做国王呢?肯特王国虽附属于威塞克斯王国,但一直都是由王储直接管辖的。"

"你没说错,规矩确实是这样的,但现在局势混乱——特殊时期用特殊手段——就由国王统一管辖两国了。他们的父亲——老国王埃塞尔沃夫算不上合格的国王。相比王室,老国王更适合为教堂服务。小王子阿尔弗雷德是老国王最宠爱的儿子,他小时候就被老国王送往罗马学习。855年,老国王亲自去罗马朝圣,浩浩荡荡地带了许多随从,其中就有爱子阿尔弗雷德,途中还经过了法兰克王国。要知道,小王子阿尔弗雷德正是在罗马变得好学、博学且出众的——他的许多观念都远超本国人的眼界。他们远行前,王后去世了。教皇盛情接待了老国王,老国王则为教皇献上了重礼,包括一顶四磅重的黄金皇冠、十个纯金的盘子、一把镶金的宝剑以及两座黄金雕像等珍宝。除教皇外,从主教到一般的神职人员,再到罗马的显贵,老国王也送了不少礼物,不是金的,就是银的。据说,罗马人见到老国王的礼物后,目瞪口呆,因为在他们的印象中,老国王是从蛮荒之地来的。回去的路上,老国王迎娶了法兰克国王的女儿朱迪丝。这是桩愚蠢的婚事,老国王年纪很大,而朱迪丝还只是个小姑娘。

第一章 背井离乡

"大王子埃塞尔巴德在父王出访期间,担任摄政王。他得知婚讯后,非常生气,并决心造反。老国王结婚后将朱迪丝封为王后,这与威塞克斯的传统相悖,也正因为如此,大王子得到了国人的支持。不过,老国王回国后,父子相见,又谈拢了,他们决定将王国一分为二。王国的主体威塞克斯归大王子,附属国肯特归老国王。没过几个月,老国王就去世了,肯特王国的继承者是二王子埃塞尔伯特。次年,大王子迎娶了他的继母朱迪丝,举国哗然。又过了一年,大王子去世,二王子将威塞克斯并入了自己的管辖范围。自此,他的领地包括威塞克斯、肯特、萨里、苏塞克斯四地。但二王子没坐几天王位,就去世了,随后便由三王子埃塞尔雷德继位。去年,小王子阿尔弗雷德迎娶了埃尔斯维塔。王妃的父亲是埃塞雷德·穆奇伯爵,封地在林肯郡的盖尼,王妃的母亲则有麦西亚王室血统。

"他们成婚没多久,维京人就从麦西亚北境大批涌入。威塞克斯国王看到麦西亚信使送来的信后,立即发兵,和麦西亚人合力反击。维京人后来退守到了诺丁汉的城池内,坚守不出。城池虽然被围,但由于其非常坚固,很难攻入,局势就这样僵持了下来。眼看着冬天就要来了,民兵服役期也要满了,交战双方因此达成协议,维京人可以安然无恙地出城,但要撤到亨伯河以北。维京人按约定撤走后,威塞克斯军队就回国了。

"这就是如今的形势,维京人不可能老实太久,要不了多久,他们就会再次大举入侵,他们的战船也会再次侵扰我们的海岸。届时,撒克逊男儿,凡是拿得动武器的,都要挺身而出,为家园和信仰而战。埃德蒙,你母亲的死和你妹妹夭折的事,我们都很伤心,但我现在觉得她们走了,反而是一种解脱。敌人来了,我们男人可以在沼泽地或森林里过逃亡生活,但这对娇弱的女性而言,太煎熬了。男人没了牵绊,孑然一身,反而可以全心全意地投入保家卫国的事业上来。你现在还没到上战场的年龄,不过,你年龄也没差多少,要不了多久,就可以堂堂正正地为国战斗。我之前不遗余力地传授你武艺,你也学了不少本事。如今,要你和凶狠的维京人一对一决斗,确实还缺乏力气,但有我和埃格伯特在你左右并肩作战,你上战场应该不成问题。我最近想了很多,我觉得撒克逊人将英格兰土著当作奴隶使唤,或许是件坏事。"

"父亲,您为何会这样讲?总不能人人都自由平等吧?"埃德蒙吃惊地问道。

"这在你看来肯定很奇怪。有的人生下来就是做统治者的,有的人生下来就是劳作的命,这似乎天经地义。不过,你有没有想过,倘若我们一开始就废除了农奴制,倘

第一章　背井离乡

若两个民族融合得非常紧密，那么，这片土地上能打仗的人就多得多了，我们如今跟维京人作战也不会如此被动。要知道，我们这里奴隶的数量足足是自由民的三倍。"

"但奴隶都非常懦弱，"埃德蒙说道，"根本不是打仗的料，我们祖先征服这里的时候，他们都没怎么抵抗过。"

"但是，很久以前，他们并不缺乏勇气。他们跟罗马人作战时，士气不比我们祖先差。后来，他们在罗马人的枷锁下生活了数百年，没机会作战，很多优秀的品质也跟着流失掉了。罗马人走后，剩下的土著不堪一击，我们的祖先没费什么力气，就打了胜仗。谁能料到，我们撒克逊人也会有被侵略的一天，我们的祖先要是想到了今天，恐怕就不会将自己和土著分得那么清了。相反，他们很可能赋予土著公民的权利。这样一来，两族肯定会有通婚，随着时间的推移，两族人民自然会融为一体。如此一来，我们今天就可以一起对抗维京人了。如今，奴隶占我们人口的一大半，但他们既冷漠又懦弱，对战事毫不关心。不过，说来也对，维京人和撒克逊人，谁做主人，对他们而言又有什么区别呢？战事并不涉及他们的利益，他们本身就一无所有，也不指望得到什么，谁做主人都是一样的。"

埃德蒙听后默然不语。他从未想过世界可以没有奴隶，人人可以自由平等地生活。不过，他向来敬重父亲。在东盎格利亚王国的贵族里面，父亲是出了名的智者。父亲关于奴隶的论述听起来既新奇又古怪，但里面确实有他的道理。不过，埃德蒙还是想不通。

半个世纪以前①，北美南部种植园主的儿子，听到同一番话，或许会有类似的反应。在埃德蒙看来，有奴隶再正常不过了。有的奴隶能获得自由身，是因为服侍主人到位，深受主人喜爱，这类情况，他完全能理解，但将所有的奴隶都解放掉，太不可思议了。父亲和埃格伯特进入梦乡后，他还是睡不着，满脑袋都在继续思考这个问题。

---

① 此处指19世纪60年代以前，美国的奴隶制未被废除的时期。

第二章　凯斯蒂文之战

第二天一大早，三人就忙活起来了。他们钻进了茅屋附近的灌木丛，挖出了大宝箱，取了几件得体的衣物。埃尔德雷郡长穿了件白色短袍，底端是一条宽宽的紫色带子；披了件绿披风，用黄金胸针系在颈部；另外，还戴了一条项链以及数个手镯，都是黄金制成的；帽子和鞋子倒是非常简单，只戴了顶鸭舌帽，穿了双凉鞋。埃德蒙穿了件绿色短袍，披了件深红色披风。埃格伯特穿的是黄短袍和绿披风。从衣服颜色可以看出，撒克逊人非常喜欢亮色。

三人的腰带上都别着匕首，剑鞘是镀银的。郡长和埃格伯特提着短宽刃剑，埃德蒙则拿着野猪长矛。埃格伯特还取了些碎银子，装进了腰间的荷包。三人将宝箱藏好后，埃德蒙将弓箭搬上了船。三人远行，用的不是埃德蒙捕鱼的那条小船，而是埃尔德雷德郡长跟埃格伯特回来所乘的船，这条船要大上不少，也更为坚固。三人和猎狼犬都上了船，郡长和埃格伯特各拿一支长篙撑船，不一会儿，小船就没影了。

八小时后，小船到了诺里奇，维京人还没打到这。三人买了必需品后，继续向克罗兰进发。途中，他们特意绕了个大圈，好避开赛特福德的维京人。国土的大部分地区都是茂密的森林，野猪和野鹿可以自在行动，无须担心人类的惊扰。有的地方还有野狼出没。他们一行人歇脚的地方，多是修道院。当时，修道院可以免费为行人提供住所，行人有需要或想体验修道院的氛围，均可入住。一路上，他们遇到的修道士都意识到了维京人的野心，并为此忧心不已，因为维京人每攻打一处，都会破坏当地的修道院，修道士也会惨遭屠戮。

埃尔德雷德郡长不论走到哪里，都广受当地群众的欢迎和尊重，大家都知道他是一位智勇双全的贵族。他对时局的看法，大家也很愿意听。路上遇到的修道士一律表示，只要有需要，他们愿意拿起武器，和侵略者作战。去年秋天，麦西亚和威塞克斯国民能做到的事，他们也能做到。埃尔德雷德一行人抵达克罗兰后，受到了热烈欢迎。

"哥哥，你在赛特福德附近英勇抗击维京人的事迹，我都听说了。"西奥多院长说道，"我得知你的队伍被冲散

第二章 凯斯蒂文之战

后，非常担心。"

"我一直在避风头，等待时机。"埃尔德雷德说道，"我的领地已经被维京人攻陷了，单凭自己的力量，我无法跟他们抗衡。这一段时间，我本希望大家可以联合起来，共同抗敌。奈何东盎格利亚人太愚蠢，只要维京人没动静，他们就不会采取任何行动。他们如此麻木，早晚会后悔的。维京人可没老老实实地待着，他们这是在积蓄力量，一旦发难，就会像河水决堤一般，一发不可收拾。弟弟，老实讲，我觉得东盎格利亚单靠自己，已经走不出困境了。要想破局，唯有仰仗威塞克斯和肯特。有了它们的帮助，阻击和赶走维京人，或许还有希望。你的修道院也不安全，从亨伯河过来并不远，要知道，大批维京人就是从亨伯河进来的。"

"这里确实有风险，但低地沼泽的人也不少，并且个个都英勇顽强，维京人要是敢来，肯定讨不到好。我希望你能留在这，领导他们，这样，维京人即使来了，一时半会儿也攻不进来。运气好的话，我们或许可以将他们长期拒之门外。"

接下来的几周非常平静。埃德蒙多数时间都在打猎，通常都是他的表兄埃格伯特陪他。埃格伯特个子很高、身体很壮，平日里寡言少语，说起话来，语速也很慢，大家称他为"沉默者埃格伯特"。他对自己的同族埃尔德雷德父子非常忠心。他将自己视作埃德蒙的守护者——就是他教埃德蒙如何使用兵器的。埃德蒙猎杀野猪时,他都会跟着。受伤的野猪会变得极度暴躁,疯狂进攻。他站在埃德蒙身旁,好随时接应。有好几次,要不是他提剑解围,野猪早就撞上埃德蒙了。要知道,一个人被野猪撞上,可不是闹着玩的,就算侥幸不死,也会受重伤。

埃德蒙也会去低地沼泽捕猎。有时,他会用渔网在水流缓慢的地方捕鱼;有时,他会在船上铺许多草,好让船看上去像一堆漂着的灯心草,等船漂到野禽附近,他再拉弓射箭,他用这一招抓到了不少肥美的野鸭子。他还利用陷阱和套索捕捉小鸟,有时也会在树枝上粘一些粘鸟胶。埃尔德雷德很少陪儿子打猎,他整日忙着跟修道院院长商量防守对策,根本抽不出空。他还组建了一支信使队伍,这样,一旦有情况,信使就可以立即出去送信,召集低地沼泽的渔民保卫修道院。

公元870年9月18日,有信使赶到修道院,说有要事向修道院院长禀告。此时,院长正在和哥哥密谈,听有信使来,就赶紧传见了。

"我是阿尔格郡长派来的。"信使说道,"大批维京人从亨伯河上岸后,打到了林赛。富庶的巴德奈修道院已经

第二章 凯斯蒂文之战

被洗劫一空,房屋也被烧毁了。阿尔格郡长正在召集沼泽地带的民众,共同御敌。他希望您能施以援手。他若是被打败了,要不了多久,维京人就会打到这。"

"你这么跟郡长回复,"院长说道,"这里的庶务修士和修道士,凡是拿得动武器的,都会在庶务修士托利的率领下,去跟他并肩作战。托利在麦西亚对抗维京人的事迹,郡长想必也略有耳闻。我的哥哥埃尔德雷德,也就是我身边这位,会率领附近的民众一并赶过去。两支队伍加在一起,估计有近四百人。他们明天就动身,去跟郡长会合。"

院长又派人召集周边民众,要求次日上午在克罗兰集合。第二天天一亮,大家就陆续赶来了。有的提着剑;有的将平日里砍灯心草的镰刀绑在了长杆上;有的则将铁片固定在了船桨上,好当长矛使唤。他们装备简陋,有点杂牌军的意思,但他们都是铁骨铮铮的好汉。并且,平日里辛勤的劳作早已练就了他们不凡的耐力,这样一批人上战场,绝不会胆怯。埃尔德雷德看到众人的状态后,非常满意。大多数人都带了盾牌,由柳条编成,盾牌外套了一层兽皮。修道院的武器库装备齐全,手上没有兵器的人,都领到了剑或斧。这群人并没有什么纪律意识,但他们都有赴死的觉悟:要么战胜敌人,要么战死沙场。这也是他们神情坚定、情绪高涨的原因。在埃尔德雷德的带领下,大部队出发了，托利则带着修道院的八十名修道士，紧随其后。

这群修道士身强体壮、充满活力，是一支可靠的队伍。他们很清楚，维京人对他们不会有丝毫怜悯之心。并且，在修道士眼中，维京人作为侵略者，既是信仰上的敌人，又是家乡的破坏者，他们和维京人作战，必定会不遗余力。傍晚，他们跟阿尔格郡长会合时，已经有不少人先他们一步到了，这些人是从沼泽地区的其他地方赶来的。

维京人尚未离开巴德奈。鉴于此，阿尔格郡长决定先等个一两天再出兵，这样也好等一等路途遥远的民众。

果不其然，第三天又来了许多人，大多是从大大小小的修道院赶来的。大家见到增援部队后，士气高涨了许多。首领除了阿尔格、埃尔德雷德两人外，还有三人，分别是莫卡、奥斯格以及哈丁。他们穿梭于人群之间，鼓舞士气，并告诫大家不要被维京人凶狠的外表吓倒了。他们反复强调，作战时一定要保持阵形，面对敌人的冲锋，也不能后退半步。

埃德蒙待在人群里，觉得好不热闹。他平日里在父亲领地见过的都是有固定居所的人，沼泽地区的民众看上去完全是另一回事。大家在营地里做的事情也五花八门。有几个人在一边弹竖琴，一边高声歌颂祖先的英勇事迹，旁

第二章 凯斯蒂文之战

边围了许多听众。他们还以歌唱的形式痛斥维京人的残酷暴行,大家听后都非常愤慨。神父们则在布道,好激发大家的虔诚之心和爱国情怀,他们身边也围了不少人。也有不少人在为上战场做准备,磨枪的,固定盾牌把手的,调整弓箭的……都有。营地里生了很多堆火,大家围坐在篝火边,其中不乏唱歌的人,即使站在远处,也可以听到阵阵嘹亮的歌声。在人群边上的僻静处,可以看到有些人在忏悔,希望自己的罪孽能够得到宽恕。

次日凌晨,探子回来了。他见维京人离开营地,向沼泽地区进发后,急忙赶回来送信。

阿尔格郡长集结全部人马,带队出击。部队行军时分成了好几个部分,每部分都有各自的首领。部队行至凯斯蒂文附近,两军相遇,双方看距离近了,不约而同地停下了脚步,恢复阵形。撒克逊部队的中部由郡长指挥。克罗兰修道院的修道士以及周边沼泽地的民众属于中部部队,埃尔德雷德自然也在其中,埃德蒙则站在父亲与埃格伯特之间。

这是埃德蒙头一次见维京人。他不禁想,再勇敢的人见到这样的敌人,恐怕也会哆嗦。维京人手拿巨盾,从头到脚都被盾挡住了。盾牌是用木头和树皮做成的,有的表面蒙着一层皮革,有的则有凸起的皮革装饰。维京首领的盾牌更加醒目，表面镀着金属，非金即银。这些盾牌大得出奇，维京人若是在海战中吃了亏，为防止自己落入敌人手中，可携盾跳海，以盾为舟。维京人战死了，别人抬他去墓地，所用的担架正是他生前使用的盾牌。他们面对撒克逊人站好后，将盾牌连成了一堵墙，密不透风，箭根本射不进去。

维京人都戴着头盔，普通战士的是皮的，首领的则是铁的或铜的，其中身着铠甲的也不在少数。每人都配有一把战斧、一张弓以及一壶箭。至于刀剑，每个人要么拿着刀，要么拿着剑。其中，有的拿着短弯刀，有的拿着长剑，这些长剑要两只手才能挥动。他们长发及肩，大多数人的络腮胡都刮干净了，但八字胡留得很长。

维京人大多身材高大、身体灵活、肌肉发达，但撒克逊人也不遑多让。维京人的肤色很深，跟后来的吉卜赛人类似，撒克逊历史学家一度称其为"黑皮肤的野蛮人"。撒克逊人则肤色白皙，两个民族肤色差异很大。不过，维京人里也有不少斯堪的纳维亚人，这些人的肤色和撒克逊人一样白。

维京人率先发起了进攻，前排的战士大声喊杀，一手拿着刀剑，一手拿着盾牌，将兵器撞得砰砰作响；后排的则拉弓射箭，射向了对面，撒克逊人也立马射箭回击。随

第二章　凯斯蒂文之战

后，维京人大吼着冲向了撒克逊人，不一会儿，两军短兵相接。撒克逊人见敌人冲过来后，并没有乱了阵脚，而是和敌人展开殊死搏斗。撒克逊首领之间也暗自较着劲，专挑维京首领决斗，好拔得头筹。

阿尔格郡长将用剑的放在了前排，用战矛的放在了后排。前排战士用剑和维京人厮杀时，维京人一旦举盾保护头部，下半身便没了防护，后排战士就会用战矛突刺，不少维京人死在了这一战法之下。面对凶猛的维京人，埃德蒙若是用剑直接和其交手，几无胜算。因此，他站在了父亲和表兄身后，他们和敌人厮杀时，敌人一旦露出破绽，他就会用战矛攻击。撒克逊人士气高昂，维京人拼命进攻，也撕不开撒克逊人的防线。修道士的战斗力也不容小觑，许多凶悍的维京人都倒在了他们的刀下。

撒克逊人能如此顽强地抵抗，是维京人万万没有想到的。久攻不下，维京人的军心都跟着动摇了。阿尔格郡长趁势发号施令，命大家转守为攻，逼退敌军。弓箭手拉弓射箭，箭矢如雨点般落向敌方阵营。在撒克逊人的猛攻下，维京人开始撤退。此时，维京人已经折了三位王以及多位头目，他们越撤越乱，撒克逊人则愈战愈勇。维京人知道此战无望后，队伍也跟着溃散了，纷纷扭头向后方营地逃去。撒克逊人见状，士气更为高涨，一路掩杀，又杀了许多。不过，维京人进攻前，向来有加强营地防御工事的传统，此次也不例外。他们撤回营地后，阿尔格也跟着撤兵了。他觉得贸然进军不妥，等到第二天再从长计议，方是上策。

夜里，撒克逊人在营地大摆庆功宴，突然，探子来报，有大批维京人取道亨伯河，前来增援，大家听后顿时没了兴致。消息一点不错，前来增援的维京首领，王这一等级的便有古斯鲁姆、伯格赛格、奥斯基塔尔、哈夫登、阿蒙德五人，伯爵也有五位，分别是弗雷纳、兴沃、胡巴以及西德罗兄弟，他们带着部下从约克郡浩浩荡荡地赶来。

敌人得到增援后，撒克逊人大为震惊。阿尔格等首领给部下鼓劲，称后面肯定可以继续打胜仗，但收效甚微。天亮以后，营地的战士少了一大半，这些人都是连夜逃走的，多半是逃回沼泽地区，或往保险一些的要塞去了。

首领们聚在一起，商量对策。敌人在人数上拥有绝对优势，他们几乎看不到希望。尽管如此，阿尔格称自己宁愿战死，也决不临阵脱逃。

"我们要是跑了，"他说道，"要不了多久，东盎格利亚王国就是维京人说了算了。相反，我们要是留在这继续战斗，就是战死了，也能告诉世人，几位勇士就足以让侵略者付出代价。东盎格利亚人在我们的感召下，必定会继

第二章 凯斯蒂文之战

续反抗。我们若是运气好,胜了,维京人的威名就会一败涂地。到时候,全英格兰都会奋起抗击。"

首领们听后,决定留下来和阿尔格并肩战斗,要么战胜对手,要么战死沙场。随后,埃尔德雷德将埃德蒙拉到一旁。

"儿子,你昨天在战场上表现得不错。但今天,你无论如何都得走了。我们基本没有获胜的可能,凡是决心参战的,想必都有必死的觉悟。我们家族的血脉不能断,你只要能活着离开,我就是战死了,也不会绝望,因为我知道总有一天,你会找维京人算账,为我报仇雪恨。你听好了,双方一旦再次交战,你要和战场保持距离,一旦形势不妙,就立马离开。埃格伯特非常忠诚,倘若我们战到最后一刻,败局已定,我会让他杀出重围,设法与你会合。他会陪你一同去威塞克斯,将你引荐给国王。至于我,你就不用管了。我会一直战斗到生命最后一刻。阿尔格等诸位首领都是这样想的,我埃尔德雷德自然也不能例外。"

埃德蒙听后非常感动。在那个年代,父亲的权威不容置疑,提出异议、反对父亲的事,他想都不会想。

上午,维京人为死去的王举行葬礼。撒克逊人这边,众人的神情平静而又坚定。大家领完午餐后,便着手准备战斗。阿尔格挑了一处高地排兵布阵。部队分为三块,首领托利和莫卡负责右翼部队，奥斯格和哈丁负责左翼，他跟埃尔德雷德则负责中部。

左右两翼的人数，都在五百人左右。阿尔格负责的中部由两百位精挑细选的精兵组成，是后备力量，阵位比两翼靠后些。两翼任何一方有难，中部都会立刻搭救。撒克逊人用盾牌连成了坚固的防线，犹如铁桶一般。

维京军队拥有绝对的人数优势，他们在四位王以及八位伯爵的带领下，杀气腾腾地扑过来。此外，他们营地里还有两位王以及四位伯爵看家。他们来时带了大量俘虏，多是妇女儿童，都关在营地。

约克郡赶来的维京援军，多是骑兵。面对骑兵的凶猛攻势，撒克逊人手握战矛，铸成了锋利的防线。骑兵冲锋数次，损失惨重，还是无法破防，只得撤退。紧接着，维京人用弓箭手和投石机进攻，箭矢和石头密密麻麻地射向了对面。撒克逊人见状，快速俯身，躲在了盾牌后面，并没有多少伤亡。拉锯战持续了一整天，维京人一再进攻，就是突破不了撒克逊人的防线，他们试图用刀和剑砍掉战矛的矛头，也未能得手。维京首领见识到对手的顽强后，知道破防无望，就下令佯装撤退，好诱敌露出马脚。

撒克逊人看到维京人撤退，欢呼雀跃，坚固的阵形不攻自破，大家都你争我赶，前去追敌了。诸位首领让众人

第二章　凯斯蒂文之战

留在原地,不要自乱阵脚,但怎么喊也劝不住。大家在这高地上守了太久,早就待不住了。如今,他们看维京人撤退后,都觉得自己彻底击溃了对手。广阔的平地上,撒克逊人肆意追击维京人,突然之间,大批之前屡屡冲锋却无法冲破撒克逊防线的维京骑兵向撒克逊人冲来。原来他们撤退后,一直在战场的不远处等待时机。原本的维京步兵也跟着气势汹汹地杀了回来。

撒克逊人被回马枪杀了个措手不及,根本无法做出任何抵抗。维京骑兵左劈右砍,步兵则挥舞着刀剑和斧子,四处补刀,给负伤的撒克逊人致命一击。就在刚刚,撒克逊人凭借这支部队,令维京人久攻不下。谁能想到,短短几分钟后,他们就死伤惨重,就差全军覆没了。跑得快的,倒是活下来了几个,他们抛掉武器、奋力奔跑,才成功逃脱。阿尔格、埃尔德雷德等首领身边聚拢的小批人也还活着。大部队失控,疯狂追击敌人时,他们带着这支小队伍,登上了一块土墩。

维京人将土墩团团围住,攻打了好一阵,也没攻下。土墩边上,维京人的尸体堆了一圈。不过,在维京人的连续猛攻下,撒克逊人逐渐撑不住了。尽管如此,他们直到生命的最后一刻,都在英勇战斗。

埃德蒙躲在附近,目睹了这悲壮的一幕。维京人围住土墩上最后的抵抗者后,他一想到父亲有性命之虞,就万分焦急,眼泪也不自觉地流了下来。他看不清具体的打斗场景,但他能模糊地看到些刀光剑影,这说明双方还在激烈搏斗。埃德蒙一直躲在附近,跪坐着观察战斗,但他最后还是站了起来。

猎狼犬沃夫一直趴在埃德蒙身旁,陪他共同观战,它时不时会发出几声愤怒又压抑的低吼。"走吧,老伙计。"埃德蒙说道,"父亲最后的话,我不能不听。走吧。"

埃德蒙动身前望了眼土墩。很明显,双方的战斗已基本结束,他基本听不到交战的动静。突然,人群有了异样,一个人影杀出重围,跑了出来,并且在全力向他奔来,人影后面还跟了好几个维京追兵。距离太远,埃德蒙看得不真切,但这高大的人影,多半是埃格伯特。不过,埃德蒙可没时间验证,他拔腿就跑,这个时候,自然是跑得越远越好,沃夫也跟着一路狂奔。埃德蒙从小就勤于锻炼,再加上这些人跟他有近四分之一英里的距离,他有自信不被追上。不过,保险起见,他还是拼了命地跑,不敢托大。

他一边跑,一边回头看身后的情况。一开始,维京追兵似乎要追上人影了,他们之间的距离越来越小,但人影丢掉武器、盾牌等负重后,他们的距离又拉大了。随后,人影一直保持着优势。距战场三英里处,有一大片树林,

第二章　凯斯蒂文之战

埃德蒙跑进树林后,发现逃亡的撒克逊人和自己的距离并未缩短。维京人看怎么也追不上,便不再追了。既然如此,埃德蒙也没必要跑了。他停下脚步,等身后的逃亡者。他现在可以打包票,这就是埃格伯特。

几分钟后,埃德蒙可以清楚地看到埃格伯特。埃格伯特的步子慢了许多,他伤得不轻,身上好几处都在流血。他之前能跑那么快,完全是凭借意志,如今没了追兵,光是走路都很勉强。两人相遇后,他一声不吭地扑进了埃德蒙的怀里,痛哭流涕,宽阔的肩膀也因情绪激动而不断颤抖。沃夫走到了埃格伯特身旁,哀号了一声,然后就趴到他身旁,将头靠在了他的肩膀上。

第三章　克罗兰大屠杀

埃德蒙伤心地哭了好一阵，他很清楚，埃格伯特如此悲痛，肯定是因为父亲战死了。他稍微平复了下心情，跟埃格伯特说道："我勇敢的埃格伯特，看你这样，我不用问，也知道父亲战死了。请坐起来吧！你的血流得厉害，我得赶紧给你包扎。你得有力气，才能继续赶路。到了明天凌晨，这片区域恐怕到处都是维京人，我们必须抓紧时间，继续往森林深处走。"

"嗯，"埃格伯特坐了起来，"我不能光顾着悲痛，忘了我的使命。我失血过多，身体非常虚弱，幸好他们不追了，他们再追一会儿，我就撑不住了。"埃格伯特说话的时候，埃德蒙从自己衣服上撕下了几块碎布，好替他包扎伤口。"埃德蒙，你没猜错，你父亲的确战死了，但他死得光荣——直到生命的最后一刻，他都在英勇作战。他杀死了许多维京人,那些人的尸体在他身边围了有一圈之多。我们战斗到最后,只剩下你父亲、阿尔格、托利和我四人。我们背靠背,继续抵抗,又杀了不少维京人。接着,托利跟阿尔格接连倒下。维京人越围越紧,我们二人依旧顽强抵抗。直到你父亲膝盖负伤,他才大声喊道:'你快撤,保护好我儿子。'我使出全身力气,冲向了维京人,就如野猪冲向猎犬一般。他们没料到我会这么做,还没来得及反应,就被我用战斧杀出了一条血路。我能突围,完全是个奇迹。我拔腿开跑的那一刻,就把盾牌和头盔扔了——我身上有十来处伤,都在淌血,为了保存体力,身上的东西自然越少越好。不一会儿,我就看到你了,你也在跑。要是我们的距离缩小了,我肯定会转向引走敌人,但我看你跑得很快,绝不会被后面的人追上,就直接跟在你身后了。我跑到后面,双腿发软,我知道我跑不动了,好在我一回头,他们也不追了。这场战斗,除过几个脚底抹油、逃之夭夭的毛头小子外,剩下的都英勇战死了,而我却逃了出来,这让我悲痛万分。你父亲下了死命令,我只得照办,但上帝可以作证,我更愿意和他们一起战死沙场。"

"埃格伯特,你这么做,全都是因为我。"埃德蒙边说边擦干了眼泪,"如今,整个王国都危机四伏,没了你的保护,我真不知该如何是好。"

第三章 克罗兰大屠杀

"我就是想到你的安危,"埃格伯特说道,"才有力气突围的。我现在稍微有点劲了,能走动了,我们继续往森林深处走好了。今晚,我们要找个地方好好睡一觉。我睡一会儿,体力应该能恢复不少。明天一大早,我们得抓紧时间,赶回克罗兰找你叔叔,看看他有什么建议。之后,我们要回一趟小茅屋,把方便携带的宝物一律带走。再后面,我们就该去威塞克斯了。今天的战斗打消了我的幻想,我现在认清了,东盎格利亚是无力抵抗维京人的。这并不是说东盎格利亚的战士不行,最近两日交战,我敢说,每倒下一个东盎格利亚人,就会有四个维京人陪葬……对了,埃德蒙,你有吃的吗?我今天消耗太大,没晚饭吃就太惨了。"

"我袋子里有几块饼,是我早上做的,还有一只阉鸡,是克罗兰的修道士送给我的。我跑的时候,差点就把袋子扔了。"

"埃德蒙,幸好你没扔,这也是我的运气。我们要是能找到水就好了。"

他们往森林深处走去。天色渐暗,路越来越不好走了。好在一小时后,他们找到了一条小溪。在溪边生好火后,他们就坐下吃饭了,两人都饿得要命,但还是给沃夫分了些吃的。饭毕,他们就躺下睡觉了。埃格伯特经过长时间的战斗，早已精疲力竭，很快就睡着了。埃德蒙则久久不能入睡，一直在哭。他在埃格伯特面前强撑了很久，但此刻夜深人静，他想到父亲的死，再也控制不住泪水了。

第二天上午，二人动身前往克罗兰。撒克逊人在凯斯蒂文战败的消息已经传到了修道院，克罗兰的空气里都弥漫着恐慌。埃德蒙到修道院见到叔叔后，将父亲战死以及撒克逊部队全军覆没的噩耗讲了出来。

"埃德蒙，你来之前，我就收到情报了，但听你一说，我才知道真实情况要惨烈得多。我英勇的哥哥战死了，那么多勇敢的战士也跟着他一块去了，我为此感到悲痛至极。今天晚上，最迟明天，侵略者就会打到这。他们所到之处都会变成废墟，克罗兰自然也难逃厄运。你跟埃格伯特必须赶在他们来之前走掉，走得越远越好。你有想过去哪吗？"

"我们打算去找威塞克斯王国的国王。"埃德蒙说道，"这是父亲决定的。现在看来，东盎格利亚怕是没什么希望了。"

"这可能是最好的选择。"

"叔叔，您呢？您总不能坐以待毙吧？维京人或许会放过普通民众，但他们可从未对神父和修道士心慈手软过。"

第三章　克罗兰大屠杀

"埃德蒙，我绝对不会走。阿尔格郡长和我的哥哥埃尔德雷德带着他们的部下英勇就义，从未想过临阵脱逃，是因为他们属于战场，而我则属于这儿。修道士中有一些体弱的老人，跑都跑不动，更别提去沼泽地过逃亡生活了，还有些在此处避难的孩童，他们就是跑了，也是活受罪，有我在这，还能陪陪他们。维京人再残忍，也不至于对老人和孩子痛下杀手吧，但他们要是真的斩尽杀绝，也没办法，老天自有安排。年轻一些的修道士会带上修道院的圣物，到低地沼泽避难。圣古斯拉克留下的鞭子和诗篇、珍贵的宝石、重要的历史文献、信徒赠予修道院的珍贵礼物，他们都会一并带走。"

修道士们一边哭，一边收拾行囊，准备出发，埃德蒙和埃格伯特也帮着他们一起收拾。国王留下的文献以及价值不菲的器皿，将船装得满满当当的。圣坛的桌上有不少金盘子，是一位国王送的，此外，还有十盏金圣杯以及其他珍贵器皿，这些宝物都被投进了井里。

远方村落的上空，可以看到阵阵浓烟，维京人要来了。即将离开的人们齐刷刷跪倒在地，好聆听院长最后的祝祷。随后，埃德蒙和埃格伯特就跟着他们一起上船，划船朝着不远处的安卡里格之林去了。

院长西奥多见船离岸后，和年长的修道士们一并回到了教堂，换上了祭服。弥撒结束后，他们刚开始领圣餐，维京人就冲了进来。维京王奥斯基塔尔在圣坛上杀死了修道院院长，其他人则被维京人的刽子手砍杀。

随后，藏身在唱经楼的老人和儿童也被抓了。维京人为了问出修道院宝物的下落，对他们严刑拷打，无果后，决定将他们和两位副院长一并处死。杜尔加是一位年仅十岁的小辅祭，长得非常讨人喜欢。副院长被处死时，他就站在一旁，面对维京人的屠刀，他的眼神里毫无畏惧。他希望自己可以死在圣父边上，除此之外，他别无他求。年轻的维京伯爵西德罗看到他的举动，深受触动，生了怜悯之心，将他带了出去。这场大屠杀中，杜尔加是唯一活下来的撒克逊人。

至于珠宝珍玩，维京人一样也没找到。气急败坏的他们掘开了坟墓，圣人的墓无一幸免，但里面并没有什么值钱的物件。他们将圣人的遗体摞起来以后，同教堂和修道院一并烧了。随后，他们带着抢来的牛群以及掠来的财物，离开了克罗兰，朝着梅德萨姆斯泰德修道院的方向去了。维京人在那里遭遇了顽强抵抗。他们用各种攻城器械攻打修道院，终于打出了一处缺口，并以此为突破口，展开首轮攻势，但还是被击退了。维京伯爵呼尔巴的弟弟福尔巴还被石头砸中，眼看就不能活了。

呼尔巴怒不可遏，没多久便展开了第二轮攻势，攻占了修道院。他亲手屠杀了所有修道士，他的同伙则残杀了在里面避难的民众。整个修道院无人生还，建筑被夷为平地，纪念碑被砸得粉碎，图书馆的羊皮纸及资料被焚烧殆尽，圣物被随意践踏。维京人将其付之一炬后，对周边展开了掠夺。四天后，他们将周边地带洗劫一空后，才带着大量战利品离开。下一站，他们打算攻打亨廷登。

埃德蒙和埃格伯特逃出克罗兰后，只待了几个钟头便离开了。远方的战火说明维京人和往常一样——洗劫、屠杀。他们再待下去也毫无意义，便启程了。二人有大把的时间，路上也无须太赶，他们多数时间都在森林里穿行。过了塞特福德南部，他们舒了口气，后面不会再遇上维京人了。他们偶尔会去农舍借宿，所到之处，民众都很热情。大家都听过埃尔德雷德郡长的大名，他们得知这位小伙子是他的儿子后，对他更是热情款待。不过，二人讲到凯斯蒂文的悲壮战事以及维京大军南下的噩耗时，大家都非常惊恐。

女人想到可怖的维京人就要来了，吓得哭出了声；男人听后，都说会战斗到最后一刻，但又觉得希望渺茫，哪怕是最勇敢的人，胸中也满是悲痛与绝望。不少人说要带上家眷、奴隶和牲畜，举家迁往威塞克斯王国。放眼英格

第三章　克罗兰大屠杀

兰,他们觉得威塞克斯是最后的希望之地。埃德蒙和埃格伯特,不论走进谁的屋子,都会给主人带来悲痛。

埃德蒙叹息道:"埃格伯特,我们这一路还是别借宿了。我们身上背负着噩耗,原本幸福美满的家庭,跟我们一接触,就会被恐惧支配。我们每晚都在讲述同一个悲剧,还得看妇人伤心落泪,与其如此,还不如在树林里过夜。等到了威塞克斯,我们再借宿也不迟,那里的人听了我们的故事,肯定会义愤填膺,决心和维京人抗争到底,而不是绝望或唉声叹气。"

埃格伯特完全赞同。自此以后,除了买面包和蜂蜜酒外,他们决不会踏进任何农舍。他们一点也不缺肉,这都得感谢沃夫。他们在森林里穿行时,沃夫会时刻保持警觉,有好几次,沃夫都发现了野猪的窝。它会堵住出口,等埃德蒙和埃格伯特过来,二人赶来后,会用战矛和利剑杀死野猪。打猎弄到的肉太多了,吃不完的肉,他们就拿去跟村民换面包。二人一犬一路奔波,终于到了泰晤士河边上,这里离伦敦不远,过河后,他们开始往西走。如今,他们已经在威塞克斯境内了。全英格兰最尚武、最勇敢的,当数威塞克斯人。威塞克斯的势力范围也在逐步扩张,但英格兰王国联盟有名无实,附属国除了象征性地向威塞克斯进贡外,基本独立,依旧由本国国王管辖。

埃德蒙预料得一点不错，威塞克斯人听了凯斯蒂文之战的消息后，燃起了怒火。他们唯一想做的，就是找维京人复仇。他们手持利剑，对天起誓：维京人若敢犯威塞克斯一步，必会付出惨痛代价。二人目睹了威塞克斯人的气势和决心后，精神为之一振。

"太可惜了，"埃格伯特跟埃德蒙说，"维京人来得太快，威塞克斯还没来得及将英格兰紧紧联合起来。维京人能轻易得手，完全是因为我们内部四分五裂。维京人接连入侵诺森布里亚、麦西亚和东盎格利亚，三国国王却只能仰仗本国的力量。倘若英格兰的民众能听从一位霸主的号令，局面就不同了。不论敌人从哪里入侵，我们都可以集全英格兰之力抵抗。如此一来，维京人根本不可能夺走一寸土地。凯斯蒂文一战虽然惨烈，但也说明东盎格利亚人单拉出来，毫不逊于维京人。第一天，敌方人数远胜于我方，还是被我方击败。第二天，敌方人数是我方的十倍，但我方还是撑了整整一天。他们最后能获胜，完全是因为我方战士不听首领号令，自乱阵脚，否则他们根本不会有机会。我们东盎格利亚人在凯斯蒂文的英勇表现，就算是威塞克斯人，也难以超越。不过，威塞克斯的组织更为得力，他们的国王也更具活力与雄心。维京人在我们那需要对付的不过是一群临时召集的民兵——都是匆忙之间从附

第三章 克罗兰大屠杀

近征召的。倘若换成威塞克斯王国,他们需要面对的就是威塞克斯的所有民众了。"

不久以后,二人到了雷丁市边上。这里有一座王室城堡,埃塞尔雷德国王和他的弟弟阿尔弗雷德王子就住在里面。

埃德蒙看着眼前的城市,赞叹道:"好一座宏伟的城市,这高大的城墙,一看就非常坚固。那最高的建筑物想必是王室城堡,真壮观啊!"

二人过了河,进了城门。街上熙熙攘攘,好不热闹,有贵族、乡绅、奴隶,还有自由民。奴隶都在搬运柴火等物资,这是他们一路从周边地区搬来的;自由民则背着盾,提着剑,自在地在街上行走。

城堡大门敞开,二人往里走,也无人阻拦。按这里的规矩,所有居民,凡是想要申诉或请愿的,都可直接找国王决断。

一进门,就是大厅,入口处聚集了许多人,大家三两成群,一边讨论事务,一边等国王传唤。大厅深处有一高台,正中央是一张大椅子,足以坐三个人。椅背很高,上面刻有华丽的图案。椅前是一张桌子,四条腿都刻有花纹,并且是镀金的。椅子上坐着两个人。

一位看上去二十三四岁的年纪,另一位看上去要比他小两岁左右。二人都戴着金冠,但造型上有所区别。年长的是国王埃塞尔雷德,看上去很有亲和力,但他日夜操劳,长期缺乏睡眠,再加上日常的斋戒,脸色看上去不大好。年纪小一点的是阿尔弗雷德王子,他长相俊朗,神情真挚,看上去充满智慧,面前摆着笔、羊皮纸和牛角制成的墨水瓶。二人的胡子都刮得非常干净,国王留了个中分的发型,头发披在脸颊两侧,他弟弟则留着短发。桌上还有架银竖琴,放在王子边上。

这位年轻王子的智慧、学识以及好脾气,闻名于全英格兰,埃德蒙见到真人后,不由自主地端详了起来。王子是国王兄弟几人里岁数最小的,但大家一直都将他视作英格兰未来的国王。若是老国王在世久一点,撑到小王子成年,他很可能会直接继承王位。撒克逊人不是很看重长子继承制,年幼的儿子因能力出众或屡立战功,被父亲选作继承人的,并不在少数。

阿尔弗雷德王子是他父亲最宠爱的儿子。他小时候就得到过教皇的祝福,称他将来会成为英格兰国王,再加上他两度去罗马游历,在法兰克王国的宫廷生活过,学问广博,自然在民间享有极高的声望。民众都觉得他是一位见过大世面的智者,一提起他,就相当佩服。他虽然只是一位王子,但他在威塞克斯的权威并不比国王差多少。如今,威塞克斯局势危急,大家心中仰仗的并非埃塞尔雷德国

第三章　克罗兰大屠杀

王,而是阿尔弗雷德王子,大家都觉得天下安危系在他一人身上。

大厅里,人们按次序到桌前陈述自己的情况。有的人和其他人发生冲突,双方争执不下,还会带上目击者一起找国王和王子评理。二人会认真倾听双方发言,然后给出判决。一小时后,埃格伯特见前面没人了,便牵着埃德蒙的手,走到桌前跪了下来。

"你们是谁?"国王问道,"我看这位年轻人的服饰,应该是位贵族,但我没见过他。"

"国王陛下,"埃格伯特说道,"我们是逃难来的,今天来是有求于您。我身边这位叫埃德蒙,是埃尔德雷德郡长之子。郡长是东盎格利亚的贵族,骁勇善战。他本打算亲自过来投靠您,但他和阿尔格郡长一起战死在了凯斯蒂文。那天上午,我们和敌人决一死战前,他托付我——要是他战死了,就带他儿子过来。为表诚意,我们略备薄礼,还望您不要拒绝。"

他将两盏精美的镀银高脚杯放在了桌上。

"请起吧。"国王说道,"埃尔德雷德的威名,我早已听过。他儿子愿意为我效劳,我非常欢迎。但是,我并不知道埃尔德雷德已经战死了。两天前,我倒是听到消息,说东盎格利亚在凯斯蒂文吃了败仗,损失惨重。你也参战了吗?"

"国王陛下,"埃格伯特说道,"我一直都在埃尔德雷德郡长和阿尔格郡长左右,共同抗敌。他们战死后,我拼命杀出了一条血路,跑了出来。郡长生前有令,让我好好照顾他儿子。因此,我无论如何都得活下来。"

"你真是位了不起的战士。"国王看着埃格伯特强壮的身体,赞叹道,"这场仗,我们有所耳闻,但毕竟是传言,不一定准确,你给我们好好讲讲吧。"

于是,埃格伯特讲述了凯斯蒂文之战……

"你们的表现相当出色,"国王听完评论道,"只可惜差点运气。勇敢的阿尔格用这一仗证明,我们撒克逊人并没有丢掉祖先英勇善战的传统,一对一,我们丝毫不逊色于维京人。"

"阿尔格和他的同伴非常英勇,"王子接过话茬,"但败局已定,还白白送死,这种做法我不认同。若是还有一线希望,领袖自然要给部下做表率,英勇战斗,但毫无希望时,领袖应以大局为重,考虑整个国家的安危。他们的确非常勇敢,临死前还手刃了十几个维京人,但他们一走,民众就没了领袖。如此一来,维京人凭借这一仗,就一举控制了东盎格利亚北部。他们意识到没有胜算后,若是能及时撤退,后面还有机会聚拢民众,再行抵抗。放弃撤退,

第三章 克罗兰大屠杀

等于白白送死。他们理应活下来，耐心等待。他们那般豪赌，一旦战败，断无翻盘的可能。这种做法在我看来与赌徒无异。要不了多久，维京人恐怕就会染指王兄的领土，我到时自然不会露怯。不过，我们若是吃了败仗，我肯定不会白白送死。普通战士自然要拼死抵抗，但我有我的使命，我会找地方避风头、等待时机，以便日后再次召集撒克逊人和侵略者作战。我喜欢这位年轻人的长相，你将来肯定会像你父亲一样，成为勇敢的战士。王兄自然会给你赏赐封地。不过，你愿意的话，以后可以跟着我，你将不仅是我的手下，还是我的好友。年轻的埃德蒙，你觉得如何？"

王子的言语中满是善意，埃德蒙听后非常高兴，他满腔热忱地表示，若是能追随王子，必定会肝脑涂地、至死方休。

"埃德蒙，我们若是身处和平时期，"王子说道，"我习得的那点知识，倒是非常乐于和你分享。你的聪明劲是写在脸上的，你肯定可以做一位好学、出众的学生。不过，当下的时局需要的是刀剑，而非书本。过一阵，我的精力和时间恐怕都得围着国家的安危转了，我再想学习，也抽不出空。"

"谈到封地，"国王打断了王子的话，"多塞特的舍伯恩正好空着，艾博尔德郡长上周刚刚去世，他没有子嗣。埃德蒙，他的领地就赐给你了。打今天起，你就是我的臣子了。"埃德蒙面朝国王跪下，亲吻了他的手，发誓会做一名忠诚的部下，用自己的领地、财产和生命，为国王效力。

"好了，"国王说道，"后面也没人了，我们可以回里屋了。我弟弟的妻子是美丽的埃尔斯维塔，他会介绍你们认识的。"

埃格伯特和埃德蒙跟在国王、王子身后，走进了一间宽敞高大的房间。墙上挂着红布帷幔，地上则铺有深褐色毛毯。天花板涂成了深褐色，配有金色装饰。房间四周摆了几个橡木碗橱，都刻有图案，上面摆着金银杯盏。

一张桌子上摆着一些装饰华丽的书稿。埃德蒙在克罗兰见识的文明，已然比他父亲领地的文明先进许多。如今，眼前富丽堂皇的场景，更是令他惊叹不已。阿尔弗雷德王子两度去罗马游历，深受罗马先进文明的影响，埃德蒙在这里见到的许多家具、物件，都是阿尔弗雷德王子跟他父王从罗马带回来的。

房间的尽头是一张长桌，上面铺着白布。埃尔斯维塔坐在一张金色大座椅上，旁边是壁炉，火烧得很旺。

阿尔弗雷德王子将两位客人介绍给了王妃。埃尔斯维塔来自麦西亚，故乡刚好跟埃德蒙父亲的领地接壤——她

第三章　克罗兰大屠杀

跟埃尔德雷德郡长老早就认识了。她热情欢迎了埃德蒙和他的表兄。寒暄过后，大家走到长桌旁就座，准备用餐。侍者先是端上了肉汤，一人一碗，他跪着将肉汤端到了每个人的面前。接着，侍者给每个人奉上了一盏银高脚杯，并倒上了酒。下一道菜是鱼，每人都有一盘。埃德蒙在家里吃饭，都是用匕首切，这里用的则是餐刀。鱼后面还有鹿肉、野猪肉、鸡肉等各类肉食。最后是甜品，以蜂蜜为主。国王和王子向两位客人敬酒。这里吃饭无须使用餐叉，肉切好后，用面包卷起，送入口中即可。用餐过程中，还有人在旁边弹竖琴助兴。

埃德蒙一边用餐，一边观察着王室成员的举止礼仪。他们用餐，手指不沾茶托和碟子。更令他惊奇的是他们喝酒喝得很少，要知道撒克逊人一般喜欢在吃饭时豪饮，用的还都是大杯子。

饭后，年轻的侍从端上了一盆温水，里面撒着薰衣草粉末，五人依次洗手，而后用布擦干。随后，在王子的要求下，埃格伯特将凯斯蒂文两天的战斗，事无巨细地讲了一遍。维京人的战法布阵，也都一一描述了。结束后，埃格伯特和埃德蒙二人住进了客房。

住了一周后，二人向国王道别，前往封地。同他们一道出发的，还有王室传令官，他会向封地的自由民和奴隶传达国王的旨意——埃德蒙出任郡长。到了封地后，他们看到了埃德蒙的新府邸，屋子刚建成不久，宽敞舒适。当地的首领闻讯后，纷纷赶来拜谒新郡长。埃德蒙虽然年轻，但举止得体，大家见了都非常满意，更何况虎父无犬子，假以时日，他必定可以成长为英勇善战的领袖。埃德蒙大摆宴席，热情款待客人，他们前前后后热闹了好些天才结束。从舍伯恩出发，到维京人侵扰的地区，还有很远的距离，也正因为如此，首领们没几个把维京人入侵当回事，好在埃德蒙和埃格伯特跟他们及时沟通，他们才意识到如今英格兰形势危急，已经到了生死存亡的关头。

"我敢说，"埃德蒙说道，"要不了多久，海岸上就会出现大批维京战船，他们吞并麦西亚和东盎格利亚后，肯定会攻打这里。真到了那一天，我们就不得不为生存而战了。我们现在不好好准备，到时会吃大亏的。"

埃德蒙上任一个月以后，派人召集底下的首领，商讨要事。人员到齐后，他说："现如今，第一要务就是敌人一旦入侵，我们的妇女和儿童可以有地方躲，形势危急之下，我们也可以撤进去。因此，我们必须修建一座城堡，要足够大，足以装下舍伯恩的所有民众及牲畜。我的表兄埃格伯特骑马转遍了舍伯恩，他建议我们在附近的罗马城堡基础上，做一些加固工作。这座城堡相当大，外面有两圈带

第三章 克罗兰大屠杀

坡的土墙。罗马人修土墙,与我们不同。我们撒克逊人会给土墙内侧的地面填土,直至和土墙顶部齐平,罗马人没有填土的习惯。如今,给这么大的城堡填土,工作量太大,也不现实。不过,我们可以把土墙弄得厚一些,另外,我们可以发扬撒克逊人的传统,修一圈石墙,并在上面修上角楼。维京人若是来了,两层土墙,或许很快就被攻下来了,但石墙就不同了,他们要攻打很久才能攻下来。大家若是同意,回去后请派一半奴隶过来,修筑工事,我也会照做。修筑石墙的活,我会专门雇五十名自由民干的,这样,墙也能垒得牢固些。"

有的人觉得这样做,为时尚早,大家为此辩论了很久,但最终还是达成了共识,同意按埃德蒙的提议办。

第四章　威塞克斯大危机

埃德蒙和埃格伯特的大部分时间，都用来加固城堡了。他们省吃俭用、节省开支，征收的田赋也一律用于雇佣自由民和石匠。罗马城堡的外形呈平行四边形，长二百码，宽一百码。外面除了两圈土墙外，还有壕沟。施工结束后，壕沟深了许多，土墙的坡陡了不少，内墙顶宽更是增至十五英尺。

石墙修在内墙顶部。墙两侧是方石，中部用碎石和水泥填充，厚四英尺，高八英尺。石墙每隔三十码有一座角楼，高十英尺。此外，入口两侧都建有角楼，入口处也装上了巨大的城门，有结实的砖石扶垛支撑。外墙入口跟内墙城门并不在一条直线上，而是相隔五十码，如此一来，敌人即使进了外墙，要想到达内墙门下，还得沿两墙间的壕沟走一段距离，石墙上的弓箭手可以趁这个空当射击。

即便有五百人辛勤施工,还是花费了将近六个月的时间。要不是他们在附近发现了石块,时间只会更长。他们还在城堡内部挖了好几口深井,这样,不论多少人待在里面,都能有水喝。

这边刚动工,东盎格利亚就传来了消息:11月20日,星期日,东盎格利亚的埃德蒙国王集结手下兵力,和维京人在塞特福德附近决战,全军覆没,国王本人也沦为俘虏。国王被残酷折磨了很久,最后被维京人用箭射杀。之后没多久,维京人便控制了整个东盎格利亚。

871年2月初,埃德蒙刚开始修筑石墙,就有信使来传达埃塞尔雷德国王的旨意,命他立即召集手下人马,赶往迪韦齐斯,支援国王。维京战船已经取道泰晤士河,攻下了王室城堡所在的雷丁市。如今,国王的部队驻扎在迪韦齐斯附近。

埃德蒙立马派人联系手下各部,第二天上午,总共赶来了四百号人。埃德蒙和埃格伯特带着他们,快马加鞭,赶往迪韦齐斯。到达以后,他们发现国王和王子麾下共有八千人。第三天,部队向东进军,朝着雷丁市的方向去了。

没走几英里,就有探子来报,维京人劫掠周边地区时,在恩格尔菲尔德碰上了伯克郡伯爵艾瑟尔武夫的部队。双方激烈交战,撒克逊人最终取得了战争的胜利,维京人死

第四章　威塞克斯大危机

伤无数,其中包括一位伯爵。

路上,国王的部队与艾瑟尔武夫伯爵的部队会合。三天后,大军行至雷丁市附近时,发现泰晤士河与肯尼特之间多了一堵墙,是维京人匆忙修筑起来的防御工事,规模甚大,还有许多维京人在现场继续施工。部队迅速上前,斩杀了这些维京人,不过,他们还没来得及高兴,大批维京人就从雷丁市蜂拥而出,战争也随之进入了白热化状态。

撒克逊人在国王和王子的率领下,英勇杀敌。不过,撒克逊人完全没有纪律意识,而且还缺乏战争经验;维京人则纪律严明,一直保持着阵形。在这样的情况下,撒克逊人很难抵挡住维京人的猛攻。经过四小时的恶战,撒克逊人只得撤退。

在距离雷丁市几英里的位置,部队再次集结。国王和王子穿梭于人群之中,给大家加油鼓劲:下一次,大家只要别乱,保持阵形,肯定可以战胜对手。这场仗,撒克逊人的死伤也不比维京人严重多少。不过,英勇的艾瑟尔武夫战死了,这件事让他们觉得无比惋惜。接着,信使被派往威塞克斯各地,号召民众勤王。四天后的上午,埃塞尔雷德国王麾下的人数,已经比上一次跟维京人作战时多了。

维京人将部队从雷丁撤出后,驻扎在阿什当。他们见撒克逊大军过来后,将部队分成了两支,一支由两位维京王率领，另一支则由两位伯爵率领。撒克逊人见状，也将部队分为了两支，国王和王子各率领一支。

埃德蒙及其舍伯恩的部下被分到了阿尔弗雷德王子的麾下。维京人大举进攻，愤怒地冲向了王子的部队。但撒克逊的两支部队战前已经商定好了，国王的部队进攻前，王子的部队不得主动出击。王子的部队顽强抵抗，无奈敌人攻势太猛，这样下去，肯定会吃亏的。王子派人给王兄送信，敦促王兄立即采取行动。底下的人疲于防守，已经等得不耐烦了，为今之计，要么下令进攻，要么撤退。

不久，信使带回了信。此刻，国王正在军帐里听弥撒。仪式开始前，他下过令，弥撒结束前，任何人都不得擅自行动，也不能打扰他。王子听后，不再迟疑，他聚拢部队后，下了冲锋的命令，众人大喊杀声，向维京人发起了反攻。战争非常激烈。维京人占据着高地，山坡上有棵荆棘树，他们的军旗就插在一旁。王子带人一路厮杀，目标直指敌方军旗。

撒克逊人吸取了上一仗的教训，紧密保持队形，整支部队犹如一柄利刃，深深地刺入了敌军。不过，维京人数量众多，还是将王子的部队包围了。好在国王做完弥撒后，立即率军参战，否则谁胜谁负，还很难讲。双方激烈厮杀，死伤都很惨重。不过，撒克逊人士气更高，他们无一不想

第四章　威塞克斯大危机

赶走可恨的侵略者，再加上之前吃了败仗，都想一雪前耻。面对杀红了眼的撒克逊人，敌人撑不住了。撒克逊人乘胜追击，敌人最后被打得战意尽失、四散逃命。撒克逊人见状，无一不兴高采烈，他们趁势追击，又斩杀了许多敌人。

这一仗，维京王伯格赛格战死，另外还折损了五位伯爵，分别是奥斯贝恩、弗雷纳、哈雷尔德以及西德罗兄弟，战士丧命的更是数以千计。不计其数的武器和盔甲，都成了撒克逊人的战利品。

埃德蒙的表现非常亮眼，他身先士卒，总是冲在最前面奋勇杀敌。埃格伯特为保他周全，一直跟在他的左右。有两次，埃德蒙被敌人击倒，多亏埃格伯特用盾牌帮他格挡，才化险为夷。

埃格伯特望着逃跑的维京人，说道："埃德蒙，你参加这样的战斗，还是太早了。你要想在战场上和凶猛的维京人厮杀，还得再等上个四五年。现在，他们单凭力量就可以破你的防。不过，你确实勇气可嘉，将来一定可以像你英勇的父亲一样，成为名将。"

埃德蒙并没有参与追击，他伤得不轻，没力气再追了。舍伯恩的兵马在埃格伯特的带领下，继续追击逃亡的维京人，天黑了才打道回府。

"小郡长，干得漂亮！"战后，阿尔弗雷德王子跟埃德蒙说道，"上个月，我就想把你叫到身边，但我听说你在忙着加固城堡，就没打扰你。完工后，我希望你可以常伴我左右。你要做好吃苦的准备，我们恐怕长时间内都不会有放松的机会了。我收到消息，大批维京部队正在向西进发，要想彻底将他们从我们的领土上赶出去，恐怕还要打很多场恶仗。"

现代战争，一方打了败仗，可能会从此一蹶不振，但那个年代，一方打了败仗，即便输得再惨，也不至于没法翻身，因为那个年代一没大炮，二没多少物资，即便输了，损失也远没有现代战争惨重。失败在当时不过意味着队伍被冲散了，一两天后，队伍再次集结，援军赶来，就可再战。撒克逊人确实在阿什当打了场大胜仗，但要想将侵略者彻底从威塞克斯赶出去，这样的胜仗，恐怕要打很多次才管用。这一点，阿尔弗雷德王子再清楚不过了，他知道后面等待撒克逊人的将是长期的煎熬和战争。接下来的几天，首领们将夺来的战利品和收缴的武器分了分。随后，有的首领就带着部下回去了，剩下的首领则在国王的恳求下，留下来继续作战。维京人吃了败仗后，退守贝辛，他们不久后就得到了从海岸赶来的增援。国王率部向敌军进发，两军再次交锋。此次作战与阿什当之战相距十四天。双方恶战了很久，打到黄昏时分，撒克逊人只得撤退，但

第四章 威塞克斯大危机

他们的阵形没有乱，敌人因此也没有捞到什么战利品。

撒克逊人在阿什当打了胜仗后，本想一鼓作气，将维京人赶出威塞克斯，贝辛一战无疑泼了他们一盆冷水。不过，撒克逊人在战场上的表现倒是让维京人老实了不少，他们好一阵都没敢到周围抢掠。两个月后，撒克逊人再次走上战场。维京首领索默莱德率部再次夺取雷丁市，纵火烧城。国王率部攻击索默莱德的部队，两军在梅雷顿相遇，激烈交战。

上午，撒克逊人占了上风，但维京人得到增援后，在下午发起了反攻。撒克逊人本以为上午已经击退了敌人，放松了警惕，下午敌人一攻过来，被打了个措手不及，队伍被冲得七零八落，最后连阵地也丢了。两边伤亡都非常惨重。不少撒克逊贵族都战死沙场。埃塞尔雷德国王也受了重伤，几天后就因伤去世。他病逝的时间是871年4月23日。他总共在王位上坐了五年，死后被葬在了威姆博恩大教堂。871年8月，阿尔弗雷德便登上了王位。

国王去世后，民众非常悲痛，但阿尔弗雷德继承王位一事，让他们信心大增，战胜维京人，似乎也因此希望大增。前国王称得上英勇智慧，但在身处乱世且生性尚武的撒克逊人看来，他很难称得上是最合适的人选。他把太多的心思花在了宗教活动上，仁慈有余，但手腕不足，手下的贵族并不会拿他的话当回事。阿尔弗雷德上台后,民众都满怀期待。这位小王子打小时候起,就备受民众关注,究其原因,是他父王对他的关注无不让民众觉得阿尔弗雷德才是他们未来的君主。

教皇钦点他做英格兰之王,更是赋予了他独特的权威。他学识渊博,远胜常人,大家都很佩服他。性格上,他为人温和,但又意志坚决、杀伐果断,在战场上也很有胆量。因此,民众一方面因先王的死而悲痛,另一方面又因小王子的继位而心生欢喜。他刚继位一个月,维京人就再次大举入侵。撒克逊人的信心被之前两场败仗浇灭了不少,留下来继续作战的人非常少。阿尔弗雷德国王只得带着这支小部队,向敌军进发。

两军在威尔顿附近相遇,维京人拥有绝对的人数优势,且占据了山上的有利地形。阿尔弗雷德国王率部攻击,撒克逊人无不英勇战斗,很快他们就占据了上风,并一步一步地抢占了有利地形。几小时后,维京人被打得四散逃逸。不过,撒克逊人很快就重蹈了凯斯蒂文和梅雷顿的覆辙,他们的鲁莽再次葬送了自己。见敌人逃跑后,撒克逊人紧密的阵形不攻自破,一个个都忙着追击敌人了。维京人见后面的追兵总共加起来也没几个,便再次聚拢队伍,反扑了回来。撒克逊人浴血奋战夺来的阵地,就这样被夺

第四章　威塞克斯大危机

了回去。

部队就这样打了败仗。夜里，大小首领聚集在阿尔弗雷德国王身边，国王讲道："我们撒克逊人虽然勇敢，但如果继续这样无组织、无纪律，断然是没有未来的。我们撒克逊人单拉出来，完全可以击败维京人，这一点，大家在战场上有目共睹。我们每次将胜利拱手让人，都是吃了冲动鲁莽的亏。我以前读拉丁文，看到过一段恺撒大帝的文字，讲的是罗马军队的服从意识和纪律意识。罗马军队作战，很讲究排兵布阵，打了胜仗，重甲兵也不会脱离阵位，至于追击敌人的任务，他们有专门的轻装部队负责。

"我们要是有三四年时间，培养战士们的服从意识和纪律意识就好了。不过，我们上哪里去找时间啊？维京人每一仗都会死不少人，但他们的援兵从未断过，他们可以一波又一波地发动进攻。撒克逊民众发现自己怎么抵抗都无济于事后，斗志自然是一天不如一天。昨天作战，大家也看到了，我麾下的壮士，一共也没多少人，更何况战争还只是刚刚开始。英格兰确实形势不妙啊！"

这之后，国王费了很大力气，号召民众一起抗敌，还是没人响应。除了上述几场战争外，还有几位郡长率领部下跟维京人作战，作战地点散布在威塞克斯各地。一年的时间，撒克逊人和维京人总共打了八场恶仗，小规模的冲突更是数不胜数。双方死伤都很惨重，但维京人胜在有源源不断的援兵。每打一仗，他们的兵力似乎不减反增，撒克逊的兵力则迅速缩水。维京人抢掠、破坏了大片的土地，屠杀了大量的撒克逊男子，还掳走了许多妇女、儿童。撒克逊民众最后变得一蹶不振，首领的号令也不听了，他们觉得反抗毫无意义，不想白白送死。阿尔弗雷德国王于是召集各地首领，商量出路。他们赶到后，国王称民众无心战斗，为今之计，要想避免更大的损失，唯有花钱买和。

国王的提议得到了众人的认可。大家都很清楚，想让维京人长期遵守诺言，无异于痴人说梦，但这么做，至少可以给撒克逊人争取到喘息之机，民众或许可以趁这段时间重拾信心。撒克逊人跟维京人和谈，只要维京人愿意撤出威塞克斯，撒克逊人就可以为其提供大量的钱款。维京人在威塞克斯的大本营是雷丁市，他们拿钱后就撤军了，但他们并没有离开英格兰，而是朝着伦敦的方向去了。麦西亚国王伯格雷德懦弱无能，根本无力抵抗维京人。他为了避免战事，也同意每年给维京人进贡大量的财物。

从872年年底到875年秋，威塞克斯整个王国都比较平静。在阿尔弗雷德国王的英明统治下，王国从战争的破败中渐渐走了出来。埃德蒙一直在经营自己的领地，如今，他已经是一位十九岁的强壮男子了。

第四章　威塞克斯大危机

阿尔弗雷德国王从未对维京人抱有过任何幻想。他说："维京人并未离开英格兰，东盎格利亚和诺森布里亚仍有大批维京人。当初，他们拿了我们的钱、收了麦西亚的贡品后，要是能穿越大海，在法兰克上岸，我们倒是有希望过过安稳日子。但他们并没有走，以他们不安分的性格，不可能满足于现有的土地，他们采取行动只是时间问题。

"在东盎格利亚，维京王古斯鲁姆将土地分给了手下的伯爵，他们看上去确实有意定居下来。不过，在别的地方，维京人在乎的不是土地。他们依旧让先前的土地主耕作，等到了丰收季节，再来抢掠果实。他们把手上的地盘劫掠一空后，就会打其他地方的主意。麦西亚，他们想什么时候侵略就可以什么时候侵略。再之后，他们就只能再次入侵威塞克斯了。到了那时，别的地方都臣服于维京人，英格兰只剩我们一家，想反抗也没什么希望了。"

"依您看，"埃德蒙问道，"局势最终会演变成什么样？"

"很难讲。"国王答道，"他们把英格兰压榨得一干二净后，可能会离开这里，另寻猎物，这或许是我们摆脱他们的唯一希望。他们已经开始侵扰法兰克的北部海岸了。当然了，地中海沿岸更为富饶，英格兰被劫掠得一贫如洗的时候，他们也可能乘船前往西班牙或意大利。我们先前的打法太愚蠢了，维京人刚开始侵扰英格兰海岸那会儿，我们就应该花大力气建造船队,如此一来,我们就可以在海上迎敌。

"他们的援军,自然会被我们的船队切断。当然,还是会有漏网之鱼,避开监视,在沿海地带登陆,不过,我们完全可以凭借优势兵力消灭上岸的小股力量。我一直到现在都觉得应该按这个思路来采取一些补救措施。我也确实有建造战船的打算,造好后,他们再次入侵,我就可以将船队布设在泰晤士河河口,一旦有维京船只过来输送援兵和补给,就可以予以拦击。这对民众而言,必是极大的鼓舞。要知道,民众之所以会滋生绝望、无助的情绪,就是因为他们觉得敌人怎么杀都杀不光,即便杀了眼前的敌人,也会有援兵迅速补上。"

"我愿意造一艘。"埃德蒙说道,"城堡已经加固好了。我现在可以立马造船,钱的话,我封地的田赋就足够了。维京人如果可以多给我们一些时日,我造完第一艘以后,可以接着造第二艘。我很愿意做这件事,因为维京人将整个王国占领以后,我们就只能将战场转移到海上了,到时候就该我们反过来侵扰他们了。出于这一点考虑,我会把船造得又大又结实,这样船才可以在各种气候条件下航行。如此一来,就算我在英格兰无立足之地,也可以以船为家。法兰克肯定不缺港口,英格兰隐秘的角落和小港湾也不在

第四章　威塞克斯大危机

少数,万一有需要,我可以去这些地方修船。维京人抢掠的物资,常常用船运回国,我可以劫这些船。这样一艘大船足以装下一支强悍的队伍,再加上我可靠的埃格伯特以及英勇的部下,即使碰上两三艘维京战船,自保应该不成问题。"

"埃德蒙,你很有想法。"国王说道,"我也想像你说的一样,率领一艘战船,在大海上随心所欲地战斗。当然,到了最后,这艘船想必还是逃不出维京船队的手心,他们毕竟拥有数量优势,但与在树林里过逃亡生活相比,这自然要强上百倍千倍。不过,我不能选这条路,我必须和我的子民同在,并寻找一切机会和侵略者抗争。你就不同了。"

"但凡有一丝希望,"埃德蒙说道,"我都不会这么做。我会想尽一切方法,守住我的城堡。不过,果真有一天,维京人将整个王国占领了,有这样一条退路,也是好的。"

埃德蒙跟埃格伯特说了造船的事,他很支持。埃格伯特说道:"只要我还有一口气在,我都会和维京人继续战斗。有了船,我至少可以有尊严地战斗到最后一刻。不过,我们可不能在海岸上造船,那样,船可能还没发挥用武之地,就被维京人毁掉了。帕勒特河倒是个选项,这条河的上游离大海足够远,水也足够深,船不装东西,浮起来应该不成问题。河流流经森林,我们可以在树林里选个隐秘的地点造船，掩人耳目，这样我们或许可以在不惊动维京人的情况下，把船造好。

"我们得设法在码头找一些造船高手。造船的粗活累活，倒是可以派奴隶去干。我们可以先去一趟埃克塞特，找那里最厉害的船匠咨询一番，问问船的外形和大小应如何设计，才能达到最佳效果。船在海上航行，稳当是最基本的要求。另外，船一定要快，我们的船员一使劲划桨，船的速度就要能立刻提上去。划船和战斗都需要人手，因此，船上的空间要足够大，这样才能装下足够多的人。对了，埃德蒙，你可以去见一面阿尔弗雷德国王，看看他有什么建议。他去过罗马和地中海沿岸的港口，那些地方停靠的船，他自然见过不少，那些船可比我们的强多了。我记得书里讲过，圣保罗曾乘船去过很远的地方，这可是一千年以前的事，这说明他们打那时起，造船业就很发达。"

埃德蒙觉得这个提议甚好。随后，他请国王绘制地中海船只的草图，国王很快就画好了。接着，埃德蒙跟埃格伯特动身前往埃克塞特，并找到了当地最有名的船匠。他们讲明造船目的后，给船匠看了看国王的草图。一共有两张草图：第一张上画着一艘桨帆船，船体很长，两舷各有两排船桨；第二张上是一艘大型商船。

第四章　威塞克斯大危机

"这一种不适合你们,"船匠一边说,一边将第二张图纸放到了一旁,"速度不够快,会耽误你们追击和撤退的。桨帆船倒是很符合你们的需求,类似的图纸,我之前见过一次。热那亚人就是用这种战船对付非洲海盗的。这种船的优势是速度快、空间大,足以容纳大批船员。维京战船相比之下要矮小许多。这种船在人手充足、指挥得当的情况下,至少可以对付六艘维京战船。不过,这种船的造价非常高昂。"

"没事,我愿意将封地的田赋全部给你。船造好前,我是不会用田赋做其他事的。"埃德蒙说道,"我还会派一百名奴隶过来,听你差遣。你如果需要工匠,也大可以去雇,想雇多少就雇多少。为了躲过维京人的耳目,我打算在帕勒特河流经的密林里找个地方造船,越隐蔽越好。"

"还得有木材。"船匠说。

"你要多少,我就买多少。"埃德蒙说道,"木材到手后,可以走帕勒特河运送到造船点。"

"这种船又大又沉,"船匠又补充道,"造好后,下水会很难。我觉得最好挖个深坑,地点的话,最好跟帕勒特河隔一小段距离。船造好后,可以挖一条水道,将深坑和河流连起来。河水涌入水道后,船自然会浮起来。这种船吃水不会超过两英尺,因此,水道的深度无须超过三英尺。"

"这确实是当下最好的方案。"埃德蒙说道,"你可以把坑挖得深一些,这样,造船的工作就可以完全在地平线以下实施。后面一旦有需要,我们可以砍些灌木,把坑填上。如此一来,维京人就算进入森林或乘船经过帕勒特河,也很难看出异样,除非他们提前听到风声,专门过来排查。船可以先这么藏着,等后面我要用了,再搬出来。"

船匠立即开始制订造船计划。一周后,他派人给埃德蒙送信,送去了所需的木材数量以及尺寸,埃德蒙立马置办好了材料。造船地点选定后,埃德蒙跟埃格伯特带着奴隶,赶往造船点,和船匠会合。船匠还带了二十名工匠。木材运来后,木匠负责将木材切割成合适的尺寸,奴隶则负责挖深坑,好为造船提供场地。

第五章　三角阵形

埃德蒙造船的工作稳步推进。阿尔弗雷德国王也在造船，但他造的只是几艘普通大小的战船，也正因为如此，他对埃德蒙的战船非常感兴趣，光是施工现场，就去过好几趟。

战船快完工时，国王说道："这将是一艘卓越的战船，海上的那些船跟它比起来小多了。埃德蒙，你的船让我想到了诺亚方舟。我这么讲，倒不是因为它的大小和结构，而是因为你造船的目的。诺亚造船是为了躲避淹没世界的大洪水，他有了船，才可以和家人一起逃难。维京人若是再大举入侵，肯定会像大洪水一般，淹没整个王国。这样一想，你如今与时间赛跑，加班加点造船，不也正是为了躲避'洪水'吗？我相信，你肯定可以和诺亚一样，收获一个好的结果。"

"我的日子会比诺亚好过些。"埃德蒙说道,"他在船上什么也做不了,只能关好窗户,等洪水退去。我就不一样了,我可以在海上抗击敌人。"

国王用金钱买来的和平,注定是短命的。875年秋,维京人又开始云集在威塞克斯边境,并频繁侵扰。埃德蒙收到王命,让他召集手下的民众参战。他发现大家的积极性大不如前,很少有人主动响应号召。几位首领专门选了位代表,向埃德蒙反映群众的厌战情绪。

代表解释道:"大家觉得跟维京人作战毫无意义。872年,我们打了很多场恶仗,杀了许多维京人,我们撒克逊人也死伤惨重。现如今,维京大军的人数要比过去多得多,他们总有源源不断的援兵从海上赶来,我们即使杀了眼前的维京人,还是会有无穷无尽的敌人补充上来。并且,威塞克斯王国国力大不如前,能上战场杀敌的战士,比之前少了许多。退一步讲,就算我们勉强出征,和维京人交战,并且运气极好,每战必胜,也只会重蹈覆辙。维京大军就算败了,也会有援兵,来年就会卷土重来,人数也不会比以往少。相比之下,我们即便胜了,也要付出成千上万生命的代价。来年再战,我们根本找不到人去填他们的缺。届时,我们自然不是维京人的对手。只要我们继续反抗,维京人就会继续进行杀戮、焚烧、破坏的勾当。这样下去,

第五章 三角阵形

除了一些躲在森林里的幸存者外,威塞克斯的民众恐怕会被斩尽杀绝的。与其如此,不如趁早放弃抵抗,这样总好过当逃亡者吧!如今,诺森布里亚、麦西亚、东盎格利亚三国都臣服于维京人,威塞克斯也可以走这条路。

"维京人的确会洗劫修道院以及贵族的府邸。值钱的物件,他们也会一件不剩地夺走。但总有一天,他们会把这里掠夺得一干二净的,到了那时,他们就不会再骚扰这里了,老百姓也就可以安心种地了。即便是维京人,也不是以杀戮为乐。东盎格利亚王国的现状就是明证,他们的生活状况虽然糟糕,但至少可以保全妻儿的性命,生活也可以勉强维系。我们威塞克斯人已经用实际行动证明了我们不是懦夫,维京人的兵力远胜于我们,但我们依旧多次击败他们。如今,威塞克斯以外的英格兰诸国都向维京人低头了。我们继续战斗,只会毁掉自己、毁掉家庭,这种形势下,低头并不丢人。"

埃德蒙听后默然,不知该如何答复。他很清楚,聪慧如阿尔弗雷德国王,在维京人入侵的事情上也很绝望。他听完代表的发言后,将埃格伯特拉到了一旁。

"埃格伯特,你怎么看?他的话也有道理。你跟我都没成婚,也没孩子,我们打仗,最多就是把自己的命搭进去。那些有妻儿的就不一样了,他们有所顾虑,我也可以理解。你怎么看？"

"我觉得我们再逼领地的民众上战场，也不合适。"埃格伯特答道，"不过，我们可以组建一支由未婚男子组成的队伍。建成后，我们可以精心组织训练，以后可以将其作为一支精兵，永久保留下来。剩余的民众可以继续耕作，上缴田赋，而且你免除了他们的兵役，按理说，他们应该多交些。我们可以好好训练这支队伍，这样，队伍成熟以后，敌人即使在人数上占据较大优势，我们也可以凭借这支精兵战胜他们。有朝一日，我们要登船了，他们也可以直接转化为船员。"

"埃格伯特，你的提议非常好。我们可以跟诸位首领说一说你的想法。"按照二人的提议，已婚男子无须服役，十六岁以上的未婚男子则有义务响应号召，加入埃德蒙的专属卫队。并且这支队伍永不解散。这次征召，舍伯恩大大小小的地主，家里凡是有儿子或自由民参军的，缴纳的税款不变；如果没有，就得额外缴纳一部分税。埃德蒙承诺，这支队伍的军饷由他本人支付，战士以前在地里耕作能赚多少，他以后就发多少，并且卫队的日常开支也由他负责。

"只要国王还在战斗，我们就有义务帮助他。维京人入侵带来的灾难，躲是躲不掉的。等哪一天他们跑到家门

第五章 三角阵形

口了,我们不反抗都不行了。好在他们离我们还有一段距离,我们这还算太平。只要他们不攻过来,我们就可以勉强维持现状。"

首领们经过一番讨论,同意按二人的提议办。舍伯恩的民众听到消息后,都很高兴。年轻男子听了入伍以后的安排也很满意。有家有口的男人在战场上战死了,会给家人带来无尽的苦痛和悲伤,家庭也会因此分崩离析。但这支队伍的年轻人都无牵无挂。他们斗志十足,更何况他们在战场上可以跟平时一样赚到钱,这一点尤其让他们高兴。

四年前,舍伯恩的热血男儿就在年轻领袖埃德蒙的率领下,展现了自己的韧劲和勇气,如今,他们希望继续上阵杀敌,再添新功。埃德蒙最后一共征召了九十名年轻男子。他派人给国王送信,说民众厌倦了战争,不愿参战,但他设法组建了一支队伍,都是年轻人。他希望国王能再给他些时间,好训练这支队伍,这样,等真上战场了,才能派上用场。

埃德蒙询问了埃格伯特的意见后,制定了训练方案,其形式有点像现代的军事训练。阿尔弗雷德国王跟他提过,希腊北部的底比斯人作战时会采用三角阵形。他打算将这一阵形教给卫队。从白天到夜晚,队员们都在练习如何在追击或撤退的时候迅速恢复成三角阵形,以及如何从单排阵形转换成三角阵形。队伍不论是站成一排还是三角形，每个人都有自己的固定位置。站在三角阵形最外一圈的，都拿着巨盾和短矛。他们从下巴到脚，都被巨盾挡住了。里面三圈的队员只有战矛，没有盾，并且越往里的那一圈，战矛越长。四圈战矛从三角阵形伸出，冒在盾牌外面的长度基本一致。最内圈里面站有二十位弓箭手，都配有盾。三角阵形的三边等长，可向任意方向进军。

三角阵形的三个顶点各有一位力大无穷的勇士，他们使的不是战矛，而是各自趁手的兵器，他们左右及身后的队友在战斗中会竭力掩护他们。埃格伯特通常都手持巨斧，站在负责进攻的顶点。三角阵形正中央是骑马的埃德蒙，他可以在那里掌控全局并及时下达指令。

三周后，队伍已经可以非常好地完成基本动作。埃德蒙的号角一响，队伍就可以从追击或撤退的分散状态下恢复阵形，或是从单排阵形转换成三角阵形。所有人都熟悉自己的位置，整个变换过程井然有序。

队员们看到自己的训练成果都非常高兴。他们心里想着：凭借着这布满战矛的三角铁阵，应该可以轻而易举地冲破维京人的阵形；即使敌人数量过多，吃了败仗，也可以靠阵形保存实力，有条不紊地撤退。外面两圈的队员会用战矛进攻，里面两圈的战矛则是不动的，这么做是为了

第五章 三角阵形

给阵形提供一个坚不可摧的战矛屏障。每名队员都配有一把颇有分量的短剑，三角阵形万一被冲散了，也可用短剑防身。

所有队员都掌握了新阵形后，埃德蒙率部和国王会合。他到了以后，发现响应国王号召的人并不多。来的人也不能算少，但若想在战场上和维京大军一决高下，这些人远远不够。

考虑到人数对比悬殊，埃德蒙打算率领自己的队伍打游击战。维京人有许多小分队，在王国各地劫掠，老百姓苦不堪言。埃德蒙认为自己可以找准时机，重挫那些分散的小股力量，他请求国王批准自己的计划。

"可以，但埃德蒙你要牢记，绝对不能鲁莽行事。"国王说道，"你毕竟人手有限。你要是有什么不测，我会很难过的。你如果遇到了敌人的小股力量，有获胜把握，可主动出击。要是赢了，维京人知道了自己的败绩，自然不敢再轻易分兵；撒克逊人听了你的捷报，也可以多点信心。不过，如果没胜算，千万不要蛮干。"

"我向您保证，要不了多久，您就会收到我的消息，"埃德蒙说道，"而且我有自信，您收到的将是我的捷报。"

埃德蒙带着自己的队伍朝着王国的边境进发，没走多久，就遇上了不少逃难的人——都是从维京人的地盘逃过来的，老的少的都有，还有些抱着孩子的妇女，她们眼里都噙着泪水。壮年男子大多带着家里的牲畜，躲进了树林，他们都做好了准备，一旦有维京小分队进来掠夺，就和敌人拼个鱼死网破。路上，埃德蒙得知十二英里外，维京伯爵哈法正带着大约六百名部下肆意劫掠。敌人数量很多，但埃德蒙跟埃格伯特商量过后，还是决定继续往前走。六百人若是分散行动，他们还是有机会的。

靠近以后，埃德蒙看到村落上空的滚滚浓烟。夜里，他带着队伍躲进了森林，不远处可以看见火光冲天的农舍——距离他们只有一英里远。趁着夜色，队伍在林中休息了几个钟头。

天还没亮，埃德蒙就派了三四个腿脚麻利的队员去打探情报。农舍的火还没熄灭，旁边躺着几个人，都受了重伤。探子从他们口中得知，在这边抢掠的都是二三十人的小队伍，哈法的大部队驻扎在五英里以外的布里斯托村。

埃德蒙跟带头的几个人讨论了眼下的形势，决定让队伍继续藏在森林里，等到夜里再发动奇袭，打他们个措手不及。这样不仅可以重创敌人，还可以在他们反应过来之前，安然撤退。

夜里九点，队伍快速行动，一个半小时以后，行至布里斯托村附近。维京人的火生得很旺，他们白天劫掠了不

第五章 三角阵形

少东西,这会儿正在尽情饮酒作乐。村子边上有一个很大的牛圈,里面关着他们抢来的牛群。

埃德蒙和埃格伯特命令队伍原地待命。他们二人则悄无声息地走到了村子边上,好近距离观察地势以及维京人的位置。二人回来后,又等了好一阵,一直等到维京人的火烧得没刚才那么旺了,吼叫声和歌唱声也小了些。他们知道维京人向来喜欢彻夜狂欢,再等下去,意义不大。于是,二人爬到牛圈边上看了一圈,发现只有几个守卫。随后,埃格伯特把每个人的任务交代清楚后,队伍便发动了奇袭。

三四名弓箭手神不知鬼不觉地爬到了维京守卫边上,按照事先说好的,他们爬到边上后,先匍匐在地,将箭搭在弦上,瞄准守卫,等听到埃德蒙的哨声后,再统一射箭。哨声发出后,箭应声而出,弓箭手离守卫很近,几名守卫都被射死了。随后,一批队员上前,将牛圈面向村子一侧的栏杆拆了,剩下的人则混入牛群之中,用战矛去驱赶牛群。很快,牛群就发疯似的朝村子奔去。队员则紧紧跟在牛群身后,继续用战矛去刺牛的屁股,好让它们变得更加疯狂。

维京人听到牛群狂奔的轰鸣声后,非常震惊,并且,牛还是朝着他们奔去的。仓促之间,他们以为牛跑出来纯属意外。他们一个个匆忙起身，拿起剑和盾，撞出咣当的响声，好把牛赶回去。但是牛群后面可是锋利的战矛，牛群疯狂奔跑，根本不会掉头，瞬间就将维京人踏在蹄下。

牛群撞倒了不少维京人，踏伤的也不在少数，整个维京营地都变得混乱不堪。这时候，牛群里的撒克逊人拿着矛和剑，突然扑了上来。这下子，营地更乱了。十来个维京人还没回过神，就丢了性命。撒克逊人的战法太过新奇，来得又这么突然，他们根本来不及反应。

牛群终于跑远了，奔跑声也渐渐远去，维京人这才意识到敌人根本没几个，他们开始聚拢起来，准备反击。不过，号角声马上就响起来了，袭击他们的人也跟着消失在了黑夜里，就如同魔法一般。迷信的维京人有点不知所措，有的甚至怀疑这是超自然力量发起的攻击。

等维京人真正聚拢起来，准备反击的时候，撒克逊人早已跑远了。维京人总共折了不下两百号人，有被杀死的，也有被踩死的；埃德蒙的卫队则是毫发无损地撤出了战斗。

队员们回到森林后，情绪非常高涨，这场胜利让他们对自己、对埃德蒙都更有信心了。

"我敢断言，"埃德蒙说道，"趁夜间反复侵扰维京人，是对付他们的最佳策略。用这种战法，要不了多久，他们的部队就不敢再分散成小分队四处劫掠了。这样一来，他

第五章 三角阵形

们只要在我们的王国待上一天,就得提心吊胆一天。最后,身心俱疲的他们肯定会离开的,因为在这里劫掠,代价实在太大了。"

至于哈法的部队,吃了这么大的亏,自然是打起了十二分精神,短时间内绝不会放松警惕。埃德蒙很清楚这一点,他决定换个地方,如法炮制。果不其然,他到了维京伯爵西格伯特的地盘后,也重创了敌军。这一次维京人的伤亡人数并不比上一次的少。靠着夜间突袭的战法,埃德蒙又打了三四场胜仗。经过这么几次折腾,整个维京大军都警觉了起来。他们捉了些撒克逊民众,并从他们口中得知了埃德蒙的卫队的威力。

如此小的一支队伍,却给维京人造成如此巨大的打击。维京人为此怒不可遏,决心联合一切力量,消灭这支队伍。他们胁迫手中的撒克逊俘虏替他们收集情报,要是不帮,就会被立即处以死刑;相反,若是肯干,则可获得丰厚奖赏。两名俘虏在他们的威逼利诱下屈服了。一天,他们给哈法送去情报:前一天夜里,埃德蒙的卫队再次成功突袭维京部队,地点在十英里以外。破晓时分,他们再次躲入森林,和哈法的营地仅有三英里之遥。

哈法很清楚,这支撒克逊队伍总共也没几个人,根本不屑于从别的地方调兵。他二话没说,就带着手头的三百号人冲向了森林。埃德蒙的卫队修整前，安排好了岗哨，他们发现维京人的行踪后，立即向埃德蒙禀报，说维京人马上就要打过来了。这消息一到，整支队伍都清醒了。

"兄弟们，"埃德蒙说道，"我们刻苦训练，不就是为了今天吗？他们跑得可不比我们慢，我们现在撤退，肯定来不及了。既然如此，我们就亮出我们的真本事，给他们点颜色看看。"

埃德蒙的卫队士气高涨，阵形排好后，便走出了森林。维京人看到这支不起眼的小队伍后，不禁欢呼起来。埃德蒙的队伍，人本来就不多，组成密集阵形后，人数看上去就更少了。维京人你争我抢地冲向前去，他们觉得拿下这支队伍，易如反掌，都抢着去捏软柿子，跑得快的，很快就冲到了阵形边上。他们这才发现这支队伍虽然没几个人，但边上却围着一圈密不透风的战矛铁壁，根本冲不进去。他们无计可施，只得停下脚步，等首领过来再行定夺。

不一会儿，哈法就带着几个小头目赶到了。他没有丝毫迟疑，就带人杀了过去，但他的长剑就是伤不到撒克逊人。他靠近后，三角阵形最前排的人紧跟着单膝着地。维京人用盾牌撞开战矛的那一刻，身体没了保护，最前排的撒克逊人就会趁机用短矛去刺他们，很多人都因此受了重伤。哈法带人数次冲锋，都无功而返。他发现靠少数人冲锋无果

第五章 三角阵形

后,命令手下的三百号人列成了四排,好靠人数优势破阵。

紧跟着,单膝着地的撒克逊人都站了起来。三角阵形开始主动向维京人进军。战矛的矛头,本身与三角形的三个边垂直;如今,队伍动起来以后,都统一对着敌人的方向。两军距离越近,撒克逊人的呐喊声就越响亮。更重要的是,他们在前进过程中一直保持着严整的阵形。随后,他们就刺入了敌军。三角阵形的攻势非常猛,整支队伍的威力都集中在了三角形的顶点上,再加上密密麻麻的战矛,他们一路势如破竹,轻易刺穿了敌人的四排队伍。

维京人万万没想到,撒克逊人可以如此轻松地破了自己的阵。他们乱糟糟地围在三角阵形边上,靠近的人和撒克逊人仓促交手,外面的人则急着往里面冲,反而影响了里面的战友。撒克逊人可没有乖乖待在原地。在埃德蒙的指令下,三角阵形时而用这个顶点进攻,时而用另一个顶点进攻,不论哪一个方向,他们都所向披靡。三角阵形正中央的弓箭手则在不断射箭,他们的箭又快又准。

哈法亲自上前,想阻挡前进的三角阵形,却被埃格伯特一斧子砍死了。血战半小时以后,维京人折损了五十多名战士,剩下的见再挣扎下去也不能伤撒克逊人分毫,便放弃战斗,拔腿逃跑了。

三角阵形迅速散开,展开雷霆追击,斩杀逃亡的敌人。

埃德蒙反复大喊，别跑得太散，队员听到后也确实照做了。维京人以为撒克逊人忙着追击，队伍早散了，纷纷转身，杀了回来。埃德蒙见状吹了声号角，声音刚落，三角阵形就摆好了。维京人刚才已经被这阵形吓破了胆，如今见撒克逊人又摆好了阵，根本不敢上前。果不其然，维京人再次掉头逃跑，撒克逊人再次分散追击。先后两次追击，撒克逊人斩杀的敌军数量是之前正面交锋时的两倍。

他们一路掩杀，追了好几英里。埃德蒙怕再追下去，会碰到别的维京部队，就下令停止追击。这是一场了不起的胜利，要知道，敌人的数量可是他们的四倍。撒克逊人这边也有受重伤的，但都活了下来，相比之下，维京人的队伍死了近一半。经此一役，他们都信心百倍：有了这一战法，今后遇到的只要不是大部队，想必都可以获胜。

战后一周，队伍没有采取新行动，而是继续操练，以便更好地掌握三角阵形，重点练习从防守状态切换为攻击状态。防守模式下，战矛的方向与三角阵形的三个边成直角；攻击模式下，攻击顶点的左右两边，战矛的方向与冲锋方向一致，是朝向前方的。埃德蒙打了胜仗后，派人给国王报喜。没多久，国王也派人送来了贺信，祝贺他屡立战功，他的队伍人数虽然不多，但功绩很大。国王甚至坦言，埃德蒙的卫队在敌人数量远胜于己方的情况下，依旧

第五章 三角阵形

能以少胜多，出乎他的意料，更何况敌军领袖还是赫赫有名的哈法。

维京人依旧有许多小股势力在四处掠夺。后面几周，埃德蒙继续采用原来的策略，专挑这些小分队下手，结果可谓是屡试不爽。维京人后来一听到他队伍的名号，就战栗不已。他的队伍行动迅速，只需片刻，就能从分散的状态转化为密集的三角阵形。这在维京人看来，绝不是常人能做到的。自此以后，维京人逐步撤出了这支队伍出没的区域，但在威塞克斯的其他地方，没有人可以阻止维京人的脚步，大片的土地被践踏、蹂躏。

这天，埃德蒙收到消息，有大批维京部队向舍伯恩方向进发，领地的部属敦促他尽快回去保卫家园。

埃德蒙带领卫队，急忙赶回自己的府邸。这时候，维京军队离舍伯恩仅有几英里之遥，当地的民众都非常恐慌。埃德蒙立即派人四处送信，催促民众尽快带着家眷、牲畜以及值钱的物件，躲进城堡。民众知道埃德蒙回来以后，心里总算有了底。他多次击败维京人的喜讯，早已传回领地。队员回家后，街里邻坊又从他们那里听了一遍卫队的英雄事迹，恐惧的情绪也因此消退了不少。

夜里，大批民众开始拥入城堡。直到黎明时分，方圆数十英里的民众才悉数躲入城堡。埃德蒙和埃格伯特忙着给众人分发任务。凡是拿得动武器的男子都被安排到了城墙上保家卫国,老年人和小孩子则负责打水和照看牛群,女人的职责是做饭和照顾伤员。埃德蒙并没有将卫队安排到城墙上,卫队主要是待在城堡里充当后备兵力。如此一来,城堡的任何方向有难,卫队都可以及时救援,另外,必要时卫队也可主动出击,对付敌人。

  不久以后,埃德蒙的领地浓烟四起,维京人又开始抢掠物资了。女人们都悲痛地哭了起来,男人们则发出了愤怒的吼声。他们看着烟的方向,就知道自己的农舍被糟蹋了。中午,一队维京骑兵来到城堡边上,骑马绕城堡一周后发现这座城堡固若金汤,便掉头离开。之后,维京人也没有再过来,这一天就这样过去了。

第六章 撒克逊城堡

夜里,有哨兵专门监视周围情况,还有几名探子出去刺探敌情。探子回报:维京人正在狂欢,他们杀了许多头牛,埃德蒙府邸窖藏的蜂蜜酒也都被打开喝了。埃德蒙府邸以及周边的房屋,维京人都没有放火。探子猜他们这么做,是想以府邸为指挥部,攻打城堡。

埃德蒙和埃格伯特都认为有必要给维京人一个下马威,好让他们知道撒克逊人不是好惹的。距离城门内侧不远处,卫队的成员都睡在兽皮上。二人叫醒队员,带着他们出发了。

到达府邸围墙附近时,距日出还有两小时。维京大军据传有一万人,但除了个别哨兵在执勤外,其他人都在睡觉。府邸四周躺着许多熟睡的维京人,埃德蒙带人小心翼翼地朝着府邸走去,要是踩到了人,打草惊蛇就麻烦了。

他们悄悄走到门口时，一名睡眼惺忪的守卫看到了他们。

"谁呀？"

埃格伯特用战斧给出了回复。随后，埃德蒙跟埃格伯特带着二十个人，杀进了屋子，余下的则负责守住出口。

战斗的时间不长，但相当激烈。屋内传出了武器的撞击声和维京人的惊呼声，屋外不少人都被惊醒了；还有几个维京人逃出了屋子，他们一边跑一边大喊。战斗总共也就持续了三四分钟。屋内的维京人横七竖八地躺在各个角落，很多都喝多了，恐怕到了生命的最后一刻，他们还神志不清呢，更别说起来反抗了。屋内的两位维京伯爵都勇敢战斗到了最后一刻，他们的表现确实对得起自己的名号。

撒克逊人与维京人彼此之间绝无半点怜悯之情。双方更不会祈求对方大发慈悲，因为双方都很清楚，即使求了也没用。维京人对反抗他们的人，从不手下留情；撒克逊人对侵略者，则怀有深仇大恨，这帮人给他们带来了太多的苦难，在他们眼里，杀维京人与杀野兽无异。除了两位伯爵，屋内还有近三十名小头目，除了五六个逃跑的，剩下的都被杀了。对维京人而言，不幸中的万幸是真正的大人物并不住在这儿，而是驻守在几英里以外，他们若是也待在这，维京人损失的可就是两位王以及六位伯爵了……

屋内的维京人被杀干净以后，埃德蒙带人和屋外的撒

第六章　撒克逊城堡

克逊人会合。

　　此时，维京人成群结队地赶了过来，场面非常混乱。不过，这些人倒不是过来打仗的，他们只是听到动静，想过来一探究竟的。他们做梦都想不到撒克逊人会有胆量偷袭自己的营地。埃德蒙一声令下，队伍就摆好了三角阵形，凡是挡在队伍前面的维京人，都被击倒或斩杀了。他们就这样凭借着三角阵形，一路小跑，杀出了维京营地。

　　天还是很黑，又过了一阵，维京人才彻底回过神来。他们半天也没有等到首领号令，冲进屋里一看，才发现两位伯爵和几名首领早已被杀了。怒不可遏的维京人顾不上聚拢队伍，便出发追敌。这时候，埃德蒙卫队已经跑出了一段距离，更何况这里的每一寸土地，他们都了然于胸，而维京人对此就相当陌生了。他们刚一跑出维京人的地盘，埃德蒙就解散了阵形，让手下全速奔跑。三角阵形的状态，人站得过于密集，迈不开脚步，解散以后，他们奔跑的速度快了许多。天刚亮，他们就跑回了城堡，维京人连他们的影都没看到。

　　城堡里的人得知这次突袭大获成功后，士气高涨了许多。维京人蜂拥而至，跑到城墙之下。他们看到滴水不漏的防御工事，不敢再向前一步，更何况他们也没有首领带队。有几个愣头青倒是冲了上去，但被弓箭手射杀了。

中午，维京大军向城堡进发，远远看去，黑压压一片，队伍中还有许多血红色战旗，上面有黑色渡鸦的图案，这说明队伍里有大人物。事实也的确如此，维京大军确实倾巢出动了。他们行军的场面颇为壮观，一眼望去，旌旗猎猎。首领们的黄铜头盔和盾牌，步兵们的战矛和利剑，都在阳光的照射下发出耀眼的光辉。此外，大军里还有不少策马疾驰的骑兵分队。

"传闻所言不虚啊！"埃格伯特跟埃德蒙说道，"看这阵势，绝对有一万人。与凯斯蒂文之战相比，这一次敌人的数量整整翻了一倍。"

看到大军兵临城下，城堡里的人心生恐惧在所难免。不过，他们看到埃德蒙淡定自若的神情，想到城堡坚固的城墙后，就没那么慌张了。在距城堡约四分之一英里处，维京部队停了下来。有几个人继续骑马前行，从其华贵的头盔、盾牌以及着装可以看出，他们都是身份尊贵的首领。他们刚好在弓箭射程以外停了下来，其中一人提高嗓门，大声吼道："低贱的撒克逊人，我本打算放你们一条生路，可惜你们不识时务，不仅没有放下武器，臣服于我，还在昨晚犯下滔天罪行，杀害了我勇敢的伯爵。我以主神奥丁之名起誓，我一定会复仇的。我发誓，城堡里的人，不论男女老幼，都难逃一死。吾乃维京王乌法，本王言出必行！"

第六章　撒克逊城堡

"维京王乌法，你先别急着起誓，"埃德蒙调侃道，"你就算想杀人，也得有本事先抓到我们才成。要想攻下这座城堡，你们的诸神恐怕得一齐上阵、各显神通，你们才有胜算。至于生路，狼群都比你们仁慈，我们又怎么会费力气跟你们摇尾乞怜呢？我们也有神庇护，我们还有利剑防身，你们就算有如今三倍的兵力，我们也不会怕。"

埃德蒙说完后，撒克逊人振臂高呼，维京王乌法则骑马回到了己方阵营。前一夜的教训，维京人可没忘，他们回去后立刻安营扎寨，并在营地外修筑土墙，墙的顶部插着木桩和灌木枝——为了提防撒克逊人再度发动奇袭。之后两天，维京人一直都在修建营地。在此期间，双方都没有进攻，尽管撒克逊人很想采取行动，但维京人每夜都会安排不少人巡逻，根本不给他们离开城堡的机会。第三天，维京人建好营地后，维京诸王和众位伯爵开始行动了，他们骑马绕了城堡一圈，明显是在寻找合适的进攻方向。

这一段时间，城堡里甚是平静。神父们鼓励战士英勇战斗，顽强抵抗到最后一刻。

维京人费了那么多心思修营地，一方面说明他们对攻下城堡势在必得，不论花多少工夫，都誓要达成目的；另一方面，这也说明他们十分清楚，这座城堡绝不是说攻下就可以攻下的。否则，他们早就采取行动了，又何必按兵不动呢?

"我估计他们明天一大早就会有所行动。"埃格伯特说道,"他们极有可能发动总攻,强行攻城。这招要是没奏效,他们可能会回去建造攻城器械,好破坏我们的城墙。"

破晓时分,维京人出营列队,朝着城堡进发,一共分成了四支队伍,前三支队伍分别攻打城堡的左方、右方和后方,剩下一支队伍的人数相当于前三支的总和,负责攻打城门。城墙上,撒克逊人按指定位置就位。埃德蒙为了增强城门的防守兵力,将自己的卫队调了过来。城堡内总共有三百五十名战士,他们大多在一年前和维京人交过手。四个方位的战斗同时打响,双方的弓箭手拉弓射箭,射向对面。撒克逊人有护墙遮挡,伤亡很小。维京人则暴露在箭雨之下,伤亡惨重,但他们并没有因此停下脚步,而是大声喊杀,继续向城堡冲去。

埃德蒙和埃格伯特倒不太担心其他方向,因为敌军的主力都集中在城门一侧,真有什么意外,也肯定是在这发生。

维京大军用盾牌防身,全速冲锋,冲入外墙后,他们沿着壕沟走,好走到城墙的门前。士兵们一个个挨得很近,盾牌举在头顶连成一片,形成了保护伞,箭雨射不进去。于是,城墙上的撒克逊人用弓箭、飞镖、滚石攻击下面的维京人,滚石落下,盾牌会被砸出间隙,弓箭手可趁

第六章　撒克逊城堡

机射箭。

　　维京人伤亡不小，但他们依旧前仆后继地往前冲。到了门前，他们纷纷用斧头砸门，门松动以后，就用圆木撞击。与此同时，撒克逊人的箭矢从未停过，门口维京人的尸体都堆成了小山。维京弓箭手在战友的帮助下，终于爬上了外墙。内墙上的撒克逊人虽有护墙保护，但肩膀以上是露在外面的。他们看到外墙上射来的箭雨后，都举起了盾保护头和肩膀。尽管如此，他们还是会寻找维京人攻击的间隙，予以还击。

　　前一天，埃德蒙和埃格伯特就到底要不要在城门后堆石头讨论了很久。他们最后决定不放。有石头在后面支撑，城门的确可以多撑一会，但城门一旦被撞毁，维京人挪开或爬上石头，也只是时间问题。与其如此，不如把门后的地方空着，这样防守起来还便于展开拳脚。他们虽然没有搬石头，但他们让部下在门后约二十码处，堆了一个半圆形的土堆，高十英尺。

　　城门眼看着就要被撞开了，埃德蒙见状，将自己的队伍从内墙上叫了下来，并命令他们在门后十码处站成了半圆，一共站了四排。他们布阵的方式和三角阵形类似，都将战矛对准了城门的方向。后面的土堆上则站着一排弓箭手。

城门被撞开后，维京人欣喜若狂地冲入城堡。土堆上的弓箭手迅速射箭，跑在前面的维京人就如同雪花碰到了熔炉的热浪会瞬间融化一般倒下了。即便如此，后面的人依旧大无畏地往前冲。但这都是徒劳的，因为前面还有战矛组成的屏障。他们不顾一切地扑向战矛，英勇赴死，但就是杀不出一条血路。

维京人进了城门，不仅要对付土堆上射来的箭雨，还要承受内墙上的攻击。他们的背部可没盾牌保护，墙上的撒克逊人可以轻易地杀死他们。没过多久，门后半圆形的狭小空间内就堆满了维京人的尸体，后面的维京人想冲进来，都得费些工夫。其间，数名英勇的维京首领都战死了。壕沟里的维京人并不知道前方发生了什么，他们迟迟进不了城门，头上又有箭矢和滚石，耐心都被消磨光了。半小时后，维京人折损了三百名好手，依旧没有取得任何进展。维京王乌法虽然愤怒、沮丧，却也只能无奈退兵。

维京人在其他三个方向也吃了败仗。内墙的坡很陡，他们攀登时，死伤惨重。他们带了木柴，本打算堆在墙边，方便翻墙，但内墙的坡度太大，堆几捆，就没法继续往上堆了。许多人见木柴的高度不够，就踩着同伴的肩膀登墙，但身子刚冒上去，就被撒克逊人的战矛刺下去了。维京人在这三个方向总共折损了两百余人，但依旧未能在内墙上

第六章 撒克逊城堡

获得任何立足之地。

撒克逊人无不兴高采烈，这一仗，他们仅仅折损了二十三人。神父郑重地主持弥撒，除岗哨外都参加了。经此一役，众人都满怀信心，随时可以再次迎敌。

撒克逊人及时在门口堆上了石块，防止敌人从那里突袭。维京人带着战友的尸首一并撤退。次日上午，撒克逊人发现敌人在忙着举行葬礼。在敌营边上，尸体背靠背，呈坐姿，被摆成了长长的一排，各自的武器都摆在身边。随后，维京人开始往尸体上堆土，堆到最后，可以看到一个长五十码、高十英尺的坟堆。

战死的有一位维京王和三位伯爵，他们并没有和普通战士葬在一起。四人被摆成了坐姿，戴着头盔，拿着盾牌，身旁放着他们生前使用过的宝剑。维京人杀了他们的四匹坐骑后，将马的尸体放在了尸首边上。他们还杀了二十位奴隶陪葬，在尸首外围了一圈。此外，尸首边上还有金质酒器在内的多种宝物。他们的坟堆堆好后，半径和高度均为二十英尺。

葬礼持续了一整天。隔天，维京人砍了许多棵树，运回营地。接下来的两天，他们一直在造攻城器械。这段时间，埃德蒙和埃格伯特忙于教导民兵。之前，维京人攻入城门后无法向前一步，但这一阵形只有埃德蒙的卫队会二人特意利用这个空当,将阵形传授给了民兵。这样,城墙就算被打出了一两个缺口,民兵也可以如法炮制,保卫城堡。他们为了对付维京人,还特意备了些牛皮——为此屠宰了不少牛。在剥好的牛皮内侧涂上一层厚厚的油脂,之后撒克逊人将其小心收好。

维京人造好攻城器械后,从三个位置用投石机攻打内墙,巨石一个接一个地砸了过来。撒克逊人立即用弓箭回击,射死了许多维京人。维京人立刻建起了临时护墙,箭矢的威力一下子变弱了不少。

撒克逊人之前造了不少宽大的梯子。半夜,他们悄悄将梯子从城墙放下,战士们随即悄无声息地爬下了梯子。撒克逊士兵分成三队,朝着三处的投石机而去。尽管每一处的投石机都有维京人看守,但还是被撒克逊人击退,投石机也被摧毁了。撒克逊人一得手便赶在维京大部队杀过来以前,迅速爬上梯子并将其收好。维京人围攻城堡的计划因此被耽搁了几天。等到新投石机建好,维京人立刻卷土重来,这一次维京大军倾巢出动,夜里就睡在投石机边上。

投石机连续作业了三天,内墙上出现了三处缺口,宽三十到五十英尺不等。撒克逊人这一段时间也没闲着,每一处即将破裂的内墙后面,他们都垒起了十英尺高的土堆。

第六章 撒克逊城堡

另外，凡是快被攻破的部分，撒克逊人都顺着墙根，垂直向下挖出了十英尺深的坑，也就是说，维京人从缺口攻入后，必须先跳入深坑。

夜晚，撒克逊人会清理落入墙内的碎石。墙上的大窟窿已经非常明显了，不消说，维京人次日上午就会发起猛攻。他们将之前备好的牛皮铺在坑底，在坑里插上了许多短矛——矛尖笔直向上，离坑底有一两英尺的距离；另外还插了许多根用火烤过的尖树桩，非常锋利。一切准备就绪，撒克逊人方才躺下休息。

一大早，维京人攻了过来。进军途中，撒克逊的弓箭手没怎么动手。他们这么做是想请君入瓮，其实早就在缺口左右的墙上安排好了弓箭手。维京人进入缺口以后，弓箭手就会找准时机，瞄准其背部，将其射杀。三处半圆形的土堆上，埃德蒙命部下列好了阵，每一个土堆上都站着四排手握战矛的撒克逊人。

维京人喊杀声大起，冲了进来。他们翻过外墙后，直奔缺口。带头的发现缺口后面有深坑，但身后不断有人往前挤，他们来不及细想，就跳了下去。

跳下去的无一生还。牛皮极滑，他们落地后根本站不稳，而滑倒以后只有一种可能，那就是被矛头和尖桩刺穿。后面的人源源不断地往前冲，前面的也只能硬着头皮往下跳。不久以后,尸首就盖住了短矛和尖桩,后面的人以这些尸首为着地点,跳了下去。接着,他们爬上土堆准备跟撒克逊人战斗。

弓箭手等的就是这一刻,箭矢不断从维京人身后射来,很多人都被当场射杀。三处缺口的撒克逊队伍,埃德蒙负责一支,埃格伯特负责一支,还有一支由身经百战的老兵奥斯瓦尔德负责。

无论哪个方向,维京人都一筹莫展。他们虽然爬上了土堆,却无法冲破撒克逊人的战矛屏障。维京人一茬接一茬地丢了性命,一半是被矛刺死的,一半是被箭射杀的。维京人不顾一切往前冲锋了整整一个小时,方才停下了步伐。此时,他们已经搭进去一千五百号弟兄的性命了,见冲破防线无望后,只得撤退。

撒克逊人看到维京人撤退后,大声欢呼。许多人都想出城追击,埃德蒙等首领拼尽全力才拦下他们。撒克逊人之前好几次吃亏,都是因为打了胜仗后鲁莽追击。维京人虽然撤退了,但他们依旧拥有绝对的兵力优势,撒克逊人要是追上去,一旦到了开阔的平地上,必定会被反杀。在埃德蒙等人的坚持下,无一人出城,悻悻而归的维京人自然也没有被追兵侵扰。

次日上午,撒克逊人发现维京人趁夜拔营离开了,这

第六章 撒克逊城堡

令他们喜出望外。埃德蒙派出了多名探子，去各个方向打探情报，剩下的撒克逊人则负责清扫战场。维京人只带走了身份显赫之人的遗体，其余人的尸首都留在了城内。

探子回报：敌人在马不停蹄地行军，目前已经撤出了埃德蒙的领地。看来，侵略者一时半会儿是不会回来了。撒克逊人得知此事都离开了城堡，回去重建家园。

维京人在舍伯恩无疑碰上了钉子，损失惨重。但在王国的其他地界，他们依旧所向披靡，那些地方的撒克逊民众，悲观情绪也更为明显。许多人为了过上平静祥和的生活，不惜带上家什物件，远离家乡，一路赶往港口，好乘船前往法兰克王国。舍伯恩的民众也有远走高飞的。埃德蒙尊重他们的决定，他知道形势严峻，民众确实看不到希望。大多数人都毫无战意，维京人彻底击垮威塞克斯王国，似乎只是时间问题。

到了877年春天，事情似乎有了转机，阿尔弗雷德国王再次紧急征召各地民众参战。大批维京人在埃克塞特方向登陆后，迅速攻占了埃克塞特。国王下定决心，要击溃这帮维京人。他的船队在普尔整装待发，他恳请埃德蒙尽快赶去增援，能带多少人就带多少人。国王打算率船队前往埃克斯河河口，封锁航道，断了维京人的援军。如此一来，他的兵力就可以顺利包围埃克塞特。

埃德蒙很想乘自己的战船参战，但时间有限，国王的船队人手不足，他必须第一时间赶过去。守卫城堡时，他的卫队折损了几名队员，但他已经招到了新人来补缺。此次增援，他并不觉得是个苦差，相反，他觉得这是一次难得的机遇，卫队可以趁此机会熟悉海上作战。到普尔后，他发现一共有二十艘战船，埃德蒙带人登上了其中一艘后，船就出海了。

船只的操纵和航行有专门的老水手负责，埃德蒙的人只负责作战。

威尔汉姆是维京人的大本营。埃克塞特被围的消息传到那以后，那里的维京人派出了一百二十艘战船，满载援兵，打算解围。

天气恶劣，海上的浓雾偶尔会被凛冽的狂风驱散。此时，撒克逊战船已经在海上了，但还没有发现任何维京船只的踪迹。不过这也是好事，因为除了水手以外，其余人还没有习惯海上的生活，加之海况恶劣，船晃得厉害，许多人都晕船晕得厉害。维京船只要是赶在撒克逊人出海的第一周出来，想必可以避免一场海战，因为此刻的撒克逊人根本无法作战。

经过一段时间的适应，撒克逊人都不怎么晕船了，斗志也高昂了许多，随时可以迎敌。埃德蒙让他的部下参与

第六章　撒克逊城堡

船上的日常工作，这样，他们将来也可以干水手的活。船队并非一直在海上航行，每过一段时间，船队都会去怀特岛和英格兰本土之间的海峡躲避风暴。海峡的山上设有岗哨，可以看到周边大片海域，一有敌船的踪迹，岗哨就会点燃烽火。船上的人看到烽火，可以立马了解情况。整整一个月过去了，还是没有维京船只的影子，撒克逊人不禁想，维京人是不是成功避开他们了？海风很大，维京船只或许被刮到了看不到的地方，而后又从西方很远的地方登陆。

终于有一天，山顶飘起了滚滚浓烟，烽火被点燃了！岸上的人立即登船。岗哨在山上极目远眺，发现西边海域有大批维京船只朝陆地驶来。维京人这么晚才出现，是因为之前海风太大，船队被刮得偏离了航线。

天气依旧恶劣，水手预测不久以后会有暴风雨。尽管如此，撒克逊人还是选择出航。船只收帆向西边海域驶去。撒克逊船只比维京船只大，在海上抵御恶劣天气的能力要强一些。航行数十英里后，撒克逊船队终于可以从甲板上看到敌人了。他们发现维京人正往斯沃尼奇湾的方向划船。

风越刮越猛，但撒克逊人强行将帆张开了一些，不久以后，他们成功拦下了维京船只。双方展开殊死搏斗。维京人的桨帆船高度不高，但船体很长，海上风高浪急，他们能确保船不翻就不错了。在这种情况下,撒克逊人轻易撞翻了许多船只。他们站在高耸的艉楼[1]上,拉弓射箭,吓得敌方的划桨手惊慌失措。撒克逊战船撞上维京战船,常常会把船桨撞断,桨一断,船就没法动了。维京船队也不时有两三艘船试图靠近撒克逊战船,妄想登船攻击。不过,海浪实在是太大了,船即使勉强靠了上去,要跳上撒克逊战船,展开接舷战[2],也绝非易事,更何况撒克逊人还会用战矛将敌人戳下海。

维京船队乱作一团,船员无不惊恐万分,动了撤退的念头。他们纷纷向海岸划船——海上波涛汹涌,难有活路,只能寄希望于岸边。不过,海岸比追兵更为凶险,岸边满是巨大的礁石,维京船只一碰上去,就撞得粉碎。更何况岸上还有成群结队的撒克逊战士,他们早就聚集在了岸边,侥幸靠岸的维京船只,人一上岸,就会被他们杀死。最终,一百二十艘维京船只无一幸存。

这一仗,与其说维京人是被撒克逊人打败的,不如说他们是被海上风暴吞噬的。

---

① 艉楼:船尾部的船楼。
② 接舷战:最早的海战战法,一直沿用至17世纪。桨船时代的接舷战战术,通常进攻的船以船舷靠近敌船船舷后,士兵跳上敌船进行白刃格斗。

第七章　飞龙号

埃克塞特的维京人没了援军，只得求和，阿尔弗雷德国王说可以放他们一条生路，但前提是他们这辈子再也不得踏入威塞克斯半步。维京人发了毒誓后，国王将他们释放。他们一路向北行军，离开了威塞克斯王国，驻扎在了格洛斯特。

有的人觉得国王此举不妥，不应该这么轻易放过他们，一位首领还当面提出了反对意见。国王认为诺森布里亚和东盎格利亚王国仍有大批维京部队，要是屠杀了埃克塞特的维京人，他们得到消息势必会复仇。到那时，威塞克斯边境又要战火四起。更何况要把埃克塞特硬攻下来，也绝非易事。城内的维京人为了活下去，势必会拼死抵抗，撒克逊人不付出惨痛代价，绝对攻不下来。

此时的麦西亚王国，没人敢跟维京人作对。伯格雷德国王一而再再而三地花钱求和，反而激起了维京人的贪欲，拥入麦西亚的维京人越来越多。国王束手无策，只得借着去罗马朝圣的机会，离开了麦西亚，最后在罗马逝世。维京人在麦西亚王国的做法与其在诺森布里亚王国的做法如出一辙，他们并没有在这些地方长期生活的打算。麦西亚有一位软弱的撒克逊首领，名为赛奥武夫。维京人将他推上了王位，但他实际上只是维京人的傀儡。赛奥武夫上台后成了一个彻头彻尾的暴君，他横征暴敛，压榨土地主。维京人洗劫过后，麦西亚幸存下来的修道院本就不多，但赛奥武夫连这些"漏网之鱼"都没放过，凡是珍宝都会一件不剩地夺走。

维京人放任赛奥武夫横征暴敛，等他被"养肥"了以后，就拿他开刀。聚敛的财富被一个子不剩地拿走，本人也被赶下王位。在那个年代，放眼整个英格兰，没被维京人洗劫过的地方，所剩无几。身处东盎格利亚和麦西亚的维京人意识到这一问题后，很多人都选择在当地定居。他们从撒克逊人手里夺来了许多土地和城镇，手头最不缺的就是落脚地。

埃克塞特的维京人离开撒克逊后，和另一支维京部队合二为一。那支部队本身在南威尔士四处洗劫，等到发现山沟里没什么东西好抢的以后，就拔营前往格洛斯特。两

第七章 飞龙号

支部队相遇后,他们提议再次侵略威塞克斯。从埃克塞特撤出的维京人是跟阿尔弗雷德国王发了毒誓的,并且交给了国王不少人质,但他们还是接受了这一提议。

这支新组建的维京联军带着麦西亚的增援兵力,向威尔特郡进发。雅芳河边的奇彭纳姆有一座王室城堡。没多久,这座城堡就被攻占了。他们以此为起点,迈开了侵略的步伐,不论遇到什么,都用火与剑摧毁掉。民众为此战栗不已。不少有身份、有地位的人都选择带上家什物件,乘船逃往法兰克王国。这样做的,还有主教、神父、修道士等神职人员,但他们带的多是教堂和修道院的圣物、宝石以及饰物。

可以说,整个威塞克斯王国都人心惶惶。许多撒克逊人都想一走了之,但没有条件,只能躲入森林。维京人把一个地方掠夺干净以后,常常会换个地方继续糟蹋。他们一走,当地的民众就会走出森林,回到满目疮痍的家园,继续辛勤耕作,一度无比英勇坚毅的撒克逊人就这样沦为了农奴。维京人对此自然极为满意,撒克逊人再也不抵抗了,并且,他们还在继续耕作,如此一来,将来就不愁没得抢了。

一开始,埃德蒙还带着卫队和侵略者作战。多亏有他,维京人的小股力量抢掠物资数次都吃了亏。不过,他很快发现这样的抵抗毫无希望可言。他决定先返回舍伯恩，带上必要的物资去战船的藏身之处。

船上覆盖的树枝没有被挪动过的痕迹，看来这里成功躲过了维京人的扫荡。他带人将船上的遮盖物拿走后，开始挖水道，从船所在的深坑一路挖到河流。水道要挖到三英尺深，宽度则要足以让船身通过。

水道挖通后，河水迅速灌入，战船也跟着渐渐浮起，等到水面持平，船才停止上升。撒克逊人看到这一幕都非常高兴。船驶入河流后，众人将物资、装备搬上了船，随后一路用篙撑船，来到了河口。出航前，埃格伯特物色了十五名可靠的水手，有了他们，一行人安心了不少。维京人此时还在王国的腹地活动，滨海地带暂时还算安全。埃德蒙一行人采购物资，也并未遇到什么困难。不到一周时间，桅杆和船帆就到位了。

这艘战船名为"飞龙号"。船一到码头，就引起了轰动，大家都说这是他们见过的最大、最好的战船。船员在采购物资时，还将船拉上了岸，涂了好几层漆。埃德蒙出海前，想再见一面阿尔弗雷德国王，这样才没有缺憾。不过，国王已经在萨默塞特躲了起来——具体身在何处，无人知晓。等到有一天，撒克逊人再也无法忍受压迫，奋起反抗后，他才会再度出山。

第七章 飞龙号

一切准备就绪，飞龙号出海了。船上多备了些桨和帆，这些东西在追击敌人时用得上；敌人数量过多，船要撤退的时候，也可派上用场。大家一开始都有些晕船，不过时间一长就适应了，都拿起了船桨，操练了起来。

船上有两排船桨，一排在甲板以上，一排在甲板以下。下面一排船桨从小舷窗伸出，只能在海况良好的情况下使用，海况不好，就得把舷窗紧紧关上。下甲板的船桨，一支由一人划动即可，上甲板的则需两人共同划动，因为上面的船桨更长、更重。

飞龙号两舷各有两排船桨，一排十五支，要划动所有的船桨，必须配齐九十号人。埃德蒙为此又招募了些船员。一开始，划船溅起的水花挺大，船却不怎么移动。随着时间的推移，大家学会了配合，效果就好了许多。三周以后，九十名船员找到了默契，飞龙号可以在水上快速航行。

其间，飞龙号从未远离过港口，船员和战船磨合到最佳程度以前，埃德蒙不想跟维京人贸然交手，离港口近一些，可避免和维京船只相遇。等到每个人都熟悉自己的职责以后，埃德蒙下令返航补给食物。

飞龙号再次出海。这一次，船是出去"捕猎"的。船沿着海岸线北上，驶入泰晤士河河口，一路西进，直到河道变窄，方才收帆抛锚，停止航行。埃德蒙要在这守株待兔,等待维京船只进入泰晤士河。

守了三天后,远方出现了四个小黑点。没多久,船员就发现这是维京战船。船在水上迅速航行,两舷各有十支船桨,桅顶还飘着维京人的渡鸦战旗。飞龙号的船员见敌人越来越近,收锚、扬帆、划桨,升起了威塞克斯的金色飞龙旗,主动朝维京战船驶去。

维京人见到如此大的战船,桅顶还飘着飞龙旗,好不吃惊,都忘记划船了。等到回过神后,他们当即改变航向,四散逃逸。飞龙号借着大风以及六十支船桨的威力,轻轻松松追上了一艘。等到并排航行后,埃德蒙一声令下,甲板上的船员立刻扔下桨,拿起弓——箭矢迅速射出,对面划船的当即死了大半。随后,飞龙号强行靠近,展开接舷战。维京战船要矮许多,撒克逊人手握利剑,跳船砍杀了许多人。剩下的维京人为了逃命,纷纷弃船跳入水中。飞龙号继续追击其余船只,不久又追上一艘,并再次轻易击败对手。

余下的两艘,还没等飞龙号追上去就靠了岸。船员争相上岸,弃船而走。撒克逊人一早就猜到维京战船里满载着掠夺的财物,如今一登船,发现果真如此。从华丽的衣物到贵重的饰物,从珠宝到高脚杯,再到从圣坛掠夺的大型金银器皿,各类珍宝应有尽有。他们将宝物悉数搬上飞

第七章 飞龙号

龙号,将维京战船点着。不一会儿,火焰熊熊燃烧起来。飞龙号初次亮相,便取得如此战果,众人都非常欣喜。

"下次就没这么容易了。"埃格伯特说道,"逃走的维京人肯定会去伦敦报信,要不了几天,就会有大批战船追杀我们。"

"维京战船的数量要是不多,我们可以正面迎击;要是太多,我们跑就是了。今天一战,飞龙号的速度,大家有目共睹,维京战船根本没法跟我们比。"

"飞龙号对付十来艘战船,应该不成问题。"埃格伯特嘟囔道,"如果让我做决定,我碰到维京人是决不会退缩的。"

"有胜算当然可以。但敌方若拥有绝对的数量优势,我们还硬上,就是鲁莽了。更何况沿海地带,到处都是机会,我们大可另寻契机,没必要白白送死。埃格伯特,你要知道,一头公牛再壮,也敌不过一群恶犬的围攻。飞龙号是一艘了不起的战船。没有国王的图纸、意大利船匠的聪明才智以及埃克塞特船匠的手艺,我们绝对造不出它。这艘船凝聚了这么多人的心血,我希望它长长久久地存在,也唯有如此,我们才能让它成为维京人挥之不去的梦魇。过去,维京战船常年侵扰撒克逊海岸,如今,是时候用飞龙号以牙还牙了。你要明白,我不铤而走险,是为了给英格兰做出更大的贡献。今天遇到的战船是不大，但维京人有的是比今天大的战船。我们要是遇上大型战船，还想像狗鱼吞掉米诺鱼群那样收拾掉它们，就是痴心妄想了。"

飞龙号再次抛锚停泊，四天后，埃德蒙和埃格伯特站在艉楼上，发现了异样——远方的水平线上出现了六艘大型维京战船，一看就是冲着飞龙号来的。

"敌船有三十对船桨。"埃格伯特说道，"而且船上站满了人。埃德蒙，你说飞龙号是应该迎敌呢，还是张开双翼撤退？"

"飞龙号在高度上有优势。"埃德蒙说道，"我们可以站在艏楼①和艉楼上射杀敌人。不过，他们有人数优势，要是强行并靠过来，上了我们的船，就麻烦了。对了，飞龙号要比维京战船结实许多，我们可以先试着撞沉一两艘。他们要是想靠过来，我们可以用绳索将船桨固定好，位置与划船时一致。如此一来，敌人就很难从两舷登船了。船首和船尾又很高，他们根本爬不上来。"

"太好了！"埃格伯特说道，"只要你愿意打，我誓死相随。"

船员将锚收了上来，开始划船。飞龙号向维京战船平稳驶去，他们依照埃德蒙的指令，划得很慢。等到双方距

---

① 艏楼：指船首部分的上层建筑。可增加船体容积，减少波浪涌上甲板。

第七章 飞龙号

离缩短到一百码后,埃德蒙下令全速前进。

船员卖力划船,速度一下子就上去了,眼看就要到敌船边上了。最前面的维京战船上站满了人,他们看撒克逊战船的航向,还以为会从他们旁边经过。谁曾想,飞龙号的舵手突然推动舵柄,改变航向,船就直愣愣地冲着敌船撞了过去。维京人见状,大惊失色,急忙射箭、扔飞镖,舵手也急忙转向,想避开撞击。但这一切都是徒劳,飞龙号的船首重重地撞上了维京战船。与坚固的飞龙号相比,维京战船如同蛋壳一般脆弱,转瞬之间,就被撞得粉碎,沉入水中。

撒克逊人完全没有理睬落入水中的敌人。后一艘维京战船自然不想重蹈覆辙,船员拼命划桨掉头。可他们的动作还是不够快,距船尾几英尺的部位,还是被飞龙号撞上了。紧接着,船被硬生生撞成了两半。

剩下的维京战船趁这个当口航行到了飞龙号两侧。撒克逊人立马固定好了船桨,使之与海面平行。紧接着,他们跑到了各自的战位,手持战矛和利剑的战士站在两舷,射箭的战士则站在高高的艏楼和艉楼上。维京人想把船并靠过去,但中间隔着飞龙号的船桨,根本靠不过去。在这种情况下,只有弓箭手能派上用场。双方都在射箭,但维京人的伤亡要大得多。维京人射的箭,多数都被飞龙号的舷墙挡下；撒克逊人射出的箭就很难躲了，因为撒克逊的弓箭手站在高处，维京战船在低处。

过了一会儿，一艘维京战船突然冲向了飞龙号的一侧，用船首撞开了中间的船桨。下一步，维京人就该从船首跳上飞龙号了，不过，撒克逊人立马就摆好了三角阵形，堵住了维京人登船的位置，他们紧紧站在一起，举起了战矛。这一战法在陆地战场屡立奇功，如今，维京人想上飞龙号，也得先过战矛屏障这一关。

维京人不顾一切地往前冲。这里面有几位有头有脸的人物，他们听说泰晤士河上有一艘厉害的撒克逊战船后，专门带了手下来啃这块硬骨头。此刻，他们就算拼尽一切，也要杀上飞龙号的甲板。余下的三艘维京战船趁两船交锋，也用船首撞开了飞龙号的船桨，成功靠了上去。不过，它们只有船首和飞龙号相接，这种情况下，维京人很吃亏，他们一次只能跳上去几个人，而撒克逊人只需用全部兵力堵住四个点即可。维京人攻了半天，也没攻破撒克逊人的防线。

后来，在维京战船的挤压下，飞龙号固定船桨的绳索一条接一条地断了。如此一来，维京战船就并靠在了飞龙号两侧，维京人可直接从飞龙号两舷登船，展开接舷战，只是船首、船尾过高，一时半会儿还过不去。撒克逊人陷

第七章 飞龙号

入了苦战，幸亏飞龙号比敌船高出许多，局势还不至于失控。

五艘战船胶着着顺流而下，双方激烈交战，就在这千钧一发之际，一位经验丰富的老水手跑到了埃德蒙身旁。

"我们要是扬起帆，或许可以摆脱敌船。"

"就按你说的办，"埃德蒙说道，"一刻也不要等了。一对四，我们压力很大。"

船员立马跑到了升降索边上，升起了主帆，效果可谓是立竿见影，飞龙号果然摆脱了敌船。维京人试图用绳子将自己的船固定在飞龙号两侧，但绳子刚扔过去，就被割断了。两三分钟后，飞龙号重获自由。维京人拿起船桨，划船追赶，但很多船桨都在刚才的混战中折断了，再加上大风，他们拼尽全力，也只能勉强跟上。飞龙号的船桨也断了一半，不过还有一半可用，船员划起船桨以后，很快就甩掉了追兵。

"不用再往前跑了。"埃德蒙说道，"我们已经拉开了距离，现在让我们杀他个回马枪。"

维京人看到飞龙号掉头以后，登时愣住了，想到两艘兄弟战船刚才在眼皮子底下被撞得粉碎，他们的战意也跟着消失了。飞龙号往他们方向驶去的同时，他们急转弯，从飞龙号两侧惊险划过，朝着梅德韦河河口遁去。

撒克逊人并没有继续追。这一仗，他们总共折损了八人，另外还有十七人受了箭伤；维京人则有两艘船被撞沉，每艘船足足有一百五十号人，剩下四艘也死伤惨重。撒克逊人重创敌军，还能顺利脱身，因而感到非常满意。

接着，飞龙号驶离泰晤士河，朝着桑德维奇的方向去了。这里的城镇不久前刚被维京人烧毁。此时，维京人撤离，逃难的民众也回来了一些。飞龙号在此靠岸修整。一周后，破损的部分都修复了，新的船桨也赶制完成。船上因作战牺牲了好几人，但埃德蒙很快就招到了新人。桑德维奇被维京人弄得民不聊生，许多年轻人都报仇心切，要不是船上空间有限，别说七八个人了，就是再招几十个人也不成问题。他选的都是身体强壮、水性卓越的年轻人。

埃德蒙打算一路北上，离开东盎格利亚。在东盎格利亚的海岸线上，飞龙号常常可以碰到往返于英格兰与丹麦之间的维京战船，维京人看到威风的飞龙号后，大多目瞪口呆，还来不及反应，就被击败了。因此，撒克逊人不费吹灰之力，就收获了不少战利品。维京人只要放弃抵抗，选择投降，埃德蒙就会放他们一条生路。他会给他们提供小船，至于他们的战船，在搬走战利品之后，就会一把火烧掉。在大雅茅斯，有四艘维京战船刚刚出航，就被飞龙号逮了个正着，维京人根本没料到会在这个地方碰到敌人。

第七章 飞龙号

飞龙号离开大雅茅斯后，风向转变，开始刮东北风，并且越刮越大。

多亏了沿海的长条沙坝，海岸线的海况才能稍微好一些，飞龙号就地抛锚停泊过夜，没出什么问题。不过，第二天上午，风刮得更猛了，海面波涛汹涌，船员发现船有走锚[①]的迹象。大家讨论后一致认为：飞龙号要想有一线生机，只有一条路，那便是离开大海，驶入河流。潮水越来越高，河海交汇处波浪滔天，即便船员卖力划桨，也很难保持航向。在众人的一番努力下，船最终顺利驶入河口，随后逆流而上，在避风港顺利抛锚停泊。

一波未平一波又起，这下子可是进了"贼窝"了……

飞龙号进港时，港口上就聚集了一批维京人。先前，飞龙号捕获、烧毁维京战船，被不少人看到了，更何况还有逃上岸的维京船员。这只撒克逊人的庞然大物，早就被维京人盯上了。这一次，为防止敌船从两舷靠近，船员用绳索将船桨紧紧地固定住。大捆物资被搬上甲板，高高地堆在舷墙后面。如此一来，箭矢射过来，船员也有个防护。船停泊的位置位于河岸高的一侧，防止敌人从低岸打过来。

果然，船刚抛锚，维京人的箭就射了过来，好在狂风

[①] 走锚：锚泊船受强风流等外力推压，出现锚的抓力系数陡降，导致船舶拖锚位移的现象。

肆虐，大多数都被刮偏了。随着时间的流逝，岸上的维京人越聚越多，射向飞龙号的箭也越来越密集。船员都躲了起来。飞龙号的船体中了很多箭，但影响不大。

下午，撒克逊人发现，有一支船队顺流而下，朝他们驶来。这里有大量维京船只，维京人常常从此处出发沿河流驶入英格兰腹地。此时刮的是东风，撒克逊人考虑到风向等因素，找到了最佳航向。要是等船队过来正面交锋，他们很难有胜算，更何况敌船上必定有许多燃烧物，维京人发动火攻就麻烦了。

埃德蒙看敌船靠近后，下令解桨扬帆，向敌船进发。飞龙号全速前进，船首在水面激起巨大的白色浪花。维京人看到撒克逊人主动出击，大吃一惊，大多数船都急忙调整航向，划向左岸或右岸，好避开撞击。不过也有没躲的，有的是因为动作慢，有的则是有意硬碰硬。整支维京船队虽然慌乱，却都在向飞龙号射箭。

飞龙号并没有理睬敌船的攻击，而是继续全速航行，凭借锋利的船首，接连撞沉了七艘战船。冲出船队后，飞龙号继续前行，桅顶的飞龙旗迎风飘扬，不一会儿，便行至雅茅斯城墙之下。城墙上站满了维京人，箭矢和标枪如雨点般从墙上落下，但飞龙号速度很快，根本没受任何影响。维京战船循着飞龙号的尾迹，想追上去，但没几分钟，

第七章 飞龙号

飞龙号就已经出了河口，驶入一望无际的大海。

海上风暴依然在肆虐，维京战船很难在海面上保持稳定，无一例外地停在了河口，更何况一旦驶出河口，就会被飞龙号逐个击破。而此时的飞龙号正凭借巨帆和船桨，在海面上自由航行。

"你瞧，三英里外有一座小山。那上面的建筑物是什么？"埃德蒙问道。

"班博城堡。"埃格伯特答道，"过去是罗马人的堡垒，非常坚固。"

"我们去那吧。那里多半没有敌人，我们可以占领城堡。城墙还完整吗？"

"完整，"埃格伯特点了点头，"而且还异常坚固。我们今天可没法修筑这样坚固的城墙。这山一面靠海，一面朝向陆地。城墙呈半圆形，刚好围住面向陆地的一侧；城墙顶部在山顶，两端在水边。城墙只有一个出口，我们可以把出口堵起来，如此一来，就不用担心敌人从陆上攻过来了。城堡和河流之间是大片的沼泽地——他们只能划船走水路攻过来。"

"我不觉得他们有这个胆。"埃德蒙说道，"飞龙号的威力，他们也见识过了。风暴平息前，我们待在那是安全的。"

船顺风航行，速度很快，没多久就到了城堡边上。埃德蒙见到高耸的城墙后，赞叹不已。见城堡没人，他便下令收帆靠岸。锚被扔上了岸，船被牢牢系泊在了岸边。随后，船员纷纷跳上岸，朝着城堡而去。

　　正如埃格伯特所说，靠水的一侧没有城墙，另一侧的半圆形城墙基本保存完整。埃德蒙的部下才花了一小时的工夫，就把出口堵上了——这得益于出口本身就有城门。维京人一开始侵扰沿海地带的时候，撒克逊人就曾在此处抵抗。埃德蒙还派了几个人在城墙上放哨，如此一来，陆地一侧就万无一失了。随后，他带着部下回船上过夜了。

第八章　出航

　　一夜平安无事。风依旧猛烈地刮着，埃德蒙判断风势减弱前，维京人不会贸然进攻。再说了，着急也没用，现在刮的依然是东风，这意味着风向改变前，船只能继续系泊在城堡边上。第二天，岗哨发现城堡附近的沼泽地有维京人出没，他们应该是从雅茅斯过来的。

　　维京人走到城墙边上，发现上面的撒克逊人已经做好了迎敌准备。一看这阵势，他们就知道一时半会攻不下来，围城打持久战的代价又太大，于是，维京人转身离去。

　　第四天，风暴平息了不少，撒克逊人准备再次出海。虽然依旧是东风，但风力很小，帆在这种情况下派不上用场。好在飞龙号有巨大的船桨，撒克逊人有信心，船一旦冲出去，维京人就休想追上。

　　撒克逊人登船解开缆绳，朝着大雅茅斯划船顺流而下。

他们专门挑了涨潮的时间出发。一方面，潮水会降低船速，但这对维京船只同样适用；另一方面，路上要是遇到了意想不到的障碍，也可及时停船。船员们划桨时非常小心，没发出多大声响。飞龙号悄无声息地来到了雅茅斯城下。这里的河道最是狭窄，前面还有大批维京战船挡住了去路。

埃德蒙和埃格伯特站在艉楼上，看到情况后，示意部下停止划船。

"果然不出我所料，"埃格伯特说道，"前方的水面有水栅拦着——他们用绳索将树干和木头绑了起来，挡住了我们的去路。水栅不除，我们是过不去的。埃德蒙，你怎么看？"

"你说的一点不错。"

"如今最好的办法就是让飞龙号贴着右岸航行，等到了水栅附近，再让大部队上岸，以三角阵形前进。船上的人则继续划船，和岸上的人并排前进。敌人要是攻击我们的三角阵形，船上的人可以站在高处射箭，帮岸上的人退敌。如此一来，岸上的人就可以一路走到水栅边上，砍断岸边的绳索。绳断了，水栅自然会被水流冲开。不过现在还不是时候，我们最好在退潮的时候下手。这样做有两个好处：一是可以让更多的人上岸；二是绳索断了以后，水栅受水流冲击，会摆到左岸，这会给维京船队带来大麻烦，

第八章 出航

靠近水栅的维京战船，势必会被撞走，如此一来，我们就有空可钻了。"

埃德蒙表示赞同，飞龙号抛下轻锚，静静浮在水面。维京人那边有了大动静，大批人划船过河。没多久，水栅两侧都有重兵把守，他们的用意很明显，想断了撒克逊人砍断绳索的念想。此外，好几艘战船都划到了水栅后面。飞龙号上的人并不慌张，他们对自己的阵形很有信心，敌人再多，也可以杀出一条血路，更何况还有人站在高耸的艏楼上射箭。这种情况下，击退敌人、破坏水栅，并非难事。一小时后，潮水不再上涨。他们又等了一会儿，等河水开始明显退潮，才收起了锚，将船划向右岸。

埃格伯特带着六十位战士上了岸，剩下的则跟埃德蒙一起跑上了艏楼。右舷的船桨都收了起来，左舷则有几位船员在划桨。紧接着，岸上的人布好了阵，开始缓慢前行，船一直在一旁紧紧跟着。维京人喊杀声大起，冲向埃格伯特的队伍，箭矢也像雨点一般落了下来。但是撒克逊人有外围的巨盾保护，步子根本没有被打乱。维京人冲过来以后，艏楼上的人开始射箭。

撒克逊人的自信是有道理的，这场仗打从一开始就没有任何悬念。维京人的确英勇战斗了，但三角阵形的战矛所向披靡，他们根本无法阻挡阵形前进的步伐，再加上头顶还有艎楼射来的箭，大量维京人被射杀。阵形一路稳步推进，最后顺利地走到了水栅的位置，几斧子下去，绳索就被砍断了。埃格伯特他们得手后迅速跳上了船，等维京人赶来，船早已驶入了水中央。

埃格伯特预判得很准，水栅被冲开后，直接撞走了好几艘维京战船，它们卡在左岸和水栅之间，一时脱不开身。撒克逊船员迅速拿出船桨，开始划船；弓箭手则继续射箭，好阻击维京战船。维京人不顾一切地攻了过来，想拦下飞龙号。有的试图并靠过去，好展开接舷战；有的则从飞龙号船桨的间隙撞进去让撒克逊人没法好好划船。与此同时，城墙上的维京人也一直在射击……

潮水的势头越来越猛，飞龙号像头暴躁的公牛，凭着水流和船桨，冲出了维京"群狼"的包围圈。维京人试图登船的举动，无一例外以失败告终，还赔上了很多战船。来到海上，飞龙号扬起了帆，很快就把追击者远远甩在了身后。

飞龙号继续向北进发，一路斩获了不少战利品。到了亨伯河河口后，埃德蒙决定在此狩猎。他们在河口逮住了好几艘船，按以往的做法，搬走战利品后要烧船，但这次，埃德蒙让人搬走战利品后，让这些船沿着原先的航线，继续向大海驶去了。他没有下令烧船，是因为烧船以后只有

第八章 出航

两种可能,要么将船上的人悉数杀掉,要么将他们赶到岸上。埃德蒙不喜欢无端的杀戮,自然不会选第一种。至于第二种会产生两方面的后果:一方面,这些人一旦上岸,就会暴露飞龙号的行踪,维京人知道以后,就不会再乘船出海;另一方面,要是维京人盛怒之下组建船队,追击飞龙号,那撒克逊人就只能张开双翼,逃之夭夭了。

这一天,又一艘"倒霉鬼"即将驶出河口。撒克逊人发现以后,先是降帆躲了起来,等敌船行至海面才奋起直追。飞龙号速度很快,没多久便追上了这艘大型帆船。埃德蒙正劝对方投降,没想到敌船艉楼上出现了一个身材高大的维京人,一看就是贵族。这人非但没有答复,还用力掷出了一支标枪。要不是埃德蒙躲得快,早就被刺穿了。敌船继续攻击,飞龙号见状便强行并靠。

埃德蒙带人登船后,迅速击败了敌人。不过,敌人这位高大的首领是个难缠的家伙,他站在艉楼顶部,挡住梯子,舍命顽抗。撒克逊人一时竟没法爬上去,但他很快就中了两箭,负伤后单膝撑地。正当埃德蒙准备爬上去的时候,一个舱室的门突然打开了,里面跑出了一个十六岁左右的少女——受伤的正是她的父亲。眼瞧着撒克逊人马上就要爬上去,而底下的弓箭手又在准备拉弓射击,少女立马跑到埃德蒙面前跪了下来,苦苦哀求,希望可以为父亲求得一条生路。

埃德蒙抬了抬手,弓箭手放下了手中的弓箭。

"姑娘,我并不想杀你的父亲。别人不抵抗,我们是不会动手的。以一人之力对抗一整船的人,这太疯狂了,更何况他还受了伤。撒克逊人并非嗜血成性的海狼,从不以杀戮为乐。你们侵略、掠夺我们的王国,我们才奋起反抗、保家卫国的。你们对我们从未有过怜悯之心,又凭什么要求我们这样做呢?"埃德蒙停顿了片刻,"不过,我们的信仰告诫我们,对他人要怀宽恕之心,包括敌人。你赶紧上去吧,你父亲受了伤,要尽快包扎伤口。你放心,我们不会伤害你们的。"

少女道谢后,匆忙爬上梯子。埃德蒙则带人搜查船上的各个角落,将珍宝转移到飞龙号上。忙完后,埃德蒙爬上了艉楼。上面那位贵族的身份——俘虏已经告诉他了——正是大名鼎鼎的维京领袖西格贝特伯爵。他的女儿已经帮他拔出了箭,包扎好了伤口。

"西格贝特伯爵,"埃德蒙说道,"你是我们撒克逊人的死敌,落到你手里的撒克逊人,可没几个能活着跑出来。今天,你落到我们撒克逊人手里,我们本该复仇,但我们不会对手无寸铁的敌人下手。你可以跟你的女儿继续航行,返回挪威。不过,你船上的东西,我都搬走了,那些本来

就是你们从撒克逊人手上夺来的，现在不过是物归原主。"

"小伙子，你究竟是谁？"伯爵问道。

"我是威塞克斯王国阿尔弗雷德国王的部下，名为埃德蒙。"

"我听说过你，撒克逊人的新战法就是你教的吧。你的密集阵形多次冲破了我们的防线，让我们吃了大亏。不过，我万万没想到你竟是个小伙子。"

"我年龄是不大，要不是你们侵略、洗劫我们国家，我现在可能还是个毛头小子。多亏了你们，威塞克斯王国的男儿，凡是拿得动武器的，都被逼成了战士。伯爵，我们撒克逊人本可以在今天杀了你，但我们却选择放你一条生路。希望你可以记住今天的事，不要再来英格兰了。"

"不会了。我这一趟回去，本来就没有打算再来。我仗打得够多了，在战场上赢得的声望也够用了，是时候解甲归田，好好休息了。我们维京人死后，会被奥丁召唤到神殿去，和那里的先烈们一起参加宴会。不过，撒克逊小伙，我们恐怕不会在那相遇。我听说你们死后向往的是一处没有武器的地方。既如此，我们今天就此别过。我不会为了自己的性命跟你道谢的，如果只有我自己，我宁愿执剑战死在此。不过，我女儿还小，你能让我活下来照顾她，我非常感激。"

第八章 出航

几分钟后，西格贝特的船走了，飞龙号则继续在河口狩猎。船上战利品很多，吃水深度因此增加了不少。埃德蒙和埃格伯特又干了一两票，随后决定返航。再待下去，维京人早晚会听到风声，或许还会派船队过来围剿，要是那样就麻烦了。另外，现在的飞龙号满载着战利品，根本跑不快，保险起见，还是先返航把东西卸下再出海。

船首转向南方，沿着英格兰东海岸一路南下，哪怕是看到了维京战船，飞龙号也没有招惹它们。绕过海角后，船沿着南海岸前行驶入了帕勒特河。

埃德蒙上岸后摸清了情况：他们离开的这段时间，维京人彻底控制了王国；阿尔弗雷德国王继续蛰伏，没人知道他的具体下落；敌人的大本营在奇彭纳姆，除掉大部队外，还有许多小股势力在四处劫掠。

埃德蒙和埃格伯特换上普通民众的衣物，先去把战利品——不那么贵重的，譬如华丽的衣物、丝绸、红酒、祭服、教堂圣坛的帷幔、武器、盔甲以及兽皮——换成银钱。商人也不知道维京人什么时候会过来将仓库洗劫一空，因此，没人愿意给高价，更何况钱也是稀罕物了。虽然是贱卖，但埃德蒙和埃格伯特对价位还是很满意。至于真正值钱的物件——金银的高脚杯、托盘、瓶子以及用于庆典的器皿，都被他俩藏了起来。

卖来的钱按人头分成了许多份,二十五份被单独拿出,留给了国王,埃德蒙和埃格伯特分得二十五份,余下的船员一人一份。大家都很满意,他们跟着飞龙号出征,既重创了敌人,又赢得了丰厚的奖赏。

埃德蒙给部下放了半个月的假。被维京人践踏过的威塞克斯,满目疮痍。这些部下回家后,刚好用手中的钱帮亲人重建家园。半个月后,所有人如约而至,飞龙号再次出海。

此时已是仲冬时节,飞龙号沿着英格兰南海岸航行,一路上,连敌船的影子都没看到。好不容易在泰晤士河河口潜伏了一周,飞龙号终于发现了四艘即将驶出河口的维京战船。等到看清楚了,他们发现这四艘都是维京人的大型战船,非常结实,上面还满是战士。撒克逊人很清楚,飞龙号同时和这四艘船交手,胜算不大。反倒是维京人看到他们的飞龙旗后,立马追了上来。四艘战船同时行动,挨得很近。飞龙号有巨大的船帆和船桨,没费什么劲,就甩开了它们。维京人见追不上就放弃了,转而沿着原先的航线继续前行。

等到双方拉开了距离,飞龙号又沿着敌船的航迹,偷偷跟了上去。撒克逊人没有放弃,万一四艘船里有划得慢的落单了呢?万一天黑后敌船分开了呢?不幸的是,夜幕降临后,敌船非但没有分开,还点起了灯,用的燃料是焦

第八章 出航

油和麻秆。有了灯光,四艘船可以继续保持紧密阵形,还把周围的海域都照亮了,飞龙号根本无法近身。

即便如此,飞龙号还是耐心地跟了两天两夜。

"马上要变天了。"第三天上午,埃格伯特说,"我猜测,一会十有八九会有风暴。果真如此,维京战船就不可能一起行动了,我们到时候可以跟上一艘,重点攻击。"

天越来越暗,风越刮越猛,海面也变得波涛汹涌,撒克逊人只得将船桨收了起来。傍晚,狂风肆虐,天色黯淡无光,什么也瞧不分明,更别说维京人的踪影了。不过,敌人的下落已经不重要了,现在自保才是最重要的。

后面三天,飞龙号一直没有脱离险境。海上刮的是西南风,风大得出奇,桅杆上只留了一小面船帆,船就这样在大海上漂着。每卷起一个巨浪,都有可能让飞龙号葬身大海,好在船体轻盈、浮力大,船员又操作得当,每每化险为夷。第四天,风势小了一些,但依旧猛烈。破晓时分,埃德蒙和埃格伯特站在艉楼上,满脸忧虑。他们这几天都没怎么离开过艉楼。

"埃德蒙,前面有一大块黑色的东西,我没看错吧?"埃格伯特突然大声喊道。埃德蒙听后往那个方向望了一两分钟。

"你没看错,那是一片布满岩石的海岸。你仔细看,那下面还有一道白线,是海水撞击海岸形成的白浪花。"

天色越来越亮,远方的海岸也越来越明晰,一眼望去,尽是悬崖峭壁,两边都望不到头。海水拍打悬崖底部,激起高高的浪花。这一下,飞龙号可真危险了。

埃德蒙找来了船上经验最丰富的老水手,问道:"我们能绕过去吗?"

"没用的,风这么大,根本没法正常航行。"老水手说道。

"唉,我也知道,"埃德蒙说道,"但照这个架势,船要不了多久就会撞上悬崖。我们要是顶风走,或许能沿海岸漂一段距离。运气好的话,或许能发现缺口,避免船毁人亡的结局,安全靠岸。"

埃德蒙命令部下将船帆往下降了降,随后转向,直至船首与海岸平行。海浪一个接一个地拍打着飞龙号的船体,像一个个巨人,就差砸穿甲板了。海浪每拍一下,跟海岸的距离也会随之缩短一些。如今,飞龙号和海岸仅隔三英里,再这么下去,用不了一个小时,船就会撞上去。这种海况下,船锚根本派不上用场,就算成功抛下去了,这么大的风,转瞬之间就能把船刮跑。每一双眼睛都在紧张地盯着海岸,但悬崖连绵不绝,根本找不到缺口。

"恐怕没什么希望了,"埃德蒙跟埃格伯特说道,"一个人水性再好,碰上这样的悬崖峭壁,也会撞得粉身碎骨。"

第八章　出航

"是啊，"埃格伯特神情沮丧，"早知如此，还不如跟那四艘船拼个鱼死网破。在甲板上和敌人战斗，为英格兰献身，总好过这种死法。"

"看样子，船能绕过前面的海角就不错了。"老水手说，"绕过去以后，我们最好立马转向，让船首向着海岸。拐过去以后，悬崖要还是像现在这样，直挺挺地从海面拔出，我们今天就注定命丧于此了。不过，有的悬崖边上会有一些低矮的岩石。一会儿要是这种情况，船撞上去之前，我们可以从艄楼跳下，然后攀岩逃生，这样或许还能活下来几个。"

飞龙号到了海角边上以后，整船的人都默然不语——是生是死，马上就要揭晓了。这一段总共也就几百码。海面波涛汹涌，海水不断撞击海角，激起高高的浪花，声音之大，甚至盖过了风暴。海水撞击海角后形成了巨大的回流，飞龙号随着回流剧烈颠簸，与大海的力量相比，再大的船也不过是一叶无助的扁舟。船上的人紧紧抓住桅杆绳索和舷墙，勉强支撑站立。

决定命运的时刻终于到了……

突然，船上爆发出了欢呼声！这真是绝处逢生——海角另一侧出现了一个大缺口，有四分之一英里宽，看上去就好像有神力将悬崖劈开了一般。缺口里面是峡湾，从船上望过去，根本望不到头。飞龙号立即转向，顺风前行驶入峡湾。水道越走越宽，两岸青山环绕，从山脚到山顶都长满了树木。

一路蜿蜒曲折，没多久，船上就感觉不到大风了，水流也平缓了许多。行驶了十英里后，船驶入了一处僻静的水湾，抛锚停泊。这次死里逃生实属奇迹，埃德蒙为此把大家召集起来一起祷告。

飞龙号这一次虽然逃出生天，但风暴还是在船体上留下了明显的伤痕。桅杆断了好几根，舷墙碎了好几处，装备也破损严重。经过这几日的操劳，船员们个个精疲力竭。埃德蒙让部下先好好休息一天，再一同修船。

次日上午，埃德蒙跟埃格伯特说道："我打算带两个人去打猎，林子里应该有野猪和野鹿，大家要是能吃到，肯定会很开心。"

"埃德蒙，万事小心为上。我敢肯定，我们被海风刮到了挪威。在敌人地盘上活动，一定不能大意。这附近确实瞧不出任何人活动的痕迹，但山里面弄不好会有村落。"

"我会小心的。两天后，我要是还不回来，你就带大家出海吧。"埃德蒙调侃道，"我这趟出去，要是能发现个维京伯爵的府邸就好了。他们常年侵扰我们的家乡，今天要是能在他们家门口以牙还牙就好了。"

第八章 出航

一向严肃的埃格伯特也被逗乐了:"听起来不错!但我们还是尽快出海为宜。"

"别担心,两天后,船肯定能修好。"埃德蒙说道,"到时候,'飞龙'就可以张开双翼了。好了,埃格伯特,我该出发了。我会在日落前赶回来,希望能带回来一两头鹿吧。"

埃德蒙挑了两个箭法卓越的手下。除了弓箭外,三人人手一支战矛。之后,他们便跳上了岸。此时,船系泊在岸边,这里的水很深,修船需要木材,把船靠在岸边,搬木头会方便些。

飞龙号上的人并不知道,远方有许多双眼睛在盯着他们。从飞龙号停泊的位置出发,走一两英里,便到了峡湾的尽头,那里有一个渔村。附近林木葱郁,撒克逊人根本看不到渔村,但渔民们却注意到了这艘巨大的战船。渔民并不知道这艘船的身份,但他们可以断定这不是维京人的船。山里还有别的村落,消息很快就在各个村子间传开了。飞龙号靠岸后的头一天,渔民觉得人手不足,并没有采取行动。等到第二天,附近的人赶到以后,队伍壮大了,他们才出发。埃德蒙跳上岸的那一刻,维京人就已经出发了,他们在树林里悄无声息地穿行,一步一步逼近飞龙号。

埃德蒙上山后,没走多远,就遇到了维京人。两名弓箭手急忙动手，射杀了几人。埃德蒙下意识地拿出了哨子，吹出了一声连续尖厉的哨声——他平时在船上就是用哨子指挥的。接着，他用最大的声音吼道：

"维京人来了！维京人来了！赶紧撤！"

话音刚落，敌人就扑了上来。尽管三人英勇作战，但转瞬之间，两名弓箭手就被斩杀，他则被一棒子打晕在地。

一分钟后，水边也响起了打斗声。埃德蒙的哨声和吼声，撒克逊人都听到了。敌人从林中鱼贯而出时，岸上的撒克逊人已经跳上了船，拿起了弓箭和战矛。维京人大声喊杀，冲向了战船，撒克逊人拼死抵抗。埃格伯特心里很清楚，埃德蒙即便不死，也必定被抓了。敌人数量如此之多，再打下去也不是办法，他只得下令砍断了缆绳。船离岸后，众人拿出了船桨，开始划船，等到敌人的箭射不到他们以后，才停止划船。随后，埃格伯特叫来了几位得力部下，商量对策。

飞龙号上少了年轻的领袖，大家都很难受，但他们也无能为力。船继续在峡湾待下去，恐怕会把所有人的性命都搭进去。岸上的敌人数量众多，他们完全有可能给港口通风报信。到时候，敌方船队完全可以挡住飞龙号的去路，来个瓮中捉鳖。大家别无选择，只能怀着沉重的心情扬帆起航，向大海驶去。

第八章 出航

"埃德蒙要是大难不死，肯定会想办法逃回英格兰的，这是我心中唯一的慰藉。他为人机敏，总能想出各种各样的点子。这样的困境，他要是没法脱身，就没人能脱身了。我就怕他死在树林里了。埃德蒙身陷险境，第一个想到的就是我们的安危，他的做法多么英勇啊！要不是他及时提醒，我们势必会被打个措手不及，即便最后能乘船脱身，也会死伤惨重。"埃格伯特心里思绪万千。

飞龙号顺利驶出了峡湾。此时正值寒冷的一月，海上风暴完全平息了，海面在阳光的照射下波光粼粼。两天前，飞龙号驶入峡湾之时，大家都兴高采烈、感激涕零，但短短两天后，他们再次经过此处，却已是物是人非，心情跌到了谷底。

埃德蒙一直深受部下爱戴。作为郡长，他心地善良；作为指挥官，他智勇双全。他们多次身陷险境，他都能积极应对，带大家顺利突围。他的一言一行使他早已赢得了部下的心，每个人都觉得他的离去是不可挽回的损失。没了他，队伍就没了主心骨，飞龙号就没了灵魂。

埃格伯特无疑是一名勇猛的战士，是船上不可撼动的第二号人物，但他没什么策略，只有陷入困境了，才会被动地想办法，平日里也寡言少语。他武艺高强、作战勇猛，是大家公认的，但他远远替代不了埃德蒙。

第九章　阶下囚

埃德蒙恢复知觉后，发现自己躺在一副简易的担架上，有人正抬着他穿过森林。过了一会儿，他慢慢回想起事情的来龙去脉。飞龙号驶出峡湾后，维京人原路返回，发现三个人里面有一个还活着。这个人年龄不大，但衣着华贵。他们由此判断，这个人身份地位不一般，十有八九是撒克逊人的首领。

维京人当下决定把人带回去。当地的伯爵很想知道这艘船的来历，这个人肯定可以给出答案。维京人里不乏去过英格兰的人，撒克逊人的衣着和发型，一眼就被他们认了出来。不过，这样的战船，他们倒是头一次见，更令他们想不通的是，英格兰明明被彻底征服了，为何撒克逊的战船还会驶入北欧峡湾？

维京人将埃德蒙放在担架上，在森林里走了好几个时辰。埃德蒙佯装昏迷，内心不断盘算着：等到了地方以后，他们是会痛下杀手呢，还是将我当奴隶使唤……维京人的古斯堪的纳维亚语和撒克逊人的语言极其相近，埃德蒙可以轻易地听懂他们的谈话。总共有十二个人押送他，四人一组，轮流抬担架。维京人带他去的地方，恐怕还得走很远才能到。埃德蒙在有力气跟着走下去之前，绝对不能让他们知道自己醒了。等到他头不晕了，身体也不虚弱了，才睁开眼睛。

维京人见他醒了，非常高兴。他们扔掉树枝做成的简易担架，带他继续赶路。他们问了许多有关飞龙号的问题，埃德蒙干脆地回答了不少。不过，一旦问及船的建造地点以及母港的位置，他都避而不答。一行人一直走到下午，才走到伯恩伯爵的府邸。

伯爵的府邸由简易的木屋组成，屋顶上铺着灯心草。维京人并没有定居的习惯，他们的部落不是在外征战、劫掠，就是在森林里四处狩猎，这是他们长久以来热衷的生活方式。多数维京人住的地方，都是用树枝搭成的临时住所，只有首领才有相对固定的屋子。

一行人里带头的先进去禀报。过了一会儿，伯恩伯爵走了出来。他是一名典型的维京战士——身材高大、孔武有力，约莫五十来岁，但依旧充满活力。维京人常年过着

第九章 阶下囚

游猎生活,很多人从小就练得一身肌肉,哪怕年龄大了也可以保持不小的气力。

依照习俗,维京男子到了十五岁,会使武器了,就算真正的男子汉了。但他们不鼓励早婚,十五岁的男子汉还得等很多年才能成婚。伯恩的边上站着他二十二岁的儿子,体形和肌肉都不输于父亲。不过,他的肩膀远没有父亲宽阔。

埃德蒙被押上来以后,拴在门口的战马突然大声嘶鸣了起来。伯恩听到马鸣声,非常吃惊。在维京人看来,马的嘶鸣声是吉兆。他们向神祈愿,只要听到马鸣声,就认定神会帮他们达成心愿,这也是他们将马拴在神圣森林的原因。

"天哪!"伯恩大声说道,"我的宝马竟然会欢迎这个外人。斯韦恩,我刚刚跟你说,我想杀了他献给奥丁,不过神的旨意再清楚不过了,神是欢迎他的,我也只能另做安排了。"

埃德蒙被押上来以后,伯爵发问了:"撒克逊小伙,你是谁?从何处来?你们的战船又怎么会跑到我们的海岸上?"

"我叫埃德蒙,"年轻人平静地说,"来自威塞克斯王国,是阿尔弗雷德国王的部下。你们在岸边发现的战船,正是我的。你们维京人常年侵扰我们撒克逊人的海岸,我造这艘船，正是为了对付你们。我本来在追击你们的四艘战船，但途中遭遇了风暴，就被刮到这了。"

"好家伙，都落在我们手里了，还敢这么说。你多大了？"伯恩捋了捋胡子。

"二十二。"

"我儿，你们俩一般大。你跟他站在一块，让我看看……嗯，你比他高了近三英寸，但他的肩膀可比你宽了不止三英寸。好一个强壮的年轻战士！他的勇气也确实配得上他的身材。威塞克斯人确实是值得敬佩的对手。去年，我们可没少因为他们遭罪，瞧！"他指了指脸上的刀疤，"去年夏天，一位撒克逊郡长让我们损失惨重。眼前这位想必是那位郡长的儿子。我没说错吧，撒克逊小伙？"

"我就是郡长本人——埃德蒙郡长。"埃德蒙语气平静，"我打胜仗，靠的是我手下的将士，而不是我个人的勇气和力气。他们骁勇善战，巧用新战法，才打赢你们的。"

"天哪！"伯恩惊叹道，"带人夜间突袭我们的竟是这个年轻人。我们抢来的牛群都被他冲散了，很多战士也死在他的刀下。斯韦恩啊，他确实是献给奥丁的绝佳祭品！但神的旨意我们也看到了，神是欢迎他的。"

"神欢迎他，也可能是欢迎他做祭品。"斯韦恩恶狠狠地说道。

第九章 阶下囚

"也有可能,"伯恩说道,"马鸣声到底有什么含义,我们必须弄清楚。不过,不论结果如何,马的嘶鸣声说明他能给我们带来好运。再说了,能找到一位撒克逊郡长服侍我,这样的殊荣,可不是每一位维京伯爵都能享用的。传令下去,在弄清神谕之前,先把他押下去,严加看管。这两天,我们找时间去一趟奥丁神庙,问清这一切。"

埃德蒙被带了下去,并没有遭到虐待。三天后,他被伯恩提了出去。走了两天,森林里出现了一个结构粗糙的石质建筑——由未经切割的石块垒成——这正是奥丁神庙。伯恩走了进去,埃德蒙则被留在门外由护卫看守。祭司很快就出来了,手中拿着一个白袋子以及十二根小树枝。树枝上有划痕,其中一半有四条划痕,一半有五条划痕。祭司把树枝悉数装入袋中,晃了晃。

"我们马上就可以知道奥丁的旨意了。"祭司宣布道,"我摇三次,每次取出一根树枝。如果有两根以上是四条划痕,那说明你们应该杀了他,献给奥丁;如果有两根以上是五条划痕,那说明这人杀不得,因为他能给你们带来好运。"

祭司摇起了袋子。是生是死,马上就要揭晓了,但埃德蒙在一旁看着,面不改色、神色平静。不论是撒克逊人,还是维京人,都看不起贪生怕死之辈。

祭司抽出了第一根树枝，上面有五条划痕。他把树枝给大家展示，随后将树枝放回再次摇晃袋子，这一次取出的树枝上有四条划痕。

现在，生死的概率各占一半，所有人都屏住呼吸。祭司抽出了树枝……

"奥丁神谕！"祭司宣布道，"这个撒克逊人会给你们家族带来好运。"

伯恩听后非常满意，这位撒克逊小伙名声在外，伯恩打一开始就想让他做自己的家奴，有这样一个人给自己添酒，太难得了。一旁的斯韦恩则皱起了眉头，父亲跟祭司交谈时，很可能暗示了自己的意愿。树枝的粗细各有不同，祭司取树枝时，完全可以凭手感取出想要的结果。为了感谢神明，伯恩将提前备好的重礼交给了祭司，随后便心满意足地上了马。

可怜的埃德蒙就这样开启了家奴生涯。伯恩的妻子名为尤弗拉，她身材高大，看上去颇有威严。按照维京人的传统，丈夫外出打猎、冒险，妻子常常会陪伴左右。可以说，维京夫妻之间大多荣辱与共、同舟共济。尤弗拉也不例外，她没少跟伯恩一起吃苦。在南欧的贵族家庭，妻子地位低下，常常被视作玩偶以及闲暇时光里的消遣。相比之下，维京贵族的妻子在家里说话就很有分量了。她们是

第九章 阶下囚

家庭中深受尊重和爱戴的女主人，活得体面又自在。丈夫常常听取她们的建议，地位丝毫不逊于今日的女性。伯恩有两个女儿，身材和言行举止都与母亲相像。她们的身上都迸发着女性特有的活力。

埃德蒙的活倒是不重。上午，他去外面拾柴火；到了饭点，他端上食物，然后侍立在伯恩身后，以便在高脚杯中的蜂蜜酒见底时能够及时添上。伯恩家里常常会来许多首领、战士。开春以后，他们打算远征法兰克，筹划部署的方方面面都需要讨论。伯恩常常大摆宴席，招待客人，晚宴会一直持续到深夜。维京人共议大事，有一个传统，夜里商定的事情，次日上午要再讨论一遍，方能正式敲定。这么做是因为维京人认为三杯酒下肚，大家才会坦诚相待，但人酒后难免莽撞，稳妥起见，上午酒醒以后，必须再仔细推敲一遍，方能正式做出决断。

一个月以后，伯恩带上家属和部下南下，前往挪威的最南端，那里有一场重要会议，许多维京首领都会出席。有趣的是，埃德蒙发现斯韦恩恨不得立马赶到现场。斯韦恩迫不及待的样子，自然也逃不过亲姐妹的眼睛，姐妹二人常常为此拿他开玩笑。

这天，姐妹俩跟父亲提及此事，伯恩哈哈大笑："行啦！行啦！我都知道。你们弟弟这是得了相思病。你们还记得吗？我的一个老朋友有个漂亮女儿，叫弗蕾达，斯韦恩肯定是被她迷倒了。我上次跟他们一块扎营，就看出这小子的心思了。不过，他还小，现在考虑结婚为时尚早。谈婚论嫁——至少还得再等上个十来年。弗蕾达毕竟是伯爵之女，身份尊贵，在我儿成为伟大的战士之前，弗蕾达是不会正眼瞧他的。等到哪一天，这小子从法兰克夺了大量战利品送给她，或许能赢得她的芳心。"

斯韦恩听后没吭声，满脸写着不高兴。父亲的话令他心生不满，他要是能自己做决定，肯定不会按父亲的想法来。埃德蒙站在一旁，把一切看在眼里。

十天后，伯恩一行人抵达会合点。大多数首领都走海路，岸边可以看到许多大大小小的战船。一眼望去，岸上有许多树枝搭成的小木屋以及用船帆做成的帐篷。伯恩的奴隶大多是俘虏，要么是撒克逊人，要么是法兰克人。埃德蒙和他们一起，迅速为伯恩一家搭起了纳凉的小屋。

打从一开始，埃德蒙就非常看重这次会议，他能不能逃出去，或许就看这次能不能抓住机会了。有几个年轻力壮的撒克逊奴隶同行，他私下里跟他们讲了自己的计划：设法偷走一条小船，然后划船逃走。这几个人都知道埃德蒙航海经验丰富，听了他的方案后，都表示为了自由，愿意冒这个险。

第九章　阶下囚

伯恩和在场的许多人都曾并肩作战。他带家人赶到后，受到了热烈欢迎。第二天，伯恩一家人赴宴，令埃德蒙随行服侍。下午四点，他们来到了一顶大帐篷。埃德蒙在帐外静候，等到侍者端上食物，方步入帐中。宴会前，斯韦恩姐弟聊天，埃德蒙听到了几句。从聊天内容推断，伯恩一会要见的正是斯韦恩爱慕的姑娘的父亲。

帐篷里，斯韦恩正站在一角跟一位姑娘郑重其事地说些什么。这场宴会总共有十六人参加，近一半为女性——这是一场家庭聚会，如果商讨重大事项，维京女性是不会参加的。这时，埃德蒙吃惊地发现餐桌主座上坐着的竟是西格贝特伯爵。他们曾在亨伯河河口交过手。他又将目光移向了斯韦恩身边的姑娘。这一次，他认出来了，她正是在船上恳求他放了自己父亲的年轻小姐。用餐开始后，埃德蒙突然发现那姑娘正在目不转睛地盯着自己。

"你父亲椅子后面的那个人是谁？"她转头问旁边的斯韦恩。

"撒克逊奴隶。"斯韦恩回答，"他的船遭遇了海上风暴，受损严重，阴差阳错跑到了我们岸边。我们生擒了他，杀了他的随从，但他的船动作太快，跑掉了。"

"父亲，"她声音明亮，一下子就吸引了所有人的注意力，"我要是没看错，伯恩伯爵身后的那位撒克逊青年，应该就是当初抓住我们的人。我们乘船离开英格兰，刚驶出河口就被他拿下了。不过，他可没伤害我们。"

西格贝特转过头仔细端详。

"弗蕾达，没错，的确是他。没想到他成了我老朋友的奴隶。伯恩啊，这位年轻人对我有不杀之恩。我和弗蕾达曾落在他手上，但他既没有伤我们的性命，也没有做任何玷污我女儿名誉的事。尽管他现在是你的奴隶，但我依旧会毫不犹豫地称他为'我的朋友'。你快告诉我，他是怎么落到你手上的？要知道，这位年轻人可是大名鼎鼎的埃德蒙，我们在威塞克斯多次吃亏，就是拜他所赐。"

"他并不是我在战场上真刀真枪拿下的，他落到我手里纯属意外。"伯恩将自己如何逮住埃德蒙，以及埃德蒙差点成为奥丁的祭品，之后又大难不死的事，一五一十地讲了出来。接着，西格贝特将自己如何被飞龙号擒获的事，也详细地讲给众人听。

"他虽然劫了我的船，但他没要赎金就把我放了。"西格贝特继续补充道，"今天，我要是能为他赎身，也算是还了这份人情。伯恩，怎么样，你能把他卖给我吗？要多少马匹、武器、盔甲，你开个数吧，你要多少，我都会给你！"

"我的老朋友西格贝特，我还真有点舍不得。不过，

第九章 阶下囚

你话都说到这份上了,我又怎么好意思拒绝呢!他对你有大恩,你今天要是不帮他,也的确说不过去。至于拿多少东西换,不着急,我们后面有空了再商量。"

"一言为定。"西格贝特说道,"埃德蒙郡长,你自由了,请坐下跟我的客人们一起用餐。你是你们国王的得力干将,在座的能和你一起用餐,肯定都觉得非常荣幸。"

埃德蒙的身份陡然之间发生了一百八十度的转变。就在几句话之前,他还是个奴隶,挖空心思想着如何脱身。虽有计策,但逃出去的可能性微乎其微——维京人人多船快,他很可能走不了多远,就会被捉回来。但没想到他一下子恢复了自由身,再也不会有人阻拦他,一旦有船去英格兰,他就可以随船回家。

席间,西格贝特为了让埃德蒙觉得自在些,跟他说了许多话。伯恩跟他说话时,态度也很友善。只有斯韦恩一直闷闷不乐。前一刻,埃德蒙还是他父亲的奴隶;这一刻,他就成了西格贝特的座上宾,跟自己平起平坐。更加可恶的是,认出埃德蒙的不是别人,偏偏是弗蕾达,她听到父亲要替埃德蒙赎身时流露出的喜悦,更是令斯韦恩火冒三丈。他在心里暗自咒骂那匹战马以及祭司,要不是马瞎叫,祭司乱抽树枝,埃德蒙也不会活到现在……

晚餐过后,西格贝特请埃德蒙讲述自己的冒险经历。

维京人热衷于听故事，尤其是跌宕起伏的冒险故事。埃德蒙讲述的时候，西格贝特和他的朋友一边听，一边大口地喝着蜂蜜酒；女士们则坐在一旁，全神贯注、目不转睛地听着。

"好家伙！你的经历够丰富的。"西格贝特听埃德蒙讲完后感叹道，"用勇气过人、年轻有为来评价你，再合适不过了。我们维京人喜欢冒险，但跟你同龄的小伙子，经历远比不上你。弗蕾达，这个小伙子要是维京人的话，肯定能俘获所有维京少女的芳心。维京人最看重的就是勇气，维京少女挑选丈夫更是如此。"

"父亲！"弗蕾达听了父亲的话，脸都红了，"不过，勇气肯定是很重要的。只有丈夫英勇战斗，妻子才能分享丈夫的荣誉和战利品。这都是您平日里教我的。"

"乖女儿，你说的一点不错。没有什么比做英雄更光荣了。做英雄的妻子自然是所有女人都向往的。埃德蒙郡长，你要是我的儿子，我肯定会以你为傲。你要是维京人该多好，英格兰到了今天这地步，回天乏术，你身为撒克逊人也做不了什么。"

"我还没有放弃。"埃德蒙坦然回答，"我承认，我们撒克逊人如今处境艰难，但我们还没有被彻底击败。如果我没猜错，等到了春天，你就会再次听到阿尔弗雷德国王

第九章 阶下囚

的名号。"

"我听说你们的国王是半个修道士，相比于用剑，他更喜欢读书。当然，平心而论，他确实是一位英勇的战士。这一点，他已经用实际行动证明了。别的撒克逊国王加起来，也远比不上他一个令我们头疼。"

"阿尔弗雷德国王之所以能英勇杀敌，是因为他是在为自己的王国和子民而战。你没说错，他并不好战，他喜欢的是读书和思考。大家都知道他博览群书、善于思考，他若是能夺回王国，定会成为一位智慧、卓越的君主。国王陛下跟我讲过许多他的想法，他将来打算制定一部出色的法规，以便更好地治理王国。"

"我们维京人不喜欢被别人管着。"伯恩插嘴道，"我们只要不伤害到自己人，想做什么就做什么。我们想来就来，想走就走。我们的船队在海上也是来去自由，走到哪抢到哪，每一次回到家乡，都可以带回大量的战利品。法规对我们毫无用处。"

"你们现在确实不怎么需要法规，"埃德蒙答道，"但是，不论哪一个国家，迟早都会安定下来。等到有一天，你们也要安定下来过富饶平稳的生活时，法规就有用了。"

伯恩撇了撇嘴："那我很庆幸我生活在现在。到目前为止，我看不出我们有任何安定下来的想法。话说回来，你们撒克逊人和法兰克人放弃原先的信仰后，可没发生什么好事。你们一度也是尚武的民族，但现如今，你们却无法抵御我们的进攻。财富被我们掠夺，城镇被我们摧毁，粮食被我们抢走。这样一看，我们的做法似乎才是最好的。"

"确实如此吗？据我所知，"埃德蒙停顿片刻又大胆地说了下去，"身处诺森布里亚和东盎格利亚的维京人将两个王国洗劫一空，发现无物可抢后，已经开始过上了定居生活。他们还逐步采纳了撒克逊人的习俗。麦西亚和威塞克斯的维京人这样做，也只不过是时间问题。现在的种种迹象还谈不上明显，但趋势是不可阻挡的。这些都是我从阿尔弗雷德国王那听来的。"

"他是不是还觉得我们会放弃我们的奥丁，去信你们的耶稣？"斯韦恩一开口就是轻蔑的语气。

"没错，国王陛下确实有这样的想法呢。"埃德蒙耸了耸肩，将头转向了西格贝特，"您可能会觉我这样讲过于冒失，更何况我还只是个毛头小子。不过，我只是在复述阿尔弗雷德国王的话，他的智慧和美德是大家公认的。"

"我并不了解他。"西格贝特思忖了片刻，似乎想起了什么，"但是我得承认，你们慷慨赴死，什么年龄的都有，你们面对死亡时表现出的平静与勇气，并不输给维京人。我们维京人不怕死，是因为我们知道死后有一个充满欢乐

第九章 阶下囚

的世界在等着我们。你们撒克逊人面对死亡，则全然是一种平和的状态。每个人都有自己的活法，你们大概也有一个类似于奥丁神殿的地方，到了那里以后，也会有人对你们论功行赏。"

已经很晚了，伯恩带着他的人站了起来，准备告辞。临行前，西格贝特嘱咐道："埃德蒙赎金的事，我明天上午去你的帐篷跟你讨论吧，我们是老朋友了，我相信你不会狮子大开口的。"

伯恩走后，西格贝特给埃德蒙安排睡觉的地方——埃德蒙如今是西格贝特的贵宾。睡觉前，奴隶搬来成捆灯心草铺在地上，好让他睡得舒服些。西格贝特和埃德蒙睡在中间，他们身下铺着厚厚的灯心草，西格贝特的部下睡在旁边。大帐篷旁边有一顶小帐篷，那是弗蕾达的住所。帐篷外则睡着奴隶。没多久，大家就进入了梦乡。

第十章 决斗

"我一直在想你昨天晚上的话。"早饭的时候,弗蕾达跟埃德蒙说道,"你的宗教既然催人向善、反对战争,你为何还在战场杀了那么多人呢?"

"我是在为我的国家而战。"埃德蒙答道,"我的信仰从未告诉我——人不能保卫自己的家园。要是这样,一小队人马就足以踏平世界上所有与我同一信仰的国家。我的确厌恶杀戮,打仗于我而言,纯属无奈。你要是让我抢掠或屠杀手无寸铁的老百姓,我宁愿去死。你也去过英格兰,你的同胞给我们带去了多少苦难,你一清二楚。但是这样的苦难,我绝不会施加给别人。我打仗只是为了自保。你们要是能离开我的家园,我很乐于收起我的剑,从此不再动武。"

"不打仗,你做什么啊?"弗蕾达吃惊地问,"空下来的时间怎么办？"

"有许多事情等着我做呢。"埃德蒙微笑着说，"我的领地有那么多人，我要让他们过上好日子。他们有困难了，我要解决；他们有争端了，我要协调；我还要重建教堂和房屋。我可闲不下来。"

"但是，没有仗打，男人怎么成为英雄？"弗蕾达继续追问。

"我亲爱的小姐，你口中的'英雄'，主要是看杀了多少人，但换个角度，这又给他人制造了多少苦难？"埃德蒙叹息道，"天下太平以后，我们不需要这样的'英雄'。勇敢并非最重要的品质。要知道，野兽在这方面丝毫不逊于人类。一个人是否善良、大度、无私以及乐于助人会更重要，这才是真正的英雄，即便是大海上最勇敢的维京战士，也比不上他。弗蕾达，我知道你一时很难理解，但你应该能想明白，造福他人总好过伤害他人吧！"

"好像是这样。"弗蕾达犹豫了起来，"不过，你讲的东西，对我而言太新奇了，我得好好想一想，才能想明白。"她接着就去忙了。

西格贝特一大早就出了门，他上午要跟伯恩等首领共议大事。埃德蒙知道西格贝特一时半会回不来，便走到了岸边，近距离观察维京船只。岸边停靠着不少船只，各种

第十章 决斗

大小、类型的都有,有笨重的大帆船,也有船体轻盈、造型优美、行动敏捷的桨帆船。桨帆船的船体不高,大多没在水中。船首高高耸立,有的还有一个弧度,看上去仿佛天鹅的脖子一般;有的则装有尖锐的铁头——专门用来撞沉敌船。一些船的船体修长,设有二十对船桨;一些船除了船桨,还配有船帆。

埃德蒙估摸着快到饭点了就打道回去。走进帐篷后不久,西格贝特就气冲冲地冲了进来。弗蕾达一听到父亲的声音就进了帐篷。见父亲面色不悦,她询问道:"谁惹您生气了?今天的讨论出了什么岔子吗?"

"出大事了!"西格贝特叹道,"今天上午,众首领共同议事,有人说应该事先问问神明的意见,看看远征有没有胜算。埃里克伯爵听后站了起来,建议按以往的做法,挑一名俘虏和维京人决斗,众人自然没有异议。"

"埃里克接着说,营地里有一位撒克逊年轻人,出了名的勇猛,他推荐伯恩之子斯韦恩与这位撒克逊人决斗。斯韦恩这小子私下里肯定跟埃里克说过,众首领若是安排决斗,他愿意出战。我听后立马站了起来,我说埃德蒙不是俘虏了,我已经为他赎得了自由身。但是在他们的追问下,我只得承认这场交易尚未完成。这事也怨不得伯恩,看他吃惊的表情,我就知道他也完全被蒙在鼓里。我觉得这都是斯韦恩捣的鬼。他这么做，肯定是对埃德蒙怀恨在心。埃德蒙，你们俩有过什么过节吗？"

"没有。"埃德蒙答道，"他虽然倨傲蛮横，但我们不曾有过什么过节。"

"无论如何，他想杀了你。"西格贝特说，"我用尽一切办法想阻止这场决斗，但都无济于事。我提议换一位法兰克俘虏，但他们不听。我们维京人向来喜欢观赏激烈的打斗。你们二人年龄、实力相当，这样一场旗鼓相当的决斗，他们是不会错过的。老实讲，斯韦恩和你相比，在身高和力量上占了便宜，并且他身手了得。我要是有机会阻止这场决斗就好了，哪怕付出些代价，我也心甘情愿。"

"我并不怕他。"埃德蒙并没有被吓到，"不过，这样毫无意义的争斗，能避免掉当然最好。我要是跟斯韦恩在英格兰的战场上相遇，我会毫不犹豫地杀了他。但是为了观众的消遣，就和他拼个你死我活，这太荒唐了。他要是非和我打，我肯定奉陪，到时候伤了他，可怨不得我。"

"要打赢他，可不容易……"西格贝特上下打量了埃德蒙一番，"我们年轻一辈的战士中，名气最大的就是斯韦恩。你确定……"

"假如我赢了，我又该何去何从？一个击败了主人的奴隶还能有活路吗？"

第十章 决斗

"不会的，"西格贝特让埃德蒙放宽心，"按照惯例，俘虏若是胜了，便可重获自由。不过，你放心好了，我会让你以自由人的身份决斗的。饭后，我就去找伯恩谈赎金的事。弗蕾达，不要这样。作为维京人的女儿，可不能因为一场决斗就吓成这样。斯韦恩和你小时候就一起玩过。大概打那时起，他就一直倾慕你。要不是他年纪太轻，恐怕早就跟我提亲了。你大可放心，好男儿又不止他一个。他要是被埃德蒙击败了，自会有其他人追求你。"

弗蕾达脸色通红，没说一句话。埃德蒙在一旁注意到，她低头吃饭的时候，脸颊上有泪水流过。

饭后，趁着西格贝特出去的工夫，埃德蒙安慰弗蕾达道："你不用担心。我保证，我要是在决斗中占了上风，我是不会杀他的。弗蕾达，我说到做到。"

"他是生是死，我根本不在乎。"弗蕾达激动地红了脸，"你可不要因为我就放过他。我告诉你，我讨厌他！就算全世界的维京男人都死光了，我也不会嫁给他。"说完，她就离开了帐篷。

埃德蒙现在觉得巧遇西格贝特，也算不上好事。与其跟斯韦恩决斗，还不如按原先的方案，乘船逃走。现在事态发展到这个地步，要是走了，别人反而会觉得临阵脱逃的他是个懦夫。

等待埃德蒙的，必定是一场恶战，斯韦恩对他明显恨之入骨。退一步讲，这场决斗有这么多维京首领围观，斯韦恩就算不恨他，也必定会使出浑身解数。好在埃德蒙实战经验丰富，他交手过的敌人，比斯韦恩年长、强壮的不在少数，因此，他还是有信心战胜对手的。

营地里的维京人听到决斗的消息后都很兴奋。埃德蒙只要一在营地里走动，就会吸引众人的目光，他们会从头到脚地打量他。他们当中有不少人在威塞克斯打过仗，埃德蒙的大名，他们早已如雷贯耳。如今，这位撒克逊英雄成了营地里的俘虏，他们自然想看看他的"庐山真面目"。

一开始听说伯恩之子斯韦恩要跟撒克逊英雄决斗时，维京人觉得斯韦恩太过鲁莽。斯韦恩虽然在维京人年轻一辈里面算得上身强力壮、作战勇猛，但他和撒克逊英雄相比，肯定还存在不小的差距。但在他们见到埃德蒙本人后——二人年龄相仿，斯韦恩还比埃德蒙强壮不少——他们又觉得斯韦恩的胜算很大。

为了不让埃德蒙吃亏，西格贝特费了不少工夫。他为埃德蒙弄到了一顶上好的头盔，不仅坚固，而且大小合适、佩戴舒适。西格贝特还找来了许多盾牌和利剑，埃德蒙从中挑选了趁手的盾和剑——重量与自己平日里所使的相当。

第十章 决斗

夜里，西格贝特再次举行宴会，但他并没有让埃德蒙参加，而是催着埃德蒙去帐篷边上的木屋休息。

"明天决斗，你要是神志不清，就麻烦了。"西格贝特说道，"决斗的前一晚，最明智的做法就是保持头脑清醒。"

弗蕾达没吃晚饭，埃德蒙刚走出帐篷，就碰到了她。弗蕾达眼圈红红的，像是哭了一天："也不知为什么。父亲上了那么多次战场，我都没哭过。可能是听了你今天上午的那番话，我心里难受。我……我打心底里希望你赢。我会替你向奥丁祈福的，我知道你不信他，但祈祷一下，总不会有坏处。"

"谢谢。"埃德蒙心里涌起了一股暖流，"你别哭了，依我看，我和斯韦恩都不会死。我会竭尽所能，保护好我自己，并寻找机会击败他。你放心，我不会轻易下死手的。说到底，这场决斗与其他无关，只关乎我个人的性命。"

第二天上午，维京人聚到了一起，众首领围成了一个直径三十码的圆圈。埃里克伯爵带着斯韦恩走进了圆圈，西格贝特伯爵则带着埃德蒙从圆圈的另一侧走了进去。

"我反对！"西格贝特仍旧试图挽回，"埃德蒙不再是俘虏了，他现在是自由人，并且还是我的贵宾。更何况我们想知道的是远征法兰克王国的结果，我们跟撒克逊人决斗，又怎么可能得出关于法兰克的神谕呢？因此，我提议另选他人进行这场决斗。"

在场的首领议论纷纷，多数人都觉得西格贝特讲得在理，这位年轻的撒克逊人确实不应该被莫名其妙地推入圆圈。埃里克跟斯韦恩听后也讨论了一番。

"西格贝特伯爵讲得很有道理，"埃里克大声说道，"这场决斗确实给不了我们想要的神谕。退一步讲，埃德蒙现在已是自由身，他还是西格贝特伯爵的好友，即使这场决斗能给我们神谕，我们也不能强迫他出战。不过，众所周知，这位撒克逊人年纪虽轻，但名声在外，我们维京人都知道这位劲敌。我的好友斯韦恩是我们维京人年轻一辈中的翘楚。他刚才跟我讲了，他还是想会一会这位撒克逊人，因为他们俩之前有过争执。二人的切磋倒不一定非要拼个你死我活，在场的首领觉得胜负已分，就可中止比武。这场比武也算师出有名：其一，他们俩有过争执；其二，二人作为各自民族年轻一辈中最强大的战士，是天生的宿敌。这样的挑战，埃德蒙想必不会回绝。"

这时候，埃德蒙若是回绝了挑战，肯定会名誉扫地。"斯韦恩的挑战，我应下了。"他没有丝毫犹豫，"但我跟他没什么冲突，不知道他所谓的'争执'从何而来。但他既然如此坚持，而我现在身处你们维京人的营地，作为撒克逊人唯一的代表，我必须应战。否则，你们会把我们撒

第十章 决斗

克逊人当成懦夫的。"维京人听后，纷纷用武器撞击盾牌，发出哐当的响声，以表示他们对埃德蒙的赞赏。

接着，两位年轻战士便走进了圆圈。他们腰部以上，除了头盔以外，其他什么都没穿戴；腰以下则穿着紧身短裤，用铜腰带系在腰间；脚上则穿着轻便凉鞋。二人都使的长剑。埃德蒙的剑要比对手的轻不少，但材质却无比坚硬，剑上还用古朴的字体刻着"愿奥丁赐吾胜利"。

二人的体形存在不小差距。埃德蒙身长五英尺十英寸，但由于肩宽，看起来还要更矮一些。斯韦恩比埃德蒙高近四英寸，肌肉也更为发达[①]。维京人站在圈外，一眼就能看出二人的体形差距，斯韦恩明显要壮一些，这场决斗要是比力气，多半是他赢。

这是一场漫长的决斗。一开始，斯韦恩一直在猛攻，埃德蒙则一直在格挡。不过，不论斯韦恩的攻势有多猛，都破不了埃德蒙的防，也无法令埃德蒙后退一步。

埃德蒙每挡开一次斯韦恩的进攻，围观的维京人就会用武器撞击盾牌，发出响声，以表示赞赏。要知道，没有什么比精彩的对决更令维京人着迷了。围观这场决斗的都是战士——攻击或格挡是否高妙，他们一眼就瞧出来了。决斗前，众人押注，多数人都觉得斯韦恩的胜算大一些。

---

① 埃德蒙身高大约是 1.78 米，斯韦恩身高大约是 1.88 米。

他们在斯韦恩身上押了不少战马、盔甲、武器和奴隶。不过，二人正式交手后，风向就变了，二人的神情以及埃德蒙在防守时表现出的力量与技巧，都改变了大家的判断。斯韦恩见自己的攻击屡屡受挫，怒不可遏，脸都气红了。埃德蒙则神色平静，看他的状态，好像不是在决斗，而是在用未开锋的武器做日常练习。埃德蒙一直在盯着对方的眼睛看，半刻也没离开过，嘴角还带着一丝笑意。这样的打斗很费力气，埃德蒙的额头也冒汗了，但他的呼吸并没有变得急促。

斯韦恩已经展开了两轮攻势，他现在后退了几步，好喘口气，这是他第二次休息。埃德蒙见他后撤，也不攻上去，而是剑尖朝下，原地等待下一次进攻。到目前为止，他都是以防御为主，基本上没怎么主动出击过。他的盾牌和头盔上有几处破损的地方，都是斯韦恩用斩击留下的。相比之下，斯韦恩的盾牌和头盔还是崭新的。

斯韦恩再次攻了上来。这一次，他一心想结束战斗，攻势比前两轮更为猛烈。他举起了剑，用拔山扛鼎之力砍了过去，但还是被埃德蒙的剑挡下了。他砍了三次，埃德蒙挡了三次。等他第四次抬手的时候，人群中突然爆发出了惊叫声。

埃德蒙终于主动出击了，斯韦恩举起剑的那一刹那，

他迅速挥剑，砍断了斯韦恩的胳膊。刀口在斯韦恩胳膊肘以上，转瞬之间，他的胳膊连带着手中的剑，一起掉到了地上。

围观的维京人大声叫好。尽管埃德蒙是撒克逊人，但维京人向来看重勇气和处变不惊的心理素质，他们看到埃德蒙的表现后，真心实意地佩服这位对手。哪怕这场比赛获胜的是维京人，他们的喝彩声也很难更为热烈了。这一剑下去，斯韦恩登时倒地，维京人围起来的圆圈也跟着散了。他的朋友急忙跑上前去——维京人善于治疗各类伤口，决战前他们就备齐了药品，好应对各类突发情况。

他们用绷带紧紧绑住斯韦恩胳膊肘以上的位置，止住血；接着，他们将断臂浸入了沸腾的沥青。斯韦恩早就没了知觉——胳膊断了以后，失血过多，一下子就晕了过去。做了应急处理后，朋友们将斯韦恩抬回了帐篷。

按照维京人的习俗，作为奖赏，胜者可以获得不少武器和盔甲，埃德蒙欣然接受。拒绝礼物是失礼的行为，更何况他还缺钱，武器和盔甲都可以换钱，他没有理由拒绝。

随后，埃德蒙便跟着西格贝特伯爵走了。他们身后跟着奴隶，手上拿着埃德蒙比武所得的奖品。西格贝特一边走一边说道："好家伙，干得漂亮！我很高兴你没杀他。虽然他受了伤，但应该能保住性命。伯恩毕竟是我的好友，

第十章 决斗

我希望他儿子可以挺过来。哎，不过话又说回来，这一切也怨不得别人，都是他自己挑起的。"

行至帐篷边上，弗蕾达兴奋地跑了过来："我都听说了，你赢了！我真心为你高兴。他非得跟你决斗，如今这个结局是他自作自受。"

"没想到你对斯韦恩这么有意见。"西格贝特的言语中带着一丝责备，"看得出来，他倒是一直很仰慕你。"

"他就是个十足的'暴君'。他一直缠着我，只是为了让自己开心，完全没有考虑过我的感受。他明明知道这个撒克逊人对我们有恩，还执意决斗，更何况他们二人也没什么过节。就算我现在是二十岁的大姑娘，斯韦恩也不是毛头小子，而是疯狂追求我的英勇战士，如果他这么对待我们的恩人，我不会为他说半句话的。"

西格贝特笑了："我一直在纳闷，斯韦恩为何铁了心要跟埃德蒙争个你死我活，我现在好像明白了。斯韦恩一直想赢得你的芳心，他父亲也跟我说过，等你到了年龄，他儿子肯定会向你求婚。原来因为埃德蒙对我们俩有恩，他才讨厌埃德蒙。我的孩子，你年龄虽小，但你明亮的双眸已经可以引起杀戮了，照这样下去，你结婚前可能会给我制造不少麻烦。"

弗蕾达听后满脸通红，她笑着说："父亲，您怎么能瞎说呢。您说的那些事根本不可能发生。再说了,斯韦恩以后也不会再纠缠我了,他总不能指望我嫁给一个只有一条胳膊的人吧。"

"许多独臂的人都成了勇敢的战士。"西格贝特说道。

"他怎么样与我无关。"弗蕾达笑着调侃道,"他就算有五十条胳膊,我也不会喜欢他。"

埃德蒙想把奖品送给西格贝特。前一夜,多亏了西格贝特的赎金,他才能摆脱伯恩奴隶的身份,如今,他有了奖品就想还上这份人情。西格贝特一口回绝。埃德蒙见拗不过西格贝特,便换了个请求。伯恩那有四位撒克逊奴隶,本打算跟他一起逃跑。他希望西格贝特能帮他为这四人赎得自由身,如果还有富余,可以再多赎几位撒克逊奴隶。

西格贝特照办了。夜里,埃德蒙高兴地看到了十二位重获自由的撒克逊人。在有船队前往英格兰之前,埃德蒙一直跟西格贝特一家生活在一起。三月底,船队终于要出发了,他与十二个撒克逊人一起登上了西格贝特的船,其他船都是去泰晤士河河口的,这艘船到了半道,就驶向了肯特。一路顺风,船仅用了三日,就行至肯特海岸。

临别时刻,西格贝特与他不舍地道别:"你要是维京人就好了。你也知道,我一直把你当儿子看。不过现在,你

第十章 决斗

也确实有可能成为我的'儿子'。我能看出来,我女儿非常中意你。等你们到了年龄,你向她求婚,她断然不会拒绝,但我们以后恐怕很难再见了。我以后不会再跟撒克逊人打仗了,这里的东西都快被抢光了,我再过来也没有意义。你以后恐怕也很难再被冲到我们的海岸上了。不过,如果命运让我们再次相遇,你要记住,我西格贝特永远是你的朋友。"

弗蕾达这次也跟着父亲一起远航。临别之际,她眼中满含泪水。不过,她倒没有像父亲一样,觉得以后再也见不到埃德蒙了。前一晚,埃德蒙在艉楼上亲口跟她保证:"弗蕾达,你不会忘记我吧?我们都还年轻,等到哪一天,战争结束了,英格兰不再需要我拔剑战斗了,我就去找你。"

"埃德蒙,你说话算数?"

"弗蕾达,你放心好了,我说到做到。"

"我会等你的,就算等到生命的尽头,也在所不惜。"

说完后,二人一吻定情。

此刻,埃德蒙带着他的撒克逊伙伴,换乘小船,向岸边划去。弗蕾达站在船上,泪眼婆娑地望着渐行渐远的小船。不过,她坚信总有一天,她会和她的撒克逊英雄重逢的。

上岸后没多久,埃德蒙便得知家园完全被维京人控制了。打秋天起，就没人知道国王的下落了，想必是躲了起来。

每一个村庄都有维京人留下的痕迹。不计其数的房屋被战火摧毁，老百姓体面的衣物变成了破布，往日高涨的情绪也不复存在，一眼望去，尽是绝望、倦怠的神情。修道士也早不见了踪迹，他们要么流亡海外，要么死在了维京人的刀下。

以奥丁和托尔为首的维京诸神接管了撒克逊人的土地。

回到舍伯恩后，埃德蒙发现这里的毁坏情况尤为严重。之前维京人攻打此处损失惨重，后面抓住了机会，他们自然会加倍报复。埃德蒙的府邸被夷为平地，周围的村庄也满目疮痍。领地的民众为了有个地方遮风挡雨，只能临时搭建茅屋，凑合度日。

埃德蒙回来的消息很快传开了。领地的民众本以为他死在了外面，得知他活着回来以后，都很激动。飞龙号早已安全返航，藏在了老地方。埃德蒙知道了这件事，非常高兴。他的船带回了许多战利品，埃格伯特拿出了不少来接济百姓，所以舍伯恩的民众能比其他地方的同胞过得好一些。维京人毁掉的房屋，大家一点点重建；夺走的牲畜，大家也设法从其他略有富余的地方购买了一些。多亏了这些战利品，整个封地都在朝好的方向发展。

埃德蒙到舍伯恩的第二天，埃格伯特就赶了过来。他

第十章 决斗

本以为埃德蒙死了，根本没心思重建房屋，就在森林里过起了山野生活。得知埃德蒙回来了，他马不停蹄地赶回来。他和埃德蒙二人的战利品，都埋在了森林里，离飞龙号的藏身处不远。国王的那一份，也一同埋在那里。

返航的时候，飞龙号是趁着夜色，神不知鬼不觉地驶入帕勒特河的。船行至原先的造船点后，埃格伯特就带人卸掉了桅杆，将船藏进了深坑。埃格伯特并不担心维京人会发现这个地方。冬季，维京人大多数时间都会待在奇彭纳姆的大本营，不会随意出动。

埃德蒙活着回来，埃格伯特欣喜若狂，他对埃德蒙的感情，已经接近父亲对儿子的亲情。刚见到埃德蒙，他情绪过于激动，都说不出话来。平复了好一阵，埃格伯特才能跟埃德蒙正常交流。他们足足分开了三个月，二人依次讲述了自己的经历。埃格伯特的叙述非常简单。飞龙号出了挪威峡湾后，他让船在海岸逗留了好几天，心想埃德蒙万一能逃出来，他也好率船接应。不过，一周以后，他知道再等下去也毫无希望，无奈之下，只得下令返航。冬天，海上少有维京船只出没。飞龙号从挪威海岸行至帕勒特河河口，一艘敌船也没碰到。

夜色降临后，埃格伯特才下令驶入河口，附近村落的村民完全没有察觉出任何异样。他让部下将船藏进深坑，自己便开始在森林度日。埃德蒙的讲述则要细致得多。他讲到西格贝特伯爵时,埃格伯特非常吃惊。埃德蒙能重获自由,都是这位伯爵的功劳,而这位伯爵正是他们在亨伯河河口放走的那一位。

第十一章　阿塞尔纳岛

埃德蒙在封地待了一个月，底下大大小小首领的地盘，他都跑遍了。每到一处地方，他都会激励当地民众，告诉大家形势不会一直这么糟下去。他还表示自己不久以后就会去找阿尔弗雷德国王，他相信要不了多久，国王就会号召民众反抗可恨的压迫者。国王的具体下落，没有人说得上来，但大家都说他藏在萨默塞特郡的沼泽地，并且，有消息说他在萨默塞特郡的阿塞尔纳。

"真走运，"埃德蒙说道，"阿塞尔纳就在帕勒特河边上。这么一说，国王离我的飞龙号不远。"

埃德蒙忙完封地的事务后，便跟埃格伯特去寻找国王的下落。他们带了四个得力的年轻部下，一有情况，这四人可以担任信使。一行人先去了一趟飞龙号的藏身地，确定飞龙号完好无损后，沿着河流一直往河口走。河口附近是一眼望不到头的沼泽。他们走了半天，终于看到了一个茅屋。里面的渔夫听到动静，立马准备好了弓箭。等到走到门前发现来的是撒克逊人，渔夫才放下了武器。

"你知道阿塞尔纳怎么走吗？"埃德蒙问道，"我们知道阿塞尔纳是一座岛，并且岛就在这附近，但我们就是找不到。你能不能帮帮我们这些外地人？"

"阿塞尔纳岛边上尽是沼泽和密林。"渔夫解释道，"你们这么漫无目的地找下去，再找几周，也不一定能找到。话说回来，你们为什么要去那里啊？"

"我听说阿尔弗雷德国王藏在那里。"埃德蒙说道，"我是舍伯恩的埃德蒙郡长，我们都是国王陛下忠实的拥护者。我们有好消息带给陛下。"

"你真是埃德蒙郡长？我听过好多你的英勇事迹，你要是不嫌弃，我可以带路。不过，我得提前告诉你，你到了阿塞尔纳岛，也找不到什么国王。沼泽地有一些逃亡者，都是苦于维京人的压迫，才逃到这里的，但好像都不是什么大人物。不过，你要是想去，我可以带路。"

埃德蒙表示就算国王不在那，他也想去那看一看。渔夫的小船就藏在茅屋边上，他拉出小船后，埃德蒙和埃格伯特见船上最多只能装下四个人，便只带了一名随从，余下三人留在原地待命。接着，渔夫用长篙一撑，船出发了。

第十一章　阿塞尔纳岛

沼泽地有许多曲里拐弯的水道，水流很缓。船在水道航行，就好像在迷宫里穿梭一般。路上尽是寂寥之景，树木的叶子大多都掉光了。寒风刮过，还可以听到高高的灯心草在沼泽深处沙沙作响。再加上前一晚落的雪，万物都披上了一层薄薄的雪衣，一眼望去，更是让人觉得阴沉。几个小时后，他们终于看到了一处高地。

"这便是阿塞尔纳，"渔夫介绍道，"确实是藏身的好地方。你也看出来了，这座岛的地势要比周围的沼泽地高出不少。由于帕勒特河和西木河的缘故，这一带都是湿软的沼泽地，涨潮的时候，大海的盐水会把整片沼泽地淹没掉，水道也会跟着消失，一眼望去，只能看到一些冒出水面的树木。维京人还没来过这，岛上只要备齐了食物，数百号人藏在这都不成问题。你今晚还打算回去吗？"

"不好说。"埃德蒙答道，"不过也没关系，这一周，你和你的船，我都包了。放心，酬劳好说，肯定比你平常打鱼赚得多。"

渔夫欣然同意。埃德蒙一行人上了岛。走到小岛中央，他们发现这里可以俯视附近沼泽地的树木。他们走到一间农舍前，一位农夫走了出来："你们找谁啊？"

"这里应该有不少人在避难吧？"埃德蒙问道，"我们贤明的阿尔弗雷德国王是不是也在这？"

农夫听后，表情愕然。"国王在这！你没开玩笑吧？这里是藏了一些撒克逊人，有的靠捕鱼为生，有的靠砍柴为生，但大多数都是游手好闲之徒。他们都说自己是来避难的，但我觉得他们大多是不想本本分分干活，或者是犯了什么事，才跑到这里的。"

"我怎样才能找到他们？"埃德蒙问道。

"他们生活在这座岛的各个角落。有八到十个人跟我一样，有固定住所，有的家里还有好几口人。剩下的都住在临时搭建的茅屋里，他们日子过得很苦，平日里靠捡山毛榉坚果、橡实过活，偶尔运气好，能从河里捞一两条鱼。我觉得他们与其如此，还不如回老家老老实实劳作。"

"唉！"埃德蒙感叹道，"维京人有多么残忍，你在这根本想象不到。他们所到之处，满目疮痍，我们的家园被他们弄得支离破碎。如今许多撒克逊人为了避难，只能躲在森林里过流亡生活。因此，我希望你讲话不要这么刻薄，他们来这避难，都是无奈之举。先不说这个了，我想找的人年龄不大、面相英俊。对了，按你的说法，"埃德蒙想到国王好学的天性后，笑道，"他应该是最游手好闲的那一个。"

"确实有这么一号人。"农夫打开了话匣子，"有好几个人都来这看过他，应该和你一样，是他的朋友。他寄宿

第十一章 阿塞尔纳岛

在一个农妇家中,离这不远。那农妇脾气火爆、快言快语。这个年轻人干活不认真,经常惹她生气。有好几次,我都觉得她快被逼疯了。年轻人只需做一些简单的家务,打打下手,如劈柴和看猪。猪平常都散放在森林里,他别把猪弄丢就成。不过,这么简单的活,他也干不明白,平常做事忘性很大。要不是农妇看他长相英俊、无依无靠,早就把他赶跑了。你别看她脾气差,但她对这样的家伙总是狠不下心。你们走这条路,穿过树林后继续往前走,就可以看到那户人家了。"

农夫对这个年轻人的描述与国王的特征完全吻合。埃德蒙听后非常高兴,这一趟看来没白来。此外,有好几个人拜访过他,这个人是国王的可能性就更大了。埃德蒙一行人即刻出发,没走多久,就看到了农妇的屋子。屋外的树下有几头猪在吃食。门是敞开着的,他们往前走的时候,听到一名妇女在扯着嗓门怒吼。

"你真是又懒又蠢,我再也受不了你了。你换个女主人吧,我这里反正是伺候不了你了。你这一天尽帮倒忙。我今天就让你帮我看会儿饼,别烤煳了,你都做不了。出去这么一会儿工夫,你竟然就在火堆边睡着了。你不知道饼烤煳了吗?……你说你没睡?那你的眼睛一天到晚都在看什么?还有你的鼻子,我大老远就闻到了煳味,你坐在旁边，怎么就闻不到？你的眼睛和鼻子都用来做什么了？我一个妇人天天勤勤恳恳，你一个男子汉却天天吊儿郎当。我估计没有女人受得了你。你也就吃饭的时候积极，做饭的时候让你盯一会儿，你都懒得干。你还是走吧，我忍你也不是一天两天了！你今天实在太过分了，你出去自生自灭吧，我这里不欢迎你！"

农妇责备的八成是国王陛下。埃德蒙跟埃格伯特走到门外一瞧，果然不错。农妇依旧在高声呵斥，国王则懊悔地站在一旁，看上去有些无地自容。

"我敬爱的国王陛下！"埃德蒙大喊着冲到国王面前，跪了下来。

"我忠诚的埃德蒙！"国王见到他好不吃惊，言语中带着欣慰与惊喜，"我见到你实在是太开心了。我勇敢的埃格伯特，你也来了，真是太好了。我一直在担心你们，我还以为飞龙号落到敌人手里了。"

"陛下，飞龙号的藏身地离这很近，您还记得帕勒特河边上的那个深坑吗？船当时就是在那造的，我们现在又把它藏回去了。多亏了飞龙号，我们在海上抢到了许多战利品，我们还专门为您留了一大份。您现在要是有需要，我可以立马派人去取，几个钟头以后，就能取回来。"

"埃德蒙，这真是个天大的好消息。我好久没碰钱了，

第十一章 阿塞尔纳岛

我几乎身无分文。我现在最起码得先拿点钱,报答这位好心的农妇才成。我没少给她添麻烦。你刚才也听到了,都怪我粗心,她的饼才烤煳的。"

国王边说边笑,埃德蒙和埃格伯特也跟着笑了起来,农妇则满脸惊恐地跪倒在地。

"陛下,请宽恕我。"她哭道,"我竟然敢对伟大的国王陛下出言不逊。天哪,我之前发火的时候,还对您动过手。"

"你这么做也是好心,"国王笑道,"你别怕,我知道你是刀子嘴豆腐心,要不你也不会让一个游手好闲的人在你家住这么久。好了,请先退下吧,我想跟我的朋友单独聊聊……埃德蒙,现在没外人了,最近有什么消息吗?飞龙号的冒险经历肯定非常丰富,但现在不是聊这个的时候。我现在想先了解一下王国的现状。我有和几位首领保持联系,他们会定期给我送信,告知我外面的情况。我听说民众再也忍受不了维京人的压迫和勒索了,为了挣脱维京人的奴役,他们可以付出任何代价。我当初隐姓埋名躲在这,就是因为民众丧失了斗志,不愿抵抗。如今,大家终于意识到不抵抗是愚蠢的,既如此,我也该有所行动了。"

"您说的一点不错。"埃德蒙完全赞同,"我和埃格伯特也看出来了,民众受够了敌人的奴役。他们为了赶走敌人,能豁出一切,现在就差一位领袖领导他们了。我封地的民众,只要我一声令下,就会拿起武器反抗。他们的勇气,大家在之前的战事中有目共睹。我飞龙号的船员就更不用说了,他们可以刺穿任何维京部队的防线。"

"看来我了解到的情况是真实的。"国王点点头,"等到了春天,我会再次举起我的大旗。眼下我要先加固这里的防御工事。这片沼泽的入口总共也就两三处,并且仅容小船穿行。我们如果在这座岛的上岸地点修筑土墙和栅栏,就可以把这座岛变成坚不可摧的要塞。我们就算吃了败仗,也可以退守到这。敌人再多,也攻不进来。"

"这个好办。"埃德蒙说道,"我们可以马上动工,要不了多久,就可以建好。我带了名随从,另外还有三人在岛外待命,我可以派他们去叫飞龙号的船员,让他们立马过来。"

"这个活一个人干就好,"国王下了指令,"剩下几位可以替我给萨默塞特的诸位首领送信。他们早就跃跃欲试了,一有我的指令,马上就会反抗。不过,现在还不是时候,我会让他们先派人过来修筑工事,人越多越好。我们现在必须低调行事,等到了复活节以后,再露出金色飞龙的利齿也不迟。你的战利品来得正是时候。维京人洗劫过后,

第十一章　阿塞尔纳岛

大家一贫如洗，只能勉强糊口。首领派人过来施工，我们自然要管吃管住。我们还得铸造大量的兵器。工匠铸造矛和剑，没钱肯定不行，做盾牌也需要购买兽皮。最好的办法就是让诸位首领将各村镇打铁的、做盾牌的、铸造兵器的一并送到这来，而且要隐秘，不能让外人知道。到处都是维京人，我们要想不打草惊蛇，也只能让他们在这干活了。工具和铁，他们随身带着就成。至于别的物件，我们可以派人去大城镇采购，然后用马车小心地运到沼泽边上。我们做这一切，都得万分小心，在做好万全准备前，绝不能走漏了风声。"

半个月后，阿塞尔纳岛像是换了个地方。岛上聚集了上千号人，他们砍倒了树木，在岛屿的最高处修筑了坚固的要塞。全岛本身只有三处可以上岸，如今，这三处都有了可靠的防御工事。岛上还有十几个冒烟的土堆，都是撒克逊人堆的炭窑，他们正在用火将木头烧成炭。岛上的锻铁炉都是露天的，它们烧的就是木炭。工匠为了防止雨雪浇灭炉火，用长杆撑起了简易的灯心草顶棚。沼泽地迷宫般的水道上有十来条小船在来回穿梭，船上的人，不是来帮忙的，就是来送牛的。整座岛热闹非凡，大家也再度燃起了希望。阿尔弗雷德国王和他手下的首领常常在岛上巡视，好给大家加油鼓劲。

来来往往的信使非常多。威塞克斯各地的民众得知阿尔弗雷德国王要东山再起后，都表示可以随时响应国王的号召。民众虽然很兴奋，但都能严守秘密，在面对残忍的侵略者时，他们并没有表现出任何异样。维京人根本不知道有一场暴风雨在等待着他们。看撒克逊人的样子，维京人还以为他们被彻底击垮了，不仅没做准备，还放松了警惕。

埃德蒙和埃格伯特打算把自己的那一份战利品也献给国王。他俩将战利品运到了岛上后，国王给他俩交代了一项任务，二人为此出去了几天。国王隐姓埋名前，将金色飞龙旗藏了起来，他将详细的地点告诉了二人——在威尔特郡的密林深处住着一位烧炭翁，旗子就藏在他的茅屋里。二人的任务就是取回旗帜。他们到了以后，掏出信物——国王的戒指，顺利取回了飞龙旗。烧炭翁听说国王要重振旗鼓，立刻唤来了两个正在忙活的儿子。二人都长得非常壮实，他让二人即刻动身，跟着埃德蒙和埃格伯特一起去岛上，以备第一时间参军卫国。

复活节到了，但是准备工作尚未完成。作战需要的兵器太多，工匠都在热火朝天、加班加点地干活。埃德蒙和埃格伯特则在忙着训练民兵，二人手下的兵虽然不多，但常常以少胜多，他们打算趁此机会，将自己的实战经验传

第十一章　阿塞尔纳岛

授给众人。主要的教学内容自然是三角阵形,不过,如今的阵形是由上千人组成的。埃德蒙卫队经验丰富,担当三角阵形的攻击顶点。巨大的三角阵形行动起来,声势浩大,再加上外围密密麻麻的战矛,更是令人生畏。国王看到这番场景,甚是欣慰,有了这样的铁阵,维京部队的防线再坚固,也会被刺穿的。

埃德蒙和埃格伯特在萨默塞特诸位首领的协助下,日夜操练,让大家尽快熟悉阵形,重点是让上千号人快速地从分散状态转换为三角阵形。经过密集的训练,埃德蒙的号角一响,众人就可以从容、快速地做出相应的动作。众人平日里从未想过,自己可以掌握如此神奇的战法。因此他们信心倍增,一个个都跃跃欲试,想尽快上阵杀敌。

4月底,阿尔弗雷德国王派出多名信使,让各地的撒克逊人做好准备。5月6日,国王率部从阿塞尔纳岛出发,前往埃格伯特之石,也就是今天的布里克斯顿。德文郡与萨默塞特郡之间有一片森林,名为舍伍德之森,埃格伯特之石就在舍伍德之森的东面。金色飞龙旗再次随风飘扬。国王在岛上时,旗子在要塞的顶部飘扬;他率部离开沼泽后,一直有一位旗手负责举旗。

5月12日,国王率部抵达会合地点。那里已经聚集了大批撒克逊民众,是从德文郡、萨默塞特郡、威尔特郡、多塞特郡以及汉普郡赶来的。维京人颁布了严苛的武器禁令，但民众中携带武器的依然不在少数——他们早就猜到了会有这一天——很多人都事先将武器藏了起来，有的埋进土坑，有的藏进树洞。

看到队伍最前方的国王以及在风中飘动的飞龙旗，民众都高兴坏了。他们兴奋地拥上前去，热烈欢迎国王。大家都下定决心，宁肯战死，也决不会再向维京人低头。这一天剩下的时间，国王先是命部下将武器分发给有需要的民众，随后，他将所有人分成了好几支队伍，本身有首领的，依旧由原先的首领负责；没有的，他现场指定了指挥官。

次日上午，大军朝着东北方向的奇彭纳姆进发，那里是维京人的大本营。夜里，大军在艾利·奥克休息。隔天白天，大军继续行军，行至下午，发现不远处的爱丁顿集结了大批维京军队。

维京人为何会听到风声？原来，尽管民众一开始守口如瓶，但随着日期的临近，大家就有些按捺不住自己的情绪了。阿尔弗雷德国王出山后，号召民众集结，更是弄出了不小的动静。维京王古斯鲁姆得知消息后，急命各地维京部队集结。古斯鲁姆同时统治着东盎格利亚和威塞克斯，是全英格兰最有权势的维京人。在此之前，也有许多维京

第十一章　阿塞尔纳岛

领袖在英格兰呼风唤雨，但他们的权势都远不及古斯鲁姆。维京大军的战士见撒克逊大军接近以后，丝毫没有慌张的样子，他们一个个都觉得自己胜券在握。这也难怪，维京人常年在英格兰掠夺，撒克逊人在他们眼中不过是手下败将，更何况这一次他们在兵力上也有优势。简言之，他们根本没把撒克逊大军放在眼里。

撒克逊大军一侧，阿塞尔纳岛的民兵位于中部，其正中央飘扬着金色飞龙旗，阿尔弗雷德国王就在飞龙旗边上。国王让埃德蒙指挥中部的阿塞尔纳岛部队，他自己则负责统率整支撒克逊大军的行动。撒克逊大军的右翼部队由萨默塞特郡和汉普郡的民兵组成，左翼则由威尔特郡、多塞特郡、德文郡的民兵组成。

国王开始布阵，众将士先是徐徐向前行军，以防守为主；待听到他进攻的命令，再转守为攻，由中部的三角阵形率先发动攻击，撕开敌方的阵形；待敌人乱了阵脚，左、右两翼部队再全力出击，以求彻底击溃敌人。

两军交锋后，维京人像以往一样，不顾一切地发动了冲锋，他们想尽快撕开撒克逊人的铁矛防线。双方都英勇作战，维京人的勇气来自他们对自己武力的信心以及对撒克逊人的蔑视，撒克逊人的勇气则来自他们对侵略者的仇恨以及背水一战的决心。双方血战了好几个时辰，都有些疲惫。此时，国王终于给埃德蒙下了破阵的命令。

中部部队听到埃德蒙的号角声后，立即从前线撤了下来。他们动作迅速，还没等维京人反应过来，就摆好了三角阵形。紧接着，他们大喊杀声，刺入敌阵。面对三角巨阵密密麻麻的战矛，维京人根本没有还手的余地，防线很快就被撕开了。不一会儿，三角巨阵就刺入了敌军的心脏。接着，众人听到埃德蒙的第二声号角，三角阵形分成了两个稍小的三角阵形，分别杀向了左、右两边，维京大军就这样被冲散了。

阿尔弗雷德国王见敌军被冲散，下令全军出击，左、右两翼部队闻令，大吼杀声，扑向了敌军。撒克逊人士气高涨，很快就将敌人彻底击垮。维京大军万万没想到，撒克逊大军会有如此新奇、强大的战法，还没等他们反应过来，防线就被撕开了。如今，左、右两翼的撒克逊部队围上来以后，维京大军更是腹背受敌，很快就被击溃了。撒克逊人看敌人四散逃逸后，急忙追了上去。埃德蒙怕维京大军会杀个回马枪，没让自己的部队去。其余的撒克逊人则一路掩杀，一直追到奇彭纳姆的维京大本营边上，才停下脚步。这一仗，撒克逊人大获全胜，维京人死伤无数。

抓获的维京人都被撒克逊人处死了，现在不是讲仁慈的时候。阿尔弗雷德国王带着胜利之师，直接驻扎在了维

第十一章 阿塞尔纳岛

京人大本营门口。国王麾下的民兵越来越多，每过一小时，撒克逊大军的规模就会壮大一些。战争打响的时候，还有许多人在勤王的路上。胜利的喜讯传出去后，来的人就更多了——王国上下，凡是拿得动武器的，都赶来了。大家都觉得撒克逊人与维京人决战的时刻到了，如果不趁这次机会彻底击败维京人，以后就不会再有机会了。

撒克逊大军并没有向维京大本营发动攻击。阿尔弗雷德国王知道自己的部队拥有人数优势，士气也非常高涨，但攻击营地，肯定会有不少人死在壕沟里。为了不让部下白白送命，国王决定将敌营围起来。敌人的粮草撑不了多久，等他们饿得受不了了，自会投降。这一次，维京人不会再有援军了。

为了打这一仗，维京王古斯鲁姆已经把东盎格利亚和威塞克斯的全部兵力调过来了。要是早一年，维京人的兵力会雄厚许多。他们的兵力在一年之内缩减得如此厉害，主要是因为英格兰快被掠夺光了，许多人见这里没有油水后，就去祸害别的地方。留下来的维京人，多是想过安稳日子的，他们手上有大量撒克逊人的土地，定居下来并非难事。不过，多数维京人还是想继续过游猎生活，他们要么带着战利品回家乡享受了，要么乘船去侵扰法兰克、西班牙、意大利的海岸了。

奇彭纳姆的维京人就这样陷入了绝境。十四天后，维京人饿到了极点，走投无路，只得派出几名代表到阿尔弗雷德国王的帐中求和。维京代表希望国王能大发慈悲，放维京人一条生路。国王要是肯网开一面，他们会立即撤出他的领土，不敢再犯。他们之前的确食言了，但这一次，他们保证不会再犯。国王若是不放心，可多留些人质，留多少都可以。几位代表都饿得不成人形了，国王顿时心生怜悯。

维京人现在身体极度虚弱，走路都成问题。撒克逊人若是想将他们屠戮殆尽，易如反掌，多数撒克逊人也想这么做。毕竟维京人常年压迫撒克逊人，践踏他们的家园，掠夺他们的财富，杀害他们的亲友，他们这么想也在情理之中。不过，高瞻远瞩的阿尔弗雷德国王并不这样想。

维京人在古斯鲁姆的率领下，已经在东盎格利亚站稳了脚跟。他们跟当地的撒克逊人也能和睦相处。他们的确从撒克逊人手上掠夺了大量的土地，但事到如今，他们已经在东盎格利亚建立了秩序井然、相对和平的局面。在那里，撒克逊人和维京人享有一样的自由与权利。随着两族通婚增多，两个民族合二为一的趋势也日趋明显。阿尔弗雷德国王觉得要是能将维京王古斯鲁姆争取为自己的同盟，对威塞克斯大有裨益。东盎格利亚的维京人在古斯鲁

第十一章　阿塞尔纳岛

姆的率领下，要不了多久，就会完全定居下来，与撒克逊人融合成一体。到了那时，再有别的维京人来犯，他们就会加入撒克逊人的阵营，共同反抗侵略者。这样的东盎格利亚跟威塞克斯是休戚与共的。

相反，他要是下令发动大屠杀，维京人闻讯，很有可能会再次大举入侵。要知道，维京人除了抢掠物资外，最喜欢干的事就是复仇。他们得知大批同胞被屠杀，想必不会当作什么事都没发生过。因此，不论从战略上讲，还是从人性上讲，阿尔弗雷德国王都觉得不应赶尽杀绝。他接受维京代表的提议后，维京人按约定送来了人质。接着，他派人给维京人送去了粮草。

当晚，古斯鲁姆派人给阿尔弗雷德国王送信，称自己想皈依撒克逊人的宗教。国王和他的部下得知此事，打从心底里高兴，他的子民也和他们的君主一样，满心欢喜。古斯鲁姆皈依的政治意义远大于宗教意义。两国若想结成同盟，单靠誓言是远远不够的，但一旦古斯鲁姆带着他的子民更换信仰，性质就不一样了。两个民族向来在信仰上水火不容，维京人得知自己的同胞更换信仰以后，肯定会视其为叛徒。如此一来，两国自然会成为亲密的盟友。

夜里，撒克逊营地里尽是欢呼之声。爱丁顿之战意义非凡，说它影响了威塞克斯乃至英格兰的未来，也不过分。

撒克逊人幸好打赢了，他们这一仗要是败了，就再也没有翻身的机会。若是如此，英格兰自此以后就会彻底成为维京人的天下，后退到较为原始的时代，野蛮的做法将再度横行，整个英格兰的文明进程也可能因此停滞好几个世纪。

这一场胜仗一下子将威塞克斯从维京人的奴役中解放了出来，东盎格利亚也因此成了盟国。阿尔弗雷德国王能推行法规，建立各类机构，大力推动英格兰文明的发展，离不开这场胜仗打下的坚实根基。

毫不夸张地讲，这场战争改变了英格兰的历史，英国人之所以为英国人，离不开这场战争。

第十二章 古斯鲁姆投降

七周后,维京王古斯鲁姆在三十位贵族的陪同下,走进了阿尔弗雷德国王的营地。营地搭起圣坛,隆重举行了受洗仪式,古斯鲁姆和他的部下都受洗了。阿尔弗雷德亲自担任古斯鲁姆的教父,并将其名字改为了埃塞尔斯坦。维京人在撒克逊人的营地里待了十二天之久。

这十二天里,阿尔弗雷德和埃塞尔斯坦就两国的未来举行了多次会谈。阿尔弗雷德专门召开了撒克逊贤人会议①,并邀请埃塞尔斯坦等维京贵族参与。双方在会上敲定了两国的边界线,以泰晤士河河口为起点,沿利亚河走到

---

① 贤人会议:盎格鲁-撒克逊时期英格兰的一个重要政治机构,是一种由国王主持召开、会期不定、人数不等的高层会议,与会者主要有被称为"贤者"或"智者"的高级教士和世俗贵族,包括国王的近臣、王族宠幸和地方长官等。它产生于7世纪以前,取代了年代更早的欧洲大陆的日耳曼人条顿部落的马克大会或民众大会,以适应当时盎格鲁-撒克逊社会的发展变化,直到11世纪还在发挥作用。

其源头，之后过贝德福德，走乌斯河，一直到华特灵大道的尽头。另外，根据双方在会上达成的共识，麦西亚王国的一大片领土自此归阿尔弗雷德国王管辖。

双方的协定还涉及商业领域的诸多规定以及法庭的推广。有了法庭后，不论是纠纷还是罪行，都可得到公正的处置。麦西亚的维京人并没有立即撤走。他们在赛伦塞斯特的营地逗留了一段时间，凡是拒绝皈依的，都被勒令乘船离开了英格兰。随着时间的推移，麦西亚境内留下的维京人逐渐撤回东盎格利亚。选择离开的维京人则在著名的维京首领黑斯廷的带领下，乘船去抢掠法兰克的海岸。天性好斗的人走了，埃塞尔斯坦推行政策的阻力也小了许多。

贤人会议结束后，埃德蒙和埃格伯特没做停留便带着部下返回了舍伯恩。回到封地之后，埃德蒙作为年轻的郡长，用了数月的时间帮助封地的民众重建家园。他在海上夺得了大量战利品，民众有需要，他都会毫不犹豫地借出去。事实上，埃德蒙的财富一点也没有减少，他的确在阿塞尔纳岛给阿尔弗雷德国王资助了不少财宝，但国王手头富裕以后，立马给了他补偿。他的部下也带回了不少战利品，有了他们的帮助，舍伯恩的重建工作推进得很快。短短几个月，维京人留下的痕迹就被基本消除了。

一切都在向好的方向发展，草地上有了牛群，林子里

第十二章　古斯鲁姆投降

有了家畜，地里有了庄稼，村里有了新建的农舍。在埃德蒙的率领下，舍伯恩很快就恢复了往日的繁荣。放眼整个威塞克斯王国，没有哪个地方比舍伯恩恢复得更快。飞龙号也得到了彻底的整修，焕然一新。维京船队什么时候会再次侵扰英格兰的南部海岸，谁也说不准，埃德蒙让部下修船，有备无患。

果然，没过多久，维京人就再次出击。初冬时节，他们的船队驶入泰晤士河河口后，一路行至富勒姆才靠岸扎营。此时，威塞克斯和东盎格利亚已经做好了共同迎敌的准备，维京人见占不到便宜，就没有继续进军。整个冬天，他们都一直在营地里待着。来年春天，他们乘船前往法兰克。

接下来的两年，维京人将矛头转向了法兰克和荷兰，英格兰的局势也因之比较稳定。维京人乘船走马斯河、斯海尔德河、索姆河、塞纳河，深入法兰克和荷兰腹地，用烈火与利剑实施抢掠和破坏，许多地方都深受其害。法兰克人英勇抵抗，取得了两次重大战役的胜利，但他们也为此付出了不小的代价。撒克逊人非常关心海峡对岸的战事，战火刚开始燃烧的时候，他们一度希望法兰克人可以彻底击垮对手。

但维京人有一项巨大的优势——他们可以随时乘船前

往别处掠夺。他们虽在海斯勒和索库尔吃了败仗，但这并没有妨碍他们继续抢掠。他们常常来无影去无踪，船队刚刚在海岸出现，就可以飞速驶入河流，深入内陆。他们上岸后，会迅速实施抢掠、破坏，凡是敢反抗他们的人，都会被杀掉。离开前，他们还会掳走大批的妇女和儿童。等法兰克的首领收到信，想组织民兵反抗的时候，维京人早已乘船离开了。

　　威塞克斯之前饱受战乱之苦，国力衰败，如今难得有和平稳定的局势，阿尔弗雷德国王自然不会放过这复兴的大好机会。他颁布法规，重建教堂，恢复秩序。维京人统治英格兰时期，大批的修道士和富人逃往法兰克避难。不过，如今局势反过来了。维京人侵扰法兰克以后，法兰克反而比英格兰凶险得多，因此，他们都跑回来了。法兰克被维京人盯上以后，许多法兰克百姓也逃往英格兰避难。

　　随着时间的推移，英格兰大部分地区都承认了阿尔弗雷德国王的统治地位。肯特王国再次成为威塞克斯王国的附属国。麦西亚王国亦是如此。此时的麦西亚位于英格兰中部，领土由盎格利亚和威尔士两部分组成。希卡斯家族在当时极具权势，统治麦西亚的正是其族长埃塞尔雷德郡长。许多年后，阿尔弗雷德的女儿埃塞弗莉达嫁给了这位郡长。他管理麦西亚，依据的法规和习俗都与威塞克斯相

第十二章　古斯鲁姆投降

去甚远。因此，两国的融合度并不高，直到征服者威廉一世①出现，整个英格兰才真地融为一体。不管怎么说，埃塞雷德承认阿尔弗雷德国王的霸主地位，凡是关系重大的事务，他都会先征询国王的意见，他的法令和命令也都是以国王的名义下发的。阿尔弗雷德国王夙兴夜寐，威塞克斯在他的治理下蒸蒸日上。

埃德蒙忙完封地的事务后，常常会陪伴在阿尔弗雷德国王左右。国王很欣赏埃德蒙，他觉得聪明的埃德蒙言行举止都和自己有几分神似。不过，埃德蒙并不像国王那么嗜学。他在学识上的确取得了不小的进步，读写也相当不错，但国王让他学拉丁语时，他婉拒了。他称自己可以通过国王的译文了解拉丁文作品的内容，就算只能略知一二，也够用了。

时光匆匆，又过了两年。埃德蒙再次收到王命，准备出征。维京人虽然没有再度入侵英格兰，但他们却在英格兰沿海海域做起了海盗。维京船队抢掠过往的船只，撒克

---

① 威廉一世（William I，约 1028—1087），诺曼王朝的首位英格兰国王（1066年12月25日—1087年9月9日在位）。1035年继承法国诺曼底公爵之位。1066年，表亲英王忏悔者爱德华死后无嗣，大贵族哈罗德被拥立。威廉借口爱德华生前曾许以王位，于是渡海入侵英国；在黑斯廷斯与英国国王哈罗德二世决战（黑斯廷斯战役）获胜，直取伦敦，自封为王，称威廉一世，号称"征服者威廉"（William the Conqueror）。威廉一世重用并分封土地给诺曼人，压制盎格鲁-撒克逊贵族，强令领主效忠；编制《末日审判书》，是欧洲中世纪极具影响力的君主之一。

逊人的海上贸易因之受到了沉重打击。

　　海港的居民怨声载道,国王决心率船队出海追捕维京海盗。他手头有几艘战船,但大小都不及飞龙号。因此,他希望埃德蒙能出动飞龙号,助他歼灭维京海盗。出海后,国王在飞龙号上指挥船队行动。经过一段时间的搜捕,船队发现了四艘大型维京战船。这四艘船之前可没少祸害英格兰海岸。

　　撒克逊战船迅速追了上去,双方船队很快就展开了殊死搏斗。飞龙号专挑最大的敌船下手,两船展开接舷战后,国王在埃德蒙和埃格伯特的跟随下,跳上了敌船甲板,他们的部下也紧随其后。双方的搏斗非常激烈,而埃德蒙卫队能取得最后的胜利,日复一日的训练功不可没。埃德蒙卫队成员用的都是战矛,经过长时间的操练,他们早已得心应手,让他们换成别的兵器,反而不习惯;维京人用的则是剑和斧。一开始,双方展开了激烈的白刃战。撒克逊人虽有国王在场,士气高涨,但敌方在人数上拥有较大优势,因此并没占到多少便宜。

　　埃德蒙见部下陷入了僵局,便吹起了号角。号角一响,撒克逊人迅速跑到埃德蒙身边,站到自己的阵位上。维京人见对手突然不打了,原地愣住了。等他们回过神,三角阵形已经摆好。撒克逊人紧紧站在一起,阵形正中央是国

第十二章 古斯鲁姆投降

王和埃德蒙，攻击的顶点站着埃格伯特。紧接着，三角阵形就向敌人逼去。

维京人一开始还试图抵抗，但他们很快就发现自己的努力是徒劳的。他们虽有人数优势，但还是被一路逼到了甲板尽头，许多人都选择了跳海，剩下的不是被撞倒了，就是被刺死了。短短几分钟后，船上就没有一个活着的维京人了。

剩下的撒克逊战船也一直在跟别的维京战船战斗。有两艘正在和一艘敌船单打独斗；其余的则围着余下的两艘敌船，不停地用箭矢和标枪射击。飞龙号立即驰援两艘正在激战的撒克逊战船，撒克逊一方一下子拥有了人数优势。飞龙号强行并靠，埃德蒙带领部下跳到了敌船甲板上。正在撒克逊战船上厮杀的维京人纷纷跑回来保护自己的战船。战士们看到友军支援，精神为之一振。他们聚拢队伍，跟着埃德蒙一道杀过去。战争持续的时间并不长，但战况很激烈。维京人毕竟三面受敌，很快就败下阵来，最后仅一人生还。

接着，撒克逊船队一同围剿余下的两艘维京战船。维京人的几位首领见再打下去，只怕会全军覆没，便向撒克逊人求饶。阿尔弗雷德国王看敌人放弃抵抗后，给了他们一条生路。随后，撒克逊战船便带着俘获的四艘战船一道返航了。

　　船队到港口后,埃德蒙希望继续率领飞龙号在沿海一带打击维京海盗。他向国王请命,得到了批准。飞龙号在海上航行了数周,捕获了多艘维京战船。飞龙号还在多佛尔海峡逮住了好几艘满载战利品的敌船。这几艘船的战利品都是从法兰克掠夺来的。它们满载着战利品从塞纳河、加龙河等河流驶入大海,行至多佛尔附近被飞龙号拦了下来。

　　这天,飞龙号发现了一艘维京战船。埃德蒙光顾着追敌,忘了关注天气,等他放弃追击,才意识到天空阴云密布,风也越刮越大。

　　"埃格伯特,北边恐怕会有风暴过来,"他说道,"我们得尽快去泰晤士河河口避避。"

　　他命令部下降下船帆,将船首转向西方。不到两个钟头,海况就急转直下,船员根本没法继续划桨。

　　"怎么办?"埃德蒙叫来了船上的老水手,"你说我们现在去多佛尔海峡的峭壁下躲避风暴,还来得及吗?"

　　"恐怕来不及了。"水手说道,"泰晤士河河口与多佛尔之间海峡是肯特海岸,那里尽是令人头疼的沙滩和浅滩。现在风这么大,我们除了顺风航行外,别无选择。"

　　"就照你说的办。"埃德蒙答道,"这样总比将命运交给巨浪强。"

第十二章 古斯鲁姆投降

飞龙号再次升起了帆,顺风航行。风暴越来越猛烈,飞龙号在这种恶劣的海况下,顺风漂了好几个钟头。埃德蒙发现船离法兰克海岸越来越近,风也逐渐转为西风,情况越来越危急了。

"我们不会被巨浪拍到岸上吧?"埃德蒙问道。

"看我们的运气了,"老水手说道,"这里离塞纳河河口仅有一两英里,船要是能设法驶入河口,我们就安全了。"

船沿着海岸航行,撒克逊人见船离海岸越来越近,心都提到了嗓子眼,好在船还是顺利抵达了塞纳河河口。随后,船转向驶入塞纳河,逆流而上,没多久,就在勒阿弗尔的城墙下抛锚停泊。撒克逊人抛锚的时候,可以看到城墙上聚集了不少人,手里都拿着武器。

"他们肯定把我们当成维京人了。"埃格伯特说道,"我们最好把飞龙旗升上去,表明我们的撒克逊人身份。"

飞龙旗升至桅顶后,城门没多久就打开了。一名官员带着几名随从走了出来。他们将一条小船推下水后,划船来到飞龙号边上。官员神色紧张地登上了飞龙号,他看船上的人没拿武器,才放下心来。"我看到你们的飞龙旗了,这果真是一艘撒克逊战船?"

"没错,"埃德蒙答道,"这是我的船。我是阿尔弗雷德国王手下的郡长。我们本来在追击维京海盗,但海上突然起了风暴，船被刮到法兰克海岸后，我们只能到这里避难。"

"市长托我向你问好，"官员说道，"并邀请你去城里一聚。"

"那我就恭敬不如从命了。老实讲，这场风暴没少让我的船受苦，舷墙有好几处都破损严重。我们得在这逗留几日，船修好后才能再度出海。麻烦你转告市长，我稍微收拾一下，就会带上我的表兄埃格伯特一道去拜访他。"

一小时后，埃德蒙和埃格伯特上岸。二人很快就被带到了市长的府邸，市长热情地欢迎了他们。

二人发现城里有许多熟面孔，他们之前在阿尔弗雷德国王的宫殿碰过面。撒克逊的主教、贵族和富人，当初为了逃难，许多都跑到了巴黎或别的法兰克内陆城镇。不过，也有不少人因缺少赶路的盘缠，留在了勒阿弗尔。

市长跟他们聊到西欧的动荡局势时，感慨道："英格兰国王不能和法兰克国王联合起来，共同打击海盗，真是太可惜了！维京人打劫的远不止我们的海岸。如今，他们已经将魔爪伸向了地中海一带，尤其是意大利一带的海岸，那些地方也饱受掠夺之苦。城镇一旦被他们攻占，就得支付高额赎金，否则就会遭遇灭顶之灾。"

"我要是能碰到一些从意大利回来的维京战船就好

第十二章　古斯鲁姆投降

了。"埃德蒙说道,"我敢打包票,这些船上装有不少珍贵的艺术品。这样的珍宝,只有阿尔弗雷德国王这样的人才懂得欣赏,落到这帮野蛮人手中,纯属浪费。你刚才说得很对,欧洲海岸被这么一帮海盗折腾成这样,确实是一件憾事。"

"是啊,"市长答道,"如果所有的国家都能同仇敌忾,派出战士和战船组成联军,围剿敌人,大海上又怎么会有黑色渡鸦的立足之地呢?有了联军,我们甚至可以登陆维京人的海岸,以其人之道还治其人之身,让他们也尝一尝海岸被侵扰之苦。不过,大家现在已经被打蒙了。维京人每掠夺一处,当地的民众都会试图抵抗,但敌我兵力相差悬殊,根本撑不了多久。我有时会纳闷,教皇为何不号召所有国家共同抗敌呢?这帮恶棍毁坏的可不仅仅是市镇和村庄啊!他们所到之处,教堂和修道院都会被夷为平地,死在圣坛上的神职人员,更是不计其数。"

第十三章　巴黎保卫战

夜里,埃德蒙回船上睡觉。第二天一大早,他就被甲板上的喊叫声吵醒了。他急忙跑出舱室,发现海上有大批船只向河口驶来。远方的船有大有小,从巨大的帆船到桨帆船,应有尽有。他一眼就瞧出了这些船的身份——许多船的桅顶都飘着黑色渡鸦旗帜⋯⋯

城里传来了号角声以及民众的惊叫声。海上的晨雾退散后,城里的人才刚刚发现逼近的船队。埃德蒙连忙跟埃格伯特商量对策。现在再出海,为时已晚。维京船队已经到了河口,这会儿冲过去,无异于羊入虎口,根本跑不出去。如今只有两条路可走:一是划船靠岸,将船扔在岸边,众人进城和勒阿弗尔共存亡;二是划船逆流而上,尽快赶到鲁昂或巴黎,之后再做打算。

二人决定前往巴黎。维京战船数量众多,单凭勒阿弗尔是难以抵抗的。鲁昂也好不到哪儿去，一年前，维京人就洗劫过那里。这一次他们卷土重来，鲁昂恐怕都不会抵抗，因为一旦败了，民众就会有灭顶之灾。如此一来，就只有巴黎可去了，那里作为法兰克的首都，似乎是当下唯一的希望。二人很快就敲定了计划。他们商讨期间，船员已经跑动到位，拿好了船桨。

领头的维京战船离飞龙号只有半英里之遥，埃德蒙见状，立马让部下砍断了锚绳。如今事态紧急，一刻也耽误不得。此时恰逢涨潮，飞龙号借助潮水，快速航行。有几艘桨帆船追了上来，但飞龙号的速度明显快不少，它们跟了一会，就放弃了。飞龙号上的撒克逊人见敌人不追了，划桨也划得慢了些。飞龙号行至鲁昂城下，潮水开始退去，埃德蒙下令将船系泊在岸边。

整座鲁昂市人心惶惶。埃德蒙跟卫兵说自己有十万火急的事情，必须立马见到市长。卫兵听后，将二人带到了城内的议事厅，鲁昂的大人物正在里面商讨要事。埃德蒙讲明他跟埃格伯特的身份后，便将维京船队驶入河口的消息说了出来。

"你带来的消息确实相当沉重，"市长说道，"可能会左右我们今天的决定。不过，我们很难更绝望了。我们已经收到情报：有大批维京人在阿布维尔登陆，正在朝这里

第十三章　巴黎保卫战

进军。鲁昂究竟是应该战到最后一兵一卒，还是开门投降呢？我们今天坐在这，就是为了讨论出一个结果。按你所说，勒阿弗尔方向有大批维京战船，如果真是如此，我们的境况就更糟了。阿布维尔方向过来的维京部队凶狠残暴、攻势凌厉，我们单是面对他们，就很难有什么胜算。如今再加上你说的船队，我们要还是抵抗，就完全是自取灭亡了。我个人反正是这么想的，在座的诸位不知道有什么想法？"

剩下的与会者都是鲁昂的大商人，他们都持同样的观点。

"与其抵抗，"他们说道，"不如将我们的身外之物送给维京人。这样至少可以保全我们家人的性命。"

"既然如此，"埃德蒙说道，"我们俩就不在这多逗留了。我们这就乘船前往巴黎。我听说维京人到现在为止还没有攻打过巴黎。退一步讲，他们就算动手了，我相信巴黎也会抵抗到最后一刻的。"

二人很快就回到了飞龙号上。潮水转向后，船解缆出发。三天后，船行至巴黎附近。当时的巴黎虽是法兰克的首都，但并不大。塞纳河与马恩河的交汇处有一座岛，巴黎城就建在这座岛上。城外有一圈高大、坚固的城墙。

飞龙号行至巴黎城下，许多民众都跑上城墙围观。这样的船，他们还是头一次见。金色飞龙旗在桅顶迎风飘扬，城墙上的人一看，就知道这不是维京战船。有的人阅历丰富,看到旗帜,就知道这是撒克逊人的船。国王不在巴黎,他走之前,托厄德伯爵代管首都。飞龙号向城墙一侧靠去时,伯爵本人登上了城墙,埃德蒙下令停止划船。

"你是谁?"伯爵喊道,"从何处来?到这里有什么目的?"

"我叫埃德蒙,是阿尔弗雷德国王手下的一位郡长。我本来在大海上和维京人作战,后来遇到了海上风暴。我的船被刮到法兰克沿海海域后,为了躲避风暴,驶入了勒阿弗尔的海港。四天前,有大批维京战船驶入河口,我发现后,急忙下令解缆出航,继续向上游航行。到了鲁昂后,我本想在那避难,但那里的民众之前就收到消息,说有大批维京人在向鲁昂方向进军,他们得知河口还有另一批维京人以后,决定放弃抵抗。我只能让部下继续划船,但我并没有丧失信心,因为我知道维京人肯定会在这碰上钉子的。我的队伍在英格兰跟维京人长期作战。如今,命运让我们来到了法兰克,我们若是能跟法兰克人共同抗敌,自然再好不过。"

"郡长阁下,欢迎来到巴黎。"伯爵说道,"你的消息确实令我备感沉重。不过你能来,我非常高兴。阿尔弗雷德国王手下的首领英勇抗击侵略者的事,我们早有耳闻。维京人要真打到这了,有你助我们一臂之力,我们也算增

第十三章　巴黎保卫战

了一分底气。"

伯爵让部下打开了城门。飞龙号在岸边停好后，埃德蒙和埃格伯特就带着队伍进城了。伯爵将埃德蒙和埃格伯特奉为座上宾，邀请他们到城堡居住。余下的撒克逊人，他也让部下安排了住处。伯爵很快就张罗了一场宴会，巴黎的许多大人物都参加了。

埃德蒙等人吃饱后，伯爵问了问两支维京部队的细节，如塞纳河上汇集了多少维京战船以及向鲁昂进军的维京部队有多少人马等。

埃德蒙将了解的情况事无巨细地描述出来。伯爵说道："我敢断言，这是西格弗罗伊的部队。这也不是他第一次来法兰克抢掠财物了。有好几次，他都兵临巴黎城下。他烧杀抢掠的足迹，遍布整个法兰克北部。他上一次到巴黎城下时，曾放过狠话，说下次会带足兵力，一举将巴黎夷为平地。他此次来势汹汹，恐怕就是冲巴黎来的。不过，我决不会让他轻易得手。我们就是战到最后一兵一卒，也决不向维京人低头。埃德蒙、埃格伯特，你们都是撒克逊人的杰出首领。维京人虽号称海狼，却屡屡在你们手上栽跟头。有你们二人相助，我非常高兴。你们的战船确实非常独特，我之前见过不少维京战船和撒克逊战船，但从没见过这样的。看外形是帆船，但划起来却非常快。"

"阿尔弗雷德国王亲自参与了这艘船的设计。"埃德蒙说道,"他年轻时去过意大利,见过那里的船,他凭印象给我画了船的草图。后来,我寻得了一位了不起的船匠。他根据图纸,给我造了这艘船。你说得不错,这艘船的船帆跟船桨一样好用,也正因为如此,它可以在海上高速航行。它曾在维京人家门口战斗过。维京人也见识到了,这艘船不仅战斗力强,还行动敏捷。这一次,要不是维京人堵住了出海口,我们也不至于落到这般田地。在海上,他们根本奈何不了我们。可惜啊!我们当初要是早点出海就好了。"

"维京人围城后,恐怕会毁了你的船。"

"我也想到了这一点。"埃德蒙说道,"你这里有没有熟悉河流上游情况的人,可否借我一用?河流上游肯定有不少地势低的地方,那些地方长年被河水浸泡,会形成大片的沼泽地,里面的树木想必不会少。维京人是过来掠夺财物的,那样的地方,他们不可能去。我可以在沼泽地找个隐秘处,把船藏起来。这个地方得离河流近一些。选好地点后,我会挖一个窄小的通道将它和河流连起来。河水涌入后,船就可以沿通道驶入沼泽地,有树木遮挡,维京人就算乘船经过,也发觉不了什么。我离开前,会把通道埋起来,这样就不会留下任何蛛丝马迹了。"

第十三章　巴黎保卫战

"这个好办。"伯爵说道,"上游大多地势不高,有大片长满树木的沼泽地,符合你要求的地点应该不在少数。你放心好了,我明天会派一队人马跟你一块出航。"

次日上午,飞龙号出航,船上除了撒克逊人外,还有伯爵派来的上百位帮手。船沿塞纳河行驶二十英里后,埃德蒙找到了合适的地点。他发现有一条小河从岸边沼泽地的水泊流出,缓缓注入塞纳河。小河的深度足以让飞龙号浮起来。小河的宽度约为十五英尺,为了让飞龙号顺利驶入小河,他们稍微将河道拓宽了些。船驶入小河后,往深处航行了三百码。

这会儿已经快冬天了,过不了多久,树木的叶子就该落光了。不过,这里的树木长得很密。埃德蒙有自信,叶子就算掉光了,外人从塞纳河经过,也不可能瞧出异样。埃德蒙命令部下将飞龙号的桅杆放倒后,又让他们在船体两侧挂上了成捆的枯枝。船体表面有一层黑漆,比较引人注意,有了枯枝遮挡,就万无一失了。

埃德蒙一行人走之前,将小河的入口处埋了一大半,最后只留下三四英尺宽的狭小入口。他们埋到最后,专门在土上盖了一层枯草,这样就和旁边的地表一模一样了。他们还在小河入口处的底部插了许多根木桩,顶部离水面仅有几英寸。小河入口边上则栽了些灌木。

如此一来，维京船只就算从旁边经过，也不可能走小河进入沼泽。飞龙号过来时，后面拖了好几条小船。埃德蒙带人将飞龙号藏好，带众人乘小船返回巴黎。

飞龙号上有不少从维京人手上夺来的战利品。埃德蒙将这些物件以合适的价格卖给了巴黎的商人。

半个月后，探子来报，说维京船队正朝巴黎驶来。隔天上午，维京船队就到了巴黎附近。民众站在城墙上，望着河上的船队，面露惧色。维京战船数量众多，几乎把整个河面盖住了。整个船队有七百艘帆船，桨帆船更是数不胜数。船上都站满了人，个个面色凶恶、身材高大，再加上他们手中明晃晃的武器，民众看了心生畏惧。

厄德伯爵也在城墙上，他跟身旁的埃德蒙说道："当真是来势汹汹啊！"

"确实数量惊人。"埃德蒙答道，"维京船队多次侵扰英格兰，但据我所知，没有一次比得上这个规模。维京人估计是倾巢出动了，他们这么做，肯定是想拿下巴黎。不过，巴黎城非常坚固，我曾在家乡用城堡成功御敌，那城堡跟巴黎城相比，不值一提。因此，我们好好防守，他们肯定攻不进来。"

维京人在城墙对岸上岸，安营扎寨。第二天上午，三位维京战士划小船过来说维京王西格弗罗伊想和巴黎大主

第十三章　巴黎保卫战

教戈斯林谈一谈。戈斯林还担任巴黎市长一职。

大主教同意在自己的府邸会见西格弗罗伊。一小时后，一艘长长的桨帆船朝城门划了过来，共有二十人划桨，船速很快。船上有一个气宇不凡的维京人，身上的盔甲在阳光照射下闪闪发光，此人便是西格弗罗伊。西格弗罗伊在四位得力部下的跟随下，进了城门。他是一位身材高大的维京战士，头上戴着一顶黄金头盔，上面还有一只张开双翅的渡鸦纹章，也是黄金的。他的头发披散，长度刚好到脖子的位置。维京人喜欢将络腮胡刮干净，蓄八字胡，他也不例外，络腮胡刮得很干净，八字胡却留得很长。这位维京王穿着黄金护胸甲，手上拿着兽皮盾牌，兽皮选用上佳的公牛皮，用金钉固定。

除了腰带上别着的长匕首外，西格弗罗伊没带别的武器。他和随从都身材魁梧，走起路来盛气凌人。民众挤在街道两旁，一声不吭地盯着这些可怕的敌人。给维京人带路的是戈斯林大主教的管家，他们被带入大主教的府邸时，戈斯林大主教、厄德伯爵以及几位当地的大人物已经在等着他们了。

西格弗罗伊向大主教低头示意。

"戈斯林大主教，你如果不想白白浪费你自己和广大百姓的性命，就请听我一言。你只要开门让我们通过，我们绝对不会碰城内的任何东西。你和厄德伯爵的财物,我们也不会动。"

大主教毫不犹豫地答道:"查理国王将巴黎交给了我们。这个世界上,除了神,权力最大的当数伟大的查理国王。整个欧洲基本上都归他管辖。他交代我们,一定要守护好巴黎,不能让王国蒙受损失。如果今天守城的不是我,而是你,有人提出你刚才的要求,你会答应吗?"

"我要是答应,"西格弗罗伊答道,"就让斧头砍下我的脑袋,拿去喂狗。不过,你要是不答应,我们将日夜用飞镖、毒箭攻击你们,而且要不了多久,饥饿的恐慌就会在城内蔓延。我今天把话放在这了,你要是执意拒绝,我们每年都会发兵抢掠巴黎。"

话音刚落,他就扭头带着随从走出大门,乘船归营。

破晓时分,岗哨发现维京人奔向了自己的战船。巴黎民众听到响亮的号角声后,急忙拿起武器,爬上城墙。从维京营地到对岸的巴黎城,有一座桥,但桥的尽头有一座塔楼拦住了去路。维京人渡河后,直奔塔楼而去。攻上岸的维京人手里都拿着鹤嘴锄和铁撬棍,一看就是冲着破坏塔楼去的;船上的维京人则用密集的箭矢和标枪不停地为他们提供掩护。

法兰克的诸位首领急忙赶往塔楼,主要有厄德伯爵、

第十三章　巴黎保卫战

厄德伯爵的弟弟罗伯特、拉格内尔伯爵以及大主教的侄子埃布尔神父。法兰克人都英勇御敌，箭矢如雨点般落下，也不会让他们退却半步。

那个年代的防御工事远没有后代的坚固结实。究其原因，一方面是搭建防御工事的石块比较小，另一方面是石块是用砂浆砌在一起的。这样的防御工事，人拿上工具就可以破坏掉。涌上来以后，维京人一边拿着盾牌保护自己，一边用工具破坏塔楼的墙根，塔楼就这样一点点瓦解了。有了缺口，维京人往里冲了很多次，但都没得逞。西格弗罗伊让手下不要急着攻进去，次日再发动猛攻也不迟。傍晚，塔楼基本被毁，墙基本上都塌了。许多塔内的法兰克人都战死了，大主教也不幸中了一箭。

维京人付出的代价更大，法兰克人站在塔楼顶上，不断向下抛石块之类的投掷物。许多维京人冲到塔楼下，还没怎么破坏塔楼，就被砸死了。傍晚，维京人将伤员抬走后，乘船返回对岸。他们觉得第二天发动猛攻，肯定可以得手。但天一黑，厄德伯爵就召集民众，带上横梁和木板赶回塔楼。他们绕着塔楼废墟挖了一圈深坑，随后将横梁插入坑中。一圈横梁固定稳妥后，他们用钉子将木板钉到了横梁顶端，最后，他们在木板后面垒起了高高的土堆。

一晚上民众都在施工,天亮以后,塔楼废墟的位置立起了一座更高的新塔楼。维京人渡河后再度发起猛攻,他们向塔楼投掷巨石和标枪,河上的维京战船则射来了箭雨。塔楼下的维京人一边破坏墙根,一边举着木板抵挡攻击。法兰克人站在上面,泼下了滚烫的油、蜡、沥青,不少维京人都被烫死了,还有的疼得厉害,跳进了河里。

西格弗罗伊一次又一次发动冲锋,但法兰克人在厄德伯爵和埃布尔神父的率领下,每次都能击退敌人。埃布尔神父的表现尤为突出,有传言说他扔出的一支标枪,一下子刺穿了七个敌人的身体,堪称奇迹。不过,守方与攻方人数相差悬殊,作为攻方的维京人是战死了不少,但这与其总数相比,可以忽略不计。

高温的油和沥青引燃了烈火,塔楼的木板也跟着烧了起来。木板一着,后面的土堆也跟着变得松软了,没多久,塔楼就出现了一处缺口。维京人见火攻有奇效,搬来许多柴火,摆到了墙下,点火烧楼。里面的法兰克人见自己被烈火包围,本已放弃了,但就在此时,巴黎突然天降暴雨,浇灭了火焰。

塔内的法兰克人一下子找回了斗志,援军也从巴黎城赶来了。维京人见状,急忙乘船撤退。这一天,维京人折损了三百号人。吃瘪后,他们暂时没有继续攻打塔楼。他

第十三章　巴黎保卫战

们在奥塞尔教堂附近新建了一处营地，并为营地修筑了防御工事。随后，他们四处烧杀抢掠，不论男女老幼，落到他们手里，都难逃一死。民众站在巴黎城墙上，看到远方的滚滚浓烟，都悲愤不已。

埃德蒙卫队并未参与塔楼的保卫战。塔楼就算失守了，巴黎城还是完整的。他按兵不动，是厄德伯爵的主意。伯爵这么做，主要是因为这样一支训练有素的队伍，完全有可能在关键时刻左右战局，过早参战，只会白白消耗兵力。巴黎城墙出现缺口后，埃德蒙卫队可以作为一支奇兵，杀对手个措手不及。

维京人洗劫周边地区的同时，还安排了不少人建造井栏，这是一种形如塔楼的攻城器械，底部装有车轮。他们总共要造三个大型井栏，每个都足以容纳六十人。井栏的高度比城墙还要高出不少。巴黎民众看到远方在建的井栏，忧心忡忡。维京人下次发动攻击，就会有威力巨大的井栏提供掩护。

此外，维京人将十八艘同样大小的船停在了岸边。这些船组成了三排连环船，每排六艘。他们在船与船之间搭上了大木板，在岸边架起了大舷梯。最后，他们集上千人之力，一起将井栏推上了船。

埃德蒙看到井栏被缓缓推上船后，说道："埃格伯特，我们要是不设法摧毁井栏,必败无疑。他们再攻过来,井栏上的人可以用标枪和弓箭杀光城墙上的守卫,这样一来,他们自然可以肆无忌惮地破坏城墙。"

"埃德蒙,你说的一点不错。不过,我实在想不出我们能做什么。我们有船的话,倒是可以在船里装上燃烧物,然后将船拖到连环船附近,点火烧船。我们把握好距离,火船就会顺着水流,冲入敌船阵营。不过,这招很难奏效。维京人看到火船后,为了保住自己的船队,肯定会立马出动小船,将火船撞开或拖走。"

"埃格伯特,我有一计,但前提是我们得弄到足够多的酒囊或木板。我们要是能弄到,天黑以后,就可以带部下出城,往河流下游方向走,走到岛的尽头后,下水。我们借助酒囊或木板的浮力,往下游漂一两英里,然后在对面上岸。接着,我们往维京战船的方向走,脚步要轻,不能打草惊蛇。话说回来,他们知道我们没船,戒备心也不会太强。我们最好在天亮前一两个小时动手,维京人喜欢在夜里大吃大喝,这一两个小时,他们睡得最死。我们动手前,可以派几个人去解开两三条小船的缆绳,然后将船推往连环船靠近水中央的一侧。之后,我们要尽快冲上连环船,杀掉上面的岗哨,放火烧船。船彻底烧起来以前,我们绝对不能撤掉舷梯。最后,我们跳上连环船边上的小

第十三章 巴黎保卫战

船,划船撤退即可。"

"埃德蒙,此计甚妙。没有意外的话,我们这样做,伤亡应该不会太大。巴黎现在肯定不缺空酒囊,我一会儿就去弄上一百来个。我们可以用结实的绳子给酒囊系上圈,方便佩戴。对了,除此之外,我们最好用长绳将所有的酒囊绑到一起,这样,我们下水以后就可以连为一体,不至于漂散了。"

"现在一到晚上,什么都看不到,这对我们很有利。对了,埃格伯特,这件事不要传出去了。你跟弟兄们也讲清楚,此事不得声张。井栏是巴黎民众的心头大患,但我不想让他们过早知道此事,井栏烧起来以后,他们自然会看到。"

埃德蒙的部下得知他们马上要采取行动后,异常兴奋。维京人攻打塔楼长达两天,但法兰克人没让他们参战,他们心里难免有些失落。维京人是他们的死敌,任何上阵杀敌的机会,他们都不想放过。他们按埃格伯特的提议,用绳子绑好了酒囊。夜幕降临后,他们提着矛与剑,带着酒囊,走向了城门。巴黎民众没有不知道埃德蒙的,守卫也不例外。

埃德蒙带人出城后,一直沿着城墙根往下游走,走到岛屿尽头,方停下脚步。他们望向对岸,可以看到许多篝火,火烧得很旺,维京人的吵闹声以及歌唱声也清晰可闻。篝火边上有不少人在走动,维京首领的帐篷则在稍远的位置。他们发现不论是帐篷还是篝火,都比维京大军刚过来时少了许多,这是因为不少维京人都搬到圣日耳曼奥塞尔教堂附近的营地了。

夜色一片漆黑,天空飘起了小雨。埃德蒙让大家下水前,脱下衣物,捆好后绑在头顶。他们漂到对岸以后,还得在岸上等好一段时间,才能向维京营地进发。大家要是穿着湿漉漉的衣服,士气和体力都会受影响。

一切准备就绪,他们一起走入水中。多亏了酒囊,他们可以轻易地浮在水面,并且不会被冲散。往下游方向的河水很急,不一会儿,维京人的篝火就瞧不分明了。

半小时后,埃德蒙和埃格伯特觉得漂得够远了,碰上维京人的可能性微乎其微。于是,众人向岸边游去。河水本身就将他们冲向了河岸的方向,因此,他们没费多少力气就游上了岸。他们扔下酒囊,穿上干燥的衣服,身体也舒服了些。按照埃德蒙的指示,众人放下矛和剑,使劲甩起了胳膊,一直甩到气喘吁吁才停下来。如此一来,身子也暖和了许多。

时值十二月,河水冰冷,埃格伯特说埃德蒙让众人脱掉衣物,实为明智之举。要是穿着衣服渡河,他们现在就

第十三章　巴黎保卫战

得穿着湿衣服干等了。等维京人的篝火熄灭，别说烧船了，身体别冻出什么毛病就不错了。

　　三小时后，篝火逐渐熄灭。他们又等了半个小时。随后，埃德蒙下令列队，众人沿着河岸向维京营地走去。

第十四章　奇袭

众人走到距维京营地半英里处停了下来，仅埃德蒙和埃格伯特二人继续沿着河岸往前走。二人并不觉得路上会遇到什么敌人，因为维京营地离河岸还有几百码的距离。维京人不在岸边扎营，是因为巴黎城墙上射出的箭矢，足以射到对岸。维京人在岸边固定了不少粗木桩，系泊了大量船只，缆绳都系在木桩上。埃德蒙跟埃格伯特为了避开桩子和缆绳，走路非常小心。

船上灯火通明，维京人也不少。他们小心前进，一路走到连环船边上才停下脚步。六艘船并靠在岸边，桅杆都被卸掉了。黑暗中，他们可以隐约看到甲板上高耸的井栏。这样的连环船一共有三排，每排上面都有一个井栏。

维京人为了推井栏上船，用大木板制作了专用的舷梯。不过，如今只剩下简易的木板充当舷梯了。埃德蒙敢断言，维京人这么做，是为了方便第二天用小船拖连环船渡河。不消说，得备上许多小船，同时划动，他们才能拉动连环船。二人并没有登船，因为贸然行动，可能会吵醒上面的人，得不偿失。他们出来探路，本就是为了寻井栏。

二人跟部下会合后，埃德蒙说道："埃格伯特，我觉得我们可以砍断他们的缆绳，动作要轻，不能弄出大动静。这样做，可以神不知鬼不觉地借水流冲走他们的船，等他们反应过来，脚下的船早已漂到水中央了。敌船数量众多，漂出去以后，肯定会乱成一团。各个船的船首斜桁和舷墙也免不了发生碰撞。船上的人肯定会不知所措地大喊大叫，岸上的维京人听到动静，注意力必定会被吸引过去。到了那时，就不会有人关注我们了。"

埃格伯特觉得此计甚好，他们带人行至敌船边上后，立即采取行动，用匕首去割缆绳。许多船都是四五艘一起并靠在岸边的——木桩上缠的绳子非常多。埃德蒙让大家分开行动，每两人负责一个木桩。两三分钟后，四十艘船的缆绳被割断，船马上就随着水流漂走了。

撒克逊人跑动迅速。不久以后，连环船下游的船只都顺着水流漂走了。此时，连环船上的人已经发觉了异样，撒克逊人可以听到他们在大喊大叫，声音里充满了诧异与愤怒。他们行动前，埃德蒙指定了九个人，专门负责为撒

第十四章 奇袭

克逊人准备撤退的小船。此刻,他们已经三人一组,跳上了三条小船,划向了三排连环船的外侧。余下的撒克逊人则分为三组,冲上了连环船的甲板。河上一片混乱,连环船上的岗哨虽然瞧不清河上的情形,但这么大的动静,肯定是出了什么事。船舱里有不少人在睡觉,岗哨大声呼喊,好让他们尽快过来帮忙。

撒克逊人刚刚踏上木板,跑上连环船,就碰到了从船舱跑上甲板的维京人,他们手里都拿着火把。撒克逊人直接杀了过去,维京人被打了个措手不及,根本无力抵抗。撒克逊人手握战矛,一鼓作气,将敌人刺入水中,很快就占领了甲板。余下的维京人,不是落水了,就是被杀了。撒克逊人发现船舱里装满了战利品,多半是维京人从勒阿弗尔和鲁昂等地抢来的。他们将维京人留下的火把扔进了船舱,火苗一下子就蹿了起来。

河面上的动静以及连环船上的打斗声,终于惊动了岸边营地里的人,撒克逊人看到他们成群结队地跑了过来。可惜的是,登船的木板已经被撒克逊人扔进了水中。一些维京人抓住缆绳,想把船拽得离河岸近一些;另一些则直接冲着连环船跑去;还有的跳上了小船,想划船从侧面上去。

此时连环船上已经火光冲天。埃德蒙行动前,跟另外两组的带头人讲好了,火势一大,就立马砍断缆绳。不一会儿,连环船就漂了出去,他们跟着跳上了战友备好的小船,划向了对岸。

现场喧闹异常,维京人发出了愤怒的吼声。埃德蒙一拨人的突然袭击,让他们惊诧不已。撒克逊人的穿着跟维京人区别不大,大多数维京人都以为出了内鬼。维京人根本没时间细想,三排连环船都被大火吞噬了,上面的井栏自然也保不住了。连环船下游的位置,船只在河面上挤成一团。船员看到连环船着火后,都有些不知所措。他们看到火船顺着水流朝他们漂去后,更是惶恐万分,这样下去,他们的船也会着火。

为了把船靠到岸边,有的试图扬帆,有的试图划桨,但那么多船被水流冲到一起,很难分开,不少船的绳索和帆桁都跟其他船缠在了一起。岸上的维京人跳上小船,试图用小船将连环船拖到岸边,但火势太大,温度太高,他们根本无法靠近。接着,他们试图用绳索套住连环船,但绳子一扔过去,就被大火吞噬了。维京人见自己对连环船无计可施后,赶忙划船去帮下游的船——能把它们拖到岸边,也是好的。

风开始往下游刮了,有几艘船被成功地拖到了岸边,也有几艘顺利地升起了船帆,从船队中挣脱出来。不过,风向的改变对余下的船而言,却意味着毁灭。火船上高大

第十四章 奇袭

的井栏无异于船帆，在风力的作用下，火船飞速驶向了无助的船队。

火船撞上船队以后，火焰很快就蔓延开来。风助火势，要不了多久，这些船都会葬身火海。船员纷纷弃船逃命，他们像兔子一样接连跳过几艘船，一直跳到离河岸最近的船为止。从这里到巴黎城墙，有半英里以上的距离，但巴黎民众依旧可以看到耀眼的火光，他们为此发出了阵阵欢呼。

早在一开始，巴黎的岗哨听到对岸的响声后，就急忙唤醒了民众，他们虽然不知道具体发生了什么，但谨慎总归是好的。民众带着武器冲上城墙，看到了惊人的一幕。前一夜，他们还因为井栏而忧心忡忡，而如今，三排连环船上燃起了熊熊烈火。借着火光，他们看到下游漂着许多船，都挤在了一起。突然，有好些个人影从连环船上跳到了三条小船上。这些人上船后，全速划船渡河。

明眼人一瞧，就知道这些人是朋友，烧船的事，肯定出自他们之手。厄德伯爵下令打开城门后，一起跟埃布尔神父跑到门外，好欢迎这支意料之外的援军。发现上岸的是埃德蒙一行人以后，他们非常吃惊。

"真是太神奇了，你们怎么办到的？"伯爵感慨道。

"伯爵阁下，小事一桩，不足挂齿。"埃德蒙扬了扬眉毛，"巴黎民众因为井栏都快睡不着觉了。我和埃格伯特这么做，都是为了让大家睡个安稳觉。如今，烈火已经吞噬了井栏，要不了多久，半数的维京船只也会被牵连进去，并最终葬身火海。"

"我英勇的撒克逊小友，你真是巴黎的大救星！"伯爵一把抱住了埃德蒙，"巴黎这次要是能幸免于难，你今晚的壮举，肯定是头功。火船马上就要跟下游的船只撞上了，下游的人肯定会想尽一切办法，避开火船。我们赶紧上城墙看一看情况。"

他们上去后发现火船已经撞上了下游的船只。近三百艘船只，无一幸免。三个井栏成了冲天的火柱，在火海中尤为明显。接着，一个井栏被烧断了，不久以后，另两个也断了。从埃德蒙等人的位置到井栏，有近一英里的距离，但井栏倒塌的声音，他们听得一清二楚。河面上的火势很旺，足足烧了半个钟头，才逐渐熄灭。

烈火不仅烧毁了井栏，还吞噬了维京人近半数的船只。维京人在法兰克北部四处掠夺，这些船大多满载着战利品，它们自然也跟着一起葬身火海了。街道上尽是欢呼雀跃的民众，埃德蒙等撒克逊人在他们的簇拥下，走入大主教的府邸。戈斯林大主教代表巴黎民众向他们隆重致谢。巴黎的富人争相给他们献上了重礼。街道上，随处可见篝火以及载歌载舞的民众，整座巴黎城一直狂欢到第二天上午才

第十四章 奇袭

告一段落。

埃德蒙的突袭令维京人损失惨重，一个月以后，他们才恢复元气，重新发起进攻。这段时间，维京人用公牛皮制作了许多巨盾，这些盾不仅结实，而且一个盾下面就可以站六个人。维京人准备充足后，于886年1月29日展开行动。这一天天刚亮，城墙的守卫就发现维京人鱼贯而出，冲向岸边的帆船和桨帆船。不一会儿，维京船队开始渡河，这一次的船队非比寻常，甲板上尽是黑色的盾牌，盾牌缝隙则有战矛伸出，无数矛头在阳光的照射下闪闪发光。船队靠岸后，一部分人跳上了岸，另一部分人则继续留在甲板上，用弩炮和弓箭发动攻击。这一个月的时间，他们赶制了不少弩炮，这种武器可以投掷巨石、重型标枪以及铅弹。不一会儿，空中的投掷物和箭矢就如雨点一般砸向了城墙。

教堂敲响了警钟，城内凡是拿得动武器的，听到钟声后，都急忙跑向城墙。大主教专门带了一部分人去保护城墙最薄弱的部分，他英勇的侄子埃布尔神父也在一旁帮忙。城墙上，站在最前排英勇御敌的还有五位伯爵，分别是厄德、罗伯特、拉格内尔、厄顿以及贺力朗。

撒克逊人跟上次一样，并未参战。不过，在埃德蒙和埃格伯特的一再坚持下，法兰克人同意让他们二人负责塔楼的防御战。塔楼方向的战斗最为激烈。维京人上岸后，大部分都是冲着塔楼来的，只有几支小分队冲向了城墙的几个点。河面上，桨帆船队一分为二，从桥梁两侧下手，破坏桥梁——维京人想让塔内的人陷入孤立无援的境地。

维京人凭借着头顶的巨盾，一步一步地向塔楼逼近。他们一边大声喊杀，一边撞击武器发出哐当的响声。河上的维京弓箭手躲在巨盾下，也会不时透过盾牌间的缝隙射箭。不过，维京人虽人数众多，却无法一拥而上攻击塔楼，因为塔楼比较小，他们每次只能派一小部分人实施有效进攻。

如今的塔楼要比一个月以前坚固不少，上一仗打完以后，法兰克人花大力气加固了塔楼，还专门在墙上凿好了洞眼，弓箭手可以通过洞眼射箭。埃德蒙和埃格伯特在塔内来回走动，给弓箭手教授技巧。他们一再强调不能随意射箭，要找准时机，等维京人头顶的盾牌露出缝隙，再拉弓射箭，方可奏效。

维京人的盾牌一旦露出缝隙，就会有十几支箭射过去。举盾的人一旦中箭倒地，周围的人就没了防护，塔内的弓箭手会抓住时机，射出更多的箭。每次发生这样的情况，都会有好几个人被射死，旁边的人也会因此变得慌乱，直至他们再次举起盾牌，方能恢复秩序。至于那些走到塔楼边上的人，法兰克人会往下倾倒滚烫的沸水。他们还会往

第十四章 奇袭

下扔巨石，盾牌虽大，却也难以承受巨石的冲击，维京人常常连人带盾一起被砸倒。

厄德等首领带着部下死守城墙，维京人数次冲锋，都无功而返。战斗持续了整整一天，到日落时分，维京人还是没有攻下塔楼。这里面也有壕沟的功劳。上一仗，维京人冲到塔楼下后，大肆破坏塔楼。法兰克人战后吸取经验，在塔楼边上挖了一圈壕沟，有了这一道防护，维京人破坏塔楼就费劲多了。

天黑以后，维京人并未撤退，他们原地躺下，身上盖着盾牌。次日上午，又有许多维京船只从对岸赶来，法兰克人看到后，非常吃惊，因为船运来的不是更多的敌人，而是俘虏、牛群、干草以及柴火。维京人在巴黎周边四处劫掠，俘虏都是他们烧杀抢掠的过程中抓获的。船只靠岸后，维京人的举动令人不寒而栗，俘虏和牛群刚被赶上岸，就惨遭屠戮，尸首则被拖到护城河边上扔下去。干草和柴火也同样被扔了下去。

大主教看到维京人的残暴行径后，祈求神灵赐予他力量，接着他将弓拉满，射出一箭。岸边的一位维京人刚准备挥下屠刀，就面部中箭，倒地身亡。这么远的距离，却射得如此精准，肯定是神祇显灵了。守城的人见到这一神迹后，精神为之一振。

维京人填护城河填了一整天，法兰克人利用这个空当赶制了好几台投石机。隔天上午，维京人搬来了两个攻城槌，专门对付塔楼的前后面。随后，他们发动猛攻。投石机大展神威，巨石抛下后，维京人虽有头顶的巨盾，但还是会连人带盾一起被砸倒。维京人的队伍都被砸散了。碍于投石机的威力，他们暂时中止了进攻。

维京人见无法硬来，就将三艘大船装满了易燃物，随后将船拖到桥梁向风的一侧点着。法兰克人看到火船朝着桥梁撞去，无不惊恐万分。这样下去，桥和塔都保不住了，老人和孩子都因此流下了泪水。大主教见火船越来越近，连忙带着大家一起祷告，祈求巴黎的守护神圣日耳曼[①]显灵，保佑巴黎。维京人看到法兰克人的举动后，觉得他们被吓破了胆，无不欢呼雀跃。不过，法兰克人非常幸运。火船撞过去后，恰好撞上了石墩。要知道，桥仅有两端是石墩，余下的皆是木梁。厄德伯爵跟着带了一队人马，从桥上跳了下去。他们用斧头在火船吃水线的位置开了好几个洞。不久以后，船便沉了，桥则完好无损。

---

① 巴黎有两个圣日耳曼区，圣日耳曼德佩区以及圣日耳曼昂莱区。其中，德佩区有一座建于公元6世纪（543年）的法国最古老的天主教教堂——圣日耳曼·德佩教堂。圣日耳曼的命名是为了纪念法国历史上的主教日耳曼。日耳曼主教的全名叫作日耳曼·道顿（Germain d'Autun），也被称为日耳曼·戴·巴黎（Germain de Paris）。

第十四章 奇袭

这一次该法兰克人欢呼雀跃了。维京人见行动失败，垂头丧气，也不再进攻了。夜里，他们渡河返回营地，攻城槌则留在了原地。攻城槌的留下，充分说明法兰克人取得了这场攻防战的胜利，巴黎的民众终于可以缓口气了。维京人再度开始四处劫掠。这一次，维京人的活动范围不再局限于巴黎周边，许多人都乘船去上游抢掠，一路掠夺到了勃艮第才停下来。

不过，维京人并未破坏圣日耳曼的修道院以及他长眠的教堂。他们在英格兰烧杀抢掠的时候，从不会对英格兰的教堂或圣地网开一面。这一次，他们为何没动手？原来，西格弗罗伊的部队中流传着一些迷信的说法。他们觉得侵犯圣日耳曼的圣地，肯定会倒大霉，因此一直没动手。

阿邦神父是巴黎保卫战的亲历者，他详细记录了这一段历史。

一天夜里，天降大雨。雨淅淅沥沥地一直下，塞纳河的水位也跟着一直涨，最后，连接塔楼和巴黎城的部分桥梁被冲毁了。天刚亮，维京人就发现了此事，他们立马安排人渡河，攻击塔楼。此时的塔楼里并没有多少守卫，满打满算也就二十个人。他们被吵醒后，立即投入战斗。塔内的人英勇抵抗，维京人一时拿不下。不过，在维京人的猛攻下，塔楼里只剩下了十四人。维京人见再冲锋也无济于事，便推来了一马车的稻草，将马车推到塔门边上，一把火点燃。

塔楼本身就是木头搭的，门着火后，火焰很快就顺着门烧了上去。没多久，整座塔楼都烧了起来。塔楼内的人急忙撤到了桥边，火势很大，维京人一时也不能过去。火势减弱后，维京人就上去围攻。埃德蒙和埃格伯特的水性很好，但他们的法兰克战友根本不会游泳。随着时间的流逝，他们被一步一步地逼到了水边，眼看就要掉下去了。埃德蒙带着法兰克人拿出了破釜沉舟的气势，拼命抵抗，但奈何敌人数量众多，没多久，法兰克人要么被斩杀了，要么掉进了河里。埃德蒙和埃格伯特赶在最后一刻，脱掉了盔甲和头盔，扔下战矛，跳入水中。下水后，二人为了躲开维京人的箭矢，还下潜了一段距离。

河水如果不泛滥，塔楼就不会被毁。不过，河水暴涨对落入水中的二人而言，却是好事。换作以往，河水清澈，二人在水中的轨迹，维京人站在桥上能瞧得一清二楚，二人一上来换气，就会被射成马蜂窝，但如今塞纳河暴涨，河水浑浊不堪，维京人什么也看不清，二人也因此得以换气。他俩每次换好气，都会立马扎下去，维京人根本来不及射箭。

顺着水流，二人一路往下游漂，一直漂到维京人射程

第十四章 奇袭

以外，才爬上岸。不久以后，他们在众多民众的欢呼声中入城。维京人见占不到便宜，就陆续撤走了。埃布尔神父趁维京人不注意，带了一队人马出城，杀退营地的守卫，放火烧营。维京人看到大火，立马收拢队伍，赶了回去，但神父还是成功带人撤回了巴黎，整个过程无一人伤亡。

巴黎民众的英勇抗击为法兰克余下的地方争取了充足的备战时间，维京人再去别的地方抢掠，都会遇到顽强的抵抗。维京人试图攻占勒芒、沙特尔等市镇，都未能得手。他们还在沙特尔附近吃了好几场败仗。

后来，亨利率大军驰援巴黎，他们夜里赶到后，直奔维京大营而去。维京人被打了个措手不及，死伤惨重，营地里的许多战利品都被夺了回去。亨利得手后，给巴黎送去了大量的物资补给。随后，维京人还没来得及召集援军，他就率部撤退了。之后没过多久，西格弗罗伊派人表达了和谈的意愿，称他想跟厄德伯爵谈一谈。几天后，厄德孤身一人，出城跟他们谈判。维京人突然发难，厄德急忙拔剑反击。维京人虽然数量占优，但厄德英勇抵抗，维京人一时竟拿不下他。城内援军赶来后，很快逆转了局势。西格弗罗伊等人被逼退后，匆忙往船上跑。法兰克人一路追击，斩杀了近半数的敌人。

维京人离开圣日耳曼奥塞尔教堂后，将圣日耳曼德佩修道院团团围住。修道士献上六十磅重的白银后,他们才离开。西格弗罗伊长期攻打巴黎,付出了惨痛的代价,但还是一筹莫展,他因此萌生了撤退的想法。不过,许多首领都不买他的账,他们一想到之前的损失,就火冒三丈,一个个都铁了心,要再攻打一次。

"成!"西格弗罗伊说道,"你们爱怎么样就怎么样吧。你们要是能顺利拿下塔楼,攻破城墙,自然最好。不过,我这次只会在一旁观战,不会参战。"

维京人再次渡河作战,但他们人数大不如前。一方面是因为很多人去别的地方抢掠了;另一方面则是因为长期作战,死伤惨重。厄德伯爵见敌人数量没了往日的优势,便率部出城迎敌。这一次,埃德蒙也带领他的卫队参战了。此前,他的部下都是在城墙上充当弓箭手。

战争很快就进入了白热化状态。厄德和埃布尔虽然英勇抗敌,但还是被逼退到了城门边上,就在此时,撒克逊人在埃德蒙的率领下,手握战矛冲了出来。埃德蒙卫队多次凭借三角阵形重挫敌军,这一次,他们依旧采取这一打法。三角阵形所向披靡,维京人的队伍很快就被撕开了一道口子。厄德和埃布尔看到缝隙后,立即带人跟了上去。维京人见自己的队伍被切成两半,无心恋战,都想撤回船上。不过,老天都不帮他们——几小时前,天降大雨,河

第十四章 奇袭

水暴涨,一部分岛屿被淹没,维京人撤回船上,困难重重,许多人还没来得及上船,就被杀了。

维京人吃了败仗,再也没人反对西格弗罗伊的提议。他们随即和巴黎人进行和谈。圣日耳曼德佩修道院已经给了维京人一笔钱,巴黎民众添了一笔钱以后,这批维京人就离开了。

大战过后,巴黎却闹起了瘟疫。这也难怪,长期被围,民众一直生活在封闭环境中,导致疾病流行。许多人都染病身亡,戈斯林大主教、主教埃弗拉德、于格王子等大人物也在其中。

第十五章　患难见真情

维京人虽然好一段时间都没有采取大规模行动，但是小的侵扰却从没有断过。维京人看到巴黎民众偶尔放牛群出城吃草，就会派人到城下掠夺。厄德伯爵和埃布尔神父不时也会带人渡河，歼灭一些维京人的小股力量。上一仗，维京人匆忙逃跑，落下了几艘船。埃德蒙也分得了其中一艘大船，他常常趁夜色划船出去，实施突袭。有好几次，他都逮到了维京船只，有的是在河上航行，被他打了个措手不及；有的则是靠岸后，被他强行登船。

埃德蒙攻占的这些船，个头太大，没法拖上岸，并且很容易被夺回去。他带人搬走里面的物资后，通常会一把火把船烧了。瘟疫依旧在巴黎横行，城内的粮草也越来越紧缺。厄德伯爵见形势危急，决定亲自出城，找查理国王出兵解围。巴黎的首领大多因为战争和瘟疫离世了，剩下的首领寥寥无几。厄德离开前，将巴黎托付给了埃布尔神父和埃德蒙。随后，他趁着夜色渡河，顺利穿过了维京人的封锁线。

埃布尔和埃德蒙为了鼓舞巴黎民众的士气，争相带人实施小规模的突袭。二人出城，带的人手并不多，有时候也就五六个人。渡河后，他们会寻找人数相当的维京小队，发动突袭。有好几次，他们是冲着维京人的牛群去的，许多牛都被他们赶到了船上，运了回去。

866 年 7 月上旬，蒙马特高地的斜坡上出现了一个人影，正是厄德伯爵，跟他一起过来的还有一支兵强马壮的部队。维京人大多驻扎在塞纳河的另一侧，他们见法兰克部队过来后，渡河作战。双方展开了殊死搏斗。巴黎民众见状，纷纷乘船助阵。埃德蒙也带着卫队，参与作战。他带人包抄了敌人的尾部。维京人前面要对付厄德，后面要对付埃德蒙，腹背受敌，很快就四散逃逸。法兰克人乘胜追击，又斩杀了许多人。

河水冲毁的桥梁早已修好，厄德带着胜利之师，过桥入城。不过，巴黎保卫战尚未结束。厄德打了胜仗的消息很快就传了出去，别处的维京人得知此事后，都赶了过来。维京人聚拢部队后，再次渡河。上岸后，他们向巴黎城各个方向发起猛攻。这一次，他们的攻势比以往任何一次都

第十五章 患难见真情

要猛烈。维京人这次是有备而来,他们带来了大量的弩炮和投石机。城内的民众,凡是拿得动武器的,都跑上城墙帮忙。不过,他们并没有什么信心,因为敌人此次的攻势太过猛烈,人数也远胜以往。空中密密麻麻的箭矢和石头,也像乌云一般,让人提不起斗志。

  城墙在维京人的猛攻下,出现了好几处缺口。法兰克人虽然还在抵抗,但都觉得败局已定。整个巴黎城都弥漫着凝重的气氛,街上随处可见逃亡的妇女,她们一边哭,一边大喊末日将近,教堂的钟声也跟着变得伤感了。维京人的杀声和欢呼声则越来越响。法兰克人走投无路,再次祈求神灵解围。埃德蒙和埃格伯特的队伍是巴黎城的后备力量,并未直接参战,但仗打到这个份上,再不参战,就回天乏术了。二人命部下摆好阵形后,直奔最大的缺口而去。他们穿过垂头丧气的法兰克人后,战矛朝前,杀入敌阵。维京人经过刚才的战斗,早已是强弩之末,撒克逊人则体力充沛。他们手握战矛,将敌人打得节节败退。维京首领试图召集部下回来继续抵抗,也无济于事。

  缺口处的法兰克人见敌人被逼退后,甚是吃惊,都觉得神再次显灵了。他们的士气一下子高涨了许多,都跟着撒克逊人的脚步,冲了出去。这一刻成了战局的拐点。不久以后,法兰克人从各个城门和缺口杀出。维京人万万没想到，法兰克人能重振士气。这一次，他们没怎么战斗就掉头逃跑。很多人还没来得及跑回船上，就被斩杀了；还有不少人因为桥不够宽被撒克逊人和法兰克人砍倒在桥头。

两天后，查理国王派了六百名精兵驰援巴黎。维京人试图阻止他们进城，不仅没能如愿，还折损了三千号人。很快，查理国王带大军赶到，巴黎保卫战到此基本结束。11月，双方经过数次协商，达成共识。维京人拿到七百磅重的白银后，会先撤到勃艮第；次年3月初，会撤出法兰克王国。

不过，不守信用的维京人将勃艮第洗劫一空后，又打起了巴黎的主意。维京船队发现风势不利，就跟巴黎休战；风向有利，就又立马撕毁协议。在这段时间，查理国王去世，临终前指认厄德伯爵继承王位。

厄德得知巴黎有难后，立即派人增援。此时，巴黎已经凭借自己的兵力击退了一次进攻。圣约翰节[①]那天，厄德亲自率一千名精兵向巴黎进发。行军过程中，他被维京部队攻击，敌方有一万名骑兵以及九千名步兵，仗打得非常惨烈，但他最后还是胜了。不过，厄德在别处却有烦心事，勃艮第和阿基坦发生了叛乱。为了确保王国的稳固，厄德国王跟维京人签订条约，将诺曼底割让出去。

---

① 圣约翰节：每年6月24日，欧洲国家的传统节日。

第十五章　患难见真情

第二次巴黎保卫战，埃德蒙和埃格伯特并不在巴黎。第一次巴黎保卫战结束后，也就是查理国王率部赶到后，二人没待多久，就带部下离开了。他们乘小船到飞龙号的藏身地，高兴地发现船完好无损。近一年的时间，并没有任何人发现这里。飞龙号顺流而下，返回巴黎。当时还未继承王位的厄德伯爵专门派了工匠替埃德蒙修船。

巴黎解围后，法兰克人给撒克逊人送了不少礼物。此前井栏被毁，他们就给撒克逊人送过一些礼物，再加上埃德蒙自己还从维京人手上抢过不少战利品，这些物品都卖了一笔钱。如今，三笔钱加到一块，数量相当可观。

出航前一天，埃德蒙等人看到一条维京小船划向飞龙号。小船行至飞龙号边上时，上面的舵手喊道："这是飞龙号吗？你们这有没有一位叫埃德蒙的撒克逊船长？"

"我就是埃德蒙，"他答道，"你找我做什么？"

"我是西格贝特伯爵派来的。我们的营地离这不远。他受了重伤，现在躺在床上动弹不得。他恳请你马上过去。他遇上了大麻烦，只有你帮得上忙。"

"我这就出发。"埃德蒙说道，"你派个人上来给我当向导吧，我的船快。"

埃德蒙的号角一响，船上的几个人立马下船，去城里召集其他船员。他也匆忙下船，跟巴黎的首领告别。民众得知他们要走，都赶来送行，岸上和城墙上都挤满了人。撒克逊人抓紧时间，将粮草、物资搬上了甲板。随后，飞龙号就在民众的欢送声中全速出发。

途中，埃德蒙跟维京向导打听情况。他了解到西格贝特是在巴黎保卫战中受的伤。西格贝特一开始并没有参与这场战斗，他是前不久才从挪威赶来的。弗蕾达也一起过来了。她尚未成婚，但她的追求者众多。许多维京勇士都想娶她为妻，其中最有名的当数斯韦恩，他如今已经是一位英勇的首领了，维京人称他为"霹雳左手"。前一晚，西格贝特的营地发生了打斗，这位向导也不了解其中的细节，但他听说弗蕾达被抢走了。

埃德蒙听后非常担忧。他上一次见弗蕾达，还是在西格贝特的船上。二人分别以后，他常常会想起这个维京少女。他说过，自己总有一天会去找她的。这么多年过去了，他从未动摇过。他见过许多年轻貌美的撒克逊姑娘，他要是想从这些姑娘里挑一个做妻子，并不是什么难事。试问，有哪一个撒克逊姑娘会拒绝这么一位年轻的郡长、国王的爱将以及撒克逊人公认的勇士呢？只不过，他的心里只有弗蕾达。这位黑发的姑娘，既有女性的无畏与独立，又有孩童的坦诚与快乐。除她以外，他的心里装不下第二个人了。

第十五章　患难见真情

上次见面，已经是五年前的事了。这五年里，埃德蒙南征北战，时常会想象再次相见的场景。她会不会变心这种事，埃德蒙倒是从未担心过。虽然总共也没说过几句话，但弗蕾达说过："我会等你的，就算等到生命的尽头，也在所不惜。"埃德蒙自打听到这句话，就知道她绝对不是一个会变心的女人。这次回英格兰，他本打算为了弗蕾达的事，找阿尔弗雷德国王帮忙。国王或许可以借古斯鲁姆之手，为他安排一条前往挪威的安全通道。因此，弗蕾达被人从她父亲身边掳走的事，对他而言，无异于晴天霹雳。他万分焦急，但当下除了催促属下快点划船外，什么也做不了。

飞龙号离开巴黎后航行了三小时，终于到达了目的地。向导指了指河边不远处的村庄，西格贝特就躺在那里。埃德蒙到了以后，发现西格贝特躺在一堆稻草上，伤得不轻。

"埃德蒙，当真是你？"西格贝特见他进门后，大喊道，"我的人能赶在你离开之前找到你，真是太好了。我刚过来的时候，就听说船队最初驶入塞纳河河口那会，发现了一艘外形奇特的撒克逊战船。说那艘船速度奇快，很快就把船队甩到身后了。自此以后，这艘船就人间蒸发了。巴黎保卫战，又有一位撒克逊青年帮助法兰克人守城。他带领部下屡立奇功，近半数的船只都被他烧了。

"他们说这位撒克逊首领好像叫埃德蒙。打仗的时候，敌方喊过这个名字，尤其是塔楼着火以后，有两人跳河逃生，他们清楚地听到了这三个字。我听了他们的描述，就知道这人一准是你。前段时间，我听说有一艘奇特的船驶向了巴黎，我一琢磨，就知道这艘船肯定是飞龙号。巴黎被围期间，你肯定把船藏起来了。我那时已经受伤躺在这了。我本想派人去寻你，但弗蕾达不肯。她往常总提起你，但我说要找你以后，她又突然变得扭捏了起来。她说你可能已经把我们忘了，她还说你要是想见我们，早晚自己会去挪威的。"

"弗蕾达现在在哪？"埃德蒙实在没有耐心继续听下去了，他急切地问道，"你的手下说她被抢走了，真的吗？"

"唉，是真的。"西格贝特回答，"我找你来就是为了这件事。伯恩儿子的胳膊被砍断后，我们的友谊就产生了裂痕。斯韦恩虽然只有左臂，但他还是成了一名英勇的战士。伯恩死后，他的胆量更大了，维京人里面，他算是数一数二的。一年前，他开始公开追求弗蕾达。他并非我女儿唯一的追求者。弗蕾达现在是出了名的大美女，追求她的人非常多。他们为了博她一笑，争相展现自己的勇气。不过，她全都拒绝了。斯韦恩并没有平和地接受这一事实。他甚至发誓，不论弗蕾达愿意与否，都会是他的人。我知

第十五章　患难见真情

道这件事以后，非常愤怒，我让他以后不要再来烦弗蕾达。我跟他再次碰面，就是在巴黎附近的营地了。我们俩大吵了一架，但我事后也没多想。几天后，我的腿部被弩箭击中，膝盖都被射碎了。我的腿这辈子恐怕都好不了了。受伤后我情绪低落，又发起了高烧，要不是我女儿悉心照料，我可能已经死了。营地环境嘈杂，大家时常饮酒作乐。她为了让我静养，安排人用担架将我抬到了这里。昨天夜里，我突然听到了惊叫声。我的手下急忙拿武器出去，但他们很快就被击倒了。随后，好几个人跑了进来，强行将弗蕾达拽走了。她大声喊叫，他们毫不理会。带他们来的正是'霹雳左手'斯韦恩。我再怎么气愤，也只能在地上滚动。命运对我太不公了，我只能眼睁睁地看着女儿被带走！随后，我就想起了你。要是连你都不能帮我把女儿救回来，就没有人能做到了。大多数维京人都撤走了。剩下的维京人不会因为我女儿的关系跟斯韦恩大动干戈。不过，你肯定不会让我失望。我相信你会不遗余力地去救她的。"

"我肯定会想尽办法搭救她的！"埃德蒙激动地说道，"不过，你得赶紧告诉我斯韦恩去了哪里，有多少兵力。"

"他有六艘船，每艘船上都有五十人。他究竟要去哪，我也不清楚。这场仗打完以后，多数维京人都会穿越勃艮第，向东进发。有的打算到了莱茵河岸后，造小船顺流而

243

下；有的想走得更远些，等到了易北河河畔后，再乘船顺易北河而下。斯韦恩会选择哪一条，我也说不上来。从这里到莱茵河，到处都是维京人。我并不觉得他会跟别的维京人一起行动，他手上有弗蕾达，多半会选择独来独往。尽管如此，你直接带人去追，还是太危险了。维京人这么多，你走不了多久，就会卷入战斗。就算你手下个个都像你一样骁勇善战，也敌不住对手人多。"

"斯韦恩会不会用蛮力逼迫弗蕾达做他的妻子？"

"他再怎么粗暴蛮横、固执己见，"西格贝特说道，"也不敢随便做出这样的事。在我们维京人眼里，为了娶一个姑娘为妻，将她带走，算不上恶行。不少情况下，姑娘心里都是默许的。不过，用暴力强迫别人做自己的妻子，就是另一回事了。这么做会激起所有维京人的怒火。我知道他的性格，等到无计可施的时候，他还真有可能这么干。不过，即使要这么做，他也多半会先乘船远走高飞，带弗蕾达去一个不为人知的地方。说到底，他不会轻易走这条路的。在此之前，他肯定会想尽一切办法，拖垮我女儿，好让她因绝望而妥协。"

埃德蒙沉默了三四分钟后说："我得先跟我的表兄埃格伯特商量一下，一会儿回来告诉你我的打算。"

埃德蒙出去后发现埃格伯特在门外来回踱步。维京向

第十五章 患难见真情

导提到弗蕾达被抢走的事情时,埃格伯特也在场。埃格伯特很清楚,这一噩耗对他年轻的郡长而言,是天大的打击。埃德蒙想要迎娶维京伯爵女儿的事,也早跟他讲了。埃德蒙将自己跟西格贝特谈话的主要内容说出后,问道:"埃格伯特,你觉得我应该怎么办?"

"埃德蒙,你无须问我。你很清楚,向来都是你决策,我附议。我上阵杀敌可以,但出谋划策就差得远了。你告诉我你的想法就可以了。你放心,我肯定会拼尽全力,执行好的。"

"追肯定是要追的,"埃德蒙说道,"但问题是我们应该带多少人。西格贝特的判断是准确的,东边到处都是维京人,我们人带多了,那么大动静,迟早会碰上钉子。我们就算拼命抵抗,也难逃全军覆没的命运。不过,我们带的人要是少了,又如何从斯韦恩手上救人呢?"

埃德蒙来回走动了好一会儿。

"我想来想去,"他终于开口了,"觉得最多只能带四个人。这几个人最好跟维京人长相相近。我带这么点人,应该不会打草惊蛇。我会让西格贝特派两个手下跟我一块去。这样,我找到斯韦恩的队伍后,就可以让他俩去打听情况,尤其是打探一下弗蕾达的处境。斯韦恩要是狗急跳墙了,为了救她,我也只能破釜沉舟,跟他们拼个鱼死网破。不过，斯韦恩八成还是想通过时间来消磨弗蕾达的耐心，要是这种情况，我会先跟着，等后面有机会了再采取行动。"

"埃德蒙，用我跟你一块去吗？"

"不用了。别人一瞧你的络腮胡，就知道你是撒克逊人。"

"我可以把胡子刮了。当然，好好的胡子就这么刮了非常可惜，但为了你，这点事算不上什么。"

"我的好表兄，谢谢你的一片好意。不过，飞龙号没你指挥可不成。船会不会遇上敌人，谁也说不准。有了敌情，没你坐镇指挥，我们的部下会吃大亏的。你回船上以后，抓紧时间带大家出航。你记着，船出发后，先顺塞纳河而下，驶入大海，随后沿法兰克北海岸航行，而后在莱茵河河口待命即可。船要和河口保持一定距离，有维京船只驶出河口，也不要理会。斯韦恩的船要是往莱茵河河口驶去，我会想办法通知你的。你到那以后，注意留心观察出海的小船。我派的人，会划小船去给你送信。为了方便你辨认，我会让他在桨上绑好白旗。斯韦恩要是想走易北河出海，我也会用这个方法告知你的。你收到消息后，抓紧带大家赶往易北河河口即可。

"你就算一直没收到信，也要密切关注出海的维京船只。你要牢记，艉楼上要是有人将手伸出窗外，挥舞白布，这说明这艘船是斯韦恩的，弗蕾达就在船上。你看到白布

第十五章　患难见真情

后,要立即进攻。我们去找西格贝特吧!莱茵河跟易北河,他都乘船去过。我们可以问一问,河口附近有没有隐蔽的港口。最好是飞龙号停在港内,驶出河口的船只都看不到它,但你却可以观察到河口的一举一动。再者,提前安排好港口,我派出去的人也好去寻你。"二人商讨完毕,便去找西格贝特了。

"我也想不出更好的办法了。"西格贝特听了埃德蒙的想法后,缓缓说道,"凭你的人手,正面交锋,肯定行不通。我身边只剩下十个随从,其余的部下都走了。我受伤以后,没法带他们作战,康复也遥遥无期,他们见整日待在这,无所事事,就想跟着别的首领一起去冒险,我最后也同意了。你的人手加上我的十个人,还是太少了。如你所说,撒克逊人会被维京人一眼认出来的。巴黎保卫战,维京人没少吃撒克逊人的亏,他们一旦发现你的队伍,肯定会立马扑上来。"

"你帮我从你的部下里挑两个人就成。"埃德蒙说道,"这两个人对斯韦恩而言,必须是生面孔。一个得会察言观色,能帮我刺探情况;另一个得有首领的气派,一旦遇上维京人,可以扮演首领的角色,上前搭话。维京人和撒克逊人的语言差异不小,我的人说不了几句话,就会露馅的。我会从我的船上选四位身强体壮、武艺高强的人。我会让他们把胡子刮干净。伯爵，我们的衣服也不太一样，保险起见，你再帮我准备五套维京服装。对了，你有马吗？要是没有，我得赶紧派人去巴黎买几匹。"

"放心，我的马够你们用。"

"太好了。"埃德蒙火急火燎地说道，"我这就回船上挑人。"

半小时后，埃德蒙一行人准备出发。埃格伯特也从西格贝特口中得知了莱茵河河口以及易北河河口附近的村落布局。他跟埃德蒙保证，见到信使以前，会派人日夜在莱茵河河口盯着。埃德蒙了解到，两周前，斯韦恩带部下拔营前往香槟地区。他极有可能是先将大部队安顿到那以后，才带着一小队骑兵去抢弗蕾达的。

"我也想跟你一块去。"埃德蒙跟西格贝特道别时，西格贝特叹了一口气，"我要是没受伤，我恨不得现在就骑马冲进他的营地，跟他决斗。不过我这副样子，什么忙也帮不上。"

"我的好朋友，别担心。"埃德蒙笑道，"你的腿痊愈以后，就直接回家。过不了多久，我就会把你的女儿安安全全地送回去。我要是迟迟不去，只能说明我被杀了。"

埃德蒙跟埃格伯特告别后，骑马出发，他的六名随从也跟在他身后。七人快马加鞭，不一会儿就没了踪影。路

第十五章　患难见真情

上，埃德蒙并没有找人打听斯韦恩的下落，他知道这样做无济于事。一方面是因为他很难找到人，巴黎方圆几十公里的农舍，都被维京人烧了；另一方面是因为即使遇到了，也问不出什么名堂，村民远远地看到凶恶的维京人，就会逃出村落，躲入森林，又怎么会关注这是不是斯韦恩一伙呢。一行人一路向东，一直到傍晚才停下来。他们拴好马，生好火堆，从包裹里取出了食物。七人简单地吃了几口，就躺下休息了。

天一亮，他们就跨上马，再度赶路。马跑不动了，他们才会停下来稍事休息。路上，他们遇到了好几波维京人的队伍。很少有人主动跟他们打招呼。有一回，倒有一名维京骑兵离开了自己的队伍，过来跟他们攀谈。埃德蒙将两名维京朋友排到了最前面，维京骑兵过来以后，也是他俩应付的。二人说他们是西格贝特伯爵的部下，他们这么着急，是想尽快追上西格贝特的大部队。如今，西格贝特的大部队跟埃里克伯爵的队伍待在一块。

"埃里克伯爵的队伍还远着呢。这会儿，他们想必已经到南锡了。这一路上的好东西，"骑兵抱怨道，"多半会被前面的队伍抢走。我们这些傻瓜在巴黎附近逗留得太久了。"跟着，他便骑马回去了。埃德蒙一行人也跟着继续赶路。

他们避开市镇和大的维京营地，但每次遇上小批人马，他们都会上前打听斯韦恩的情况。没费什么工夫，他们就了解到几天前，斯韦恩的队伍在一个地方安营扎寨了。但赶到后，他们发现人已经走了，斯韦恩下一站会去哪里，更是无从知晓。

第十六章　弗蕾达

埃德蒙四处寻找斯韦恩的下落,几天以后,还是一无所获。各个方向都找过了,但就是找不到一点线索。埃德蒙敢肯定,斯韦恩没有跟着维京人的大部队走。现在的问题是斯韦恩究竟是往南去了,还是往北去了?斯韦恩若是往南,就会穿越这里与莱茵河之间的山脉;若是往北,就会穿越阿登森林,而后乘船沿河流顺流而下,驶入北海。

斯韦恩往北走的可能性要大得多。他选这条路,可以避开绝大多数维京人,这也正是他独自行动的目的。西格贝特有许多位高权重的朋友。他因伤卧床后,斯韦恩从他身旁抢走了爱女,这种做法极不光彩。斯韦恩胁迫弗蕾达嫁给自己以前,肯定会避免和同胞接触。退一步讲,他即使得手了,恐怕也得先在外地生活一段时间,才敢返乡。他穿过阿登森林后,可以乘船顺流而下,驶入北海,也可沿这些河流驶入莱茵河。

埃德蒙对这些河流一无所知，好在同行的维京人曾乘船去过这些地方，他们将了解的情况讲给了埃德蒙。他们并不清楚这几条河流源头的具体位置，但他们估计，源头要么在阿登森林以内，要么在阿登森林以北。

"那我们就沿着这个方向找吧。"埃德蒙说道，"斯韦恩找到河流以后，肯定会立马开始造船。他一共就三百来号手下，凭这么点人，他是不敢大摇大摆地走陆路的。这片土地刚刚被维京人弄得满目疮痍，他若是走陆路，法兰克人决不会放过他。他们砍树造船，大概得用上一个月到六周的时间。有了这个时间，我们或许能赶在他们出航前找到他们。我们得抓紧时间，穿过森林。到了森林的那一头，我们可以找当地的老百姓问问附近有哪些河流。之后，我们定好碰头地点，就可以分头行动了。只要大方向没错，我们用这办法找到人，应该不成问题。"

他们不知道这一去得多久，并且中间也不会有空打猎。因此，进森林前，他们弄了许多吃的。那时的阿登高地，森林面积非常大，南面从凡尔登到梅斯，北面从列日到艾克斯，尽是郁郁葱葱的森林。

现在的人根本无法穿过这样的密林，他们走进去就会发现，里面根本没有路，走不了一会儿，就会找不到北了。

第十六章　弗蕾达

不过，对那时的撒克逊人和维京人而言，穿越森林并非难事。美洲的印第安人和猎人可以轻易穿越美洲的森林，因为他们总能找到各种各样的标记，撒克逊人和维京人也一样。因此，埃德蒙一行人就算没有向导，也可以毫不犹豫地走入森林。

埃德蒙等人虽然不怕迷路，但他们进入森林，还是有所顾虑的。维京人入侵以来，法兰克大批民众涌入森林过逃亡生活。他们一直都在等国王发兵，赶走维京人。这些逃亡者看到埃德蒙一行人以后，八成会直接扑上去。他们恐怕还来不及解释，就会被当成维京人消灭掉。

在这种情况下，马只会帮倒忙。他们看到一队维京人马，就顺势将马卖了出去。随后，一行人走入森林，一路非常谨慎，一有风吹草动，就会停留观察。为了避免碰上人，一听到人的声音或牛羊的叫声，他们就会立马改变方向。夜里休息，他们从不生火；白天赶路，他们也不说话。有好几次，要不是他们及时躲进树丛，就会撞上逃亡者。多亏了丰富的森林生活技巧，他们才能一路向北。经过六天的跋涉，眼前终于出现了一片旷野。随后，他们没走多久，就看到了一个农舍。

农夫看到七个维京人后，吓得不轻。维京人往常不是抢东西，就是杀人，但这帮人说他们只想知道附近河流的位置和流向。他听后缓了好一会儿,才回过神来,将自己了解的情形说出来。埃德蒙略做思考,得出两种猜测:一种可能是斯韦恩的船沿摩泽尔河的支流航行,驶入东边的莱茵河;另一种可能是船沿西边的马斯河顺流而下,这条河的源头就在森林里,可能性也不小。

埃德蒙决定亲自去马斯河碰碰运气。他到了以后,会沿河岸一路往上游走。他打算带一个维京人以及两个撒克逊人,剩下的三人则负责去摩泽尔河的支流打探情况。出发前,他托农夫去附近的村落替他们买几件本地人的服装。他已经告诉农夫,他们是撒克逊人,是维京人的死敌,并且他们还帮着一起保卫了巴黎。

农夫并没有怀疑埃德蒙,这几个人的行事风格与维京人截然不同。几小时后,农夫带着衣服回来了。埃德蒙等人放下盾牌和头盔,换上了新衣。两名维京朋友换上新衣后,原先的衣服依旧随身带着。第二天,埃德蒙带人行至马斯河河畔。接着,他们沿着河岸往上游走,不久后,便再次走入森林。斯韦恩要造船,也肯定是在森林里造。

没走多少英里,他们就听到了斧头发出的声音。埃德蒙不禁笑了起来,多半是找到斯韦恩了,附近的老百姓进森林砍柴,不可能走这么深。从现在起,不能出一点差错,他们绷紧神经,小心翼翼地往前走。斧头声越来越响,估

第十六章　弗蕾达

计走不了多久就到了，埃德蒙示意大家停下来。他让两名撒克逊人就地隐蔽身形，他跟维京朋友继续往前走。出发前，他让维京朋友换上了维京服装，戴好了头盔，拿好了盾牌。二人每走一步，都非常谨慎，为了不暴露自己，他们一路上都在用灌木丛掩护自己。不一会儿，他们到了。

河边的树木已经被砍得差不多了。三百号人在这片空地上忙得不亦乐乎。两艘大型桨帆船的骨架已经搭好，但两侧的木板还没有着落。他们正忙着将树木切割成木板。空地上有两间茅屋，一大一小。大的门口插着一支战矛，矛头上飘扬着斯韦恩的旗帜。小的就在大的边上，埃德蒙一瞧，便可断定小的里面住着弗蕾达。

埃德蒙现在也没法再多做什么，他能找到人就不错了。二人回去跟两个撒克逊人会合后，一路沿着河岸往回走，一直走到森林的边缘。随后，他派了一个撒克逊人去叫余下的三人。会合点他已经选好了，河边有一大片灌木丛，他们可以在里面会合。

这一片灌木丛长得很密，地上又满是枯树枝，很难落脚，就算有人从旁边走过，也绝对想不到里面藏着人。他们进入灌木丛后，在靠近河流的地方，用剑清出了一片空地，然后用树枝搭了一个棚架。他们特意在空地与河流之间留了一些灌木，作为屏障。如此一来，既可以隐藏自己，又可以关注河边的动态，河边不论发生什么，都逃不过他们的眼睛。

埃德蒙除了让他的撒克逊部下叫人外，还交代他多带些食物回来。他们在森林里打猎，风险太高，不值当。埃德蒙注意到，斯韦恩一伙有几头牛，但他猜测，他们肯定会把牛留到出航以后再吃。现在有大片的森林，他们必然会选择打猎。临近傍晚，埃德蒙一行人才将茅屋搭好。一行人连续赶了好多天路，埃德蒙决定先睡一觉，隔天晚上再去斯韦恩营地刺探情况。

白天平静地过去了。傍晚，埃德蒙带着维京朋友走向斯韦恩的营地。老远他们就听到了歌唱声与喧闹声。空地上生了许多篝火，斯韦恩的部下正在狂欢。二人一直在旁边等着，待到篝火逐渐熄灭，斯韦恩的部下东倒西歪地在篝火旁躺下后，埃德蒙才让维京朋友走过去。

火光非常微弱，埃德蒙很想亲自过去了解情况，但他还是忍住了。现在的形势，还是让维京朋友独自过去稳妥些，就算有人跟他说话，开口也不用担心露出任何马脚。西格贝特夸这位手下脑筋活、点子多，埃德蒙跟他接触后，发现确实如此。在斯韦恩的营地收集信息，他去肯定比埃德蒙自己去管用。维京朋友走进空地后，慢悠悠地走向了一个火堆，那里还有好几个人在坐着聊天。

第十六章　弗蕾达

几个维京人一个跟着一个躺下了。他们都睡下后,埃德蒙的维京朋友小心起身,蹑手蹑脚地溜了回来。二人碰面后并没有直接交谈,而是又往森林深处走了一会儿,才停下来交谈。

"你打探到什么了?"埃德蒙问道。

"能打探到的都打探到了。"维京朋友答道,"你猜得一点不错,弗蕾达就在小茅屋里关着。白天只有两名守卫在外面看着,但晚上除了两名守卫站着执勤外,还有六人睡在屋外以防万一。那几个人都很佩服她的勇气和精神。她发过誓,斯韦恩要是敢用暴力胁迫她,她就以死明志。他们很清楚,她没有开玩笑。不过,他们觉得她迟早会被拖垮的。总有一天,她会意识到,根本没人可以救她,到了那时,她就会放弃幻想。他们之所以造大船,是因为他们有远航的打算。斯韦恩想乘船去地中海投奔著名的维京首领黑斯廷。他跟部下拍胸脯保证过,那里要比法兰克和英格兰富庶得多,到那以后,他们会有抢不完的战利品。他们觉得,如此漫长的远航,弗蕾达意志再坚决,也早晚会屈服。她做维京勇士的妻子总比做阶下囚强过百倍千倍。好几个人还说斯韦恩骁勇善战,在维京人里都是排得上号的。这么勇敢的人追求她,她竟拒绝了,他们对此非常不解。"

这里面既有好消息也有坏消息。弗蕾达的心意不会因为时间的流逝而轻易改变，这一点，埃德蒙很有信心，但斯韦恩远航的计划确实是个麻烦事。飞龙号确实有可能在马斯河河口截住斯韦恩的船，但这是有前提的。首先，飞龙号要按时赶到莱茵河河口；其次，收到信以后，飞龙号要在斯韦恩的船驶出河口前赶到马斯河河口。船能否按时赶到，这完全取决于风。风向如果是有利的，船用一周的时间就可以赶到马斯河河口，但如果逆风，时间就不好说了。

埃德蒙觉得将希望完全寄托在飞龙号上，太过冒险。他左思右想，决定劝说当地的老百姓对付斯韦恩。他也知道，老百姓非常惧怕维京人，通常情况下，只有大的市镇才敢组织民众反抗维京人，但他还是想试一试。毕竟，斯韦恩的船一旦驶出河口，驶入茫茫无际的大海，他要再想找到人，难度就高得多了。到了那时，他就算花费数周，乃至数个月的时间，也不一定能找到人。

隔天，他的撒克逊部下带着余下的三人赶了过来。一行人离开了森林。为了号召老百姓一起攻打斯韦恩的营地，埃德蒙跑遍了周边的村落。不过，老百姓听说附近有可怕的维京人后，都面露惧色。为了吸引大家，他一再强调营地有大量的财物，等消灭维京人以后就可以拿走，但感兴趣的人还是寥寥无几。讲了半天，老百姓唯一庆幸的部分

第十六章 弗蕾达

就是这伙维京人正在造船,要不了多久,他们就会乘船离开,驶入大海。

"我的天,他们要走还不好吗?"老百姓说道,"野兽既然要跑,为何还要阻拦它?他们既然有出海的打算,出航后就不大可能再上岸四处掠夺。他们都不招惹我们了,我们再主动找麻烦,不是有病吗?"

埃德蒙发现自己再怎么说也无济于事,便沿着河岸一路往下游走,一直走到了下游的河畔城镇列日。城里的民众得知上游有一帮维京人,并且他们极有可能乘船顺流而下以后,非常警惕。城里的大人物也为此聚到了一起,商议对策。埃德蒙当着他们的面,将自己了解的情况讲了出来。他建议他们派一支队伍主动出击,向上游进军,攻击维京人的营地。

"从这里过去,只需两天的行程。这帮维京人没有任何戒备,你们过去以后,肯定可以打他们个措手不及,将他们一举歼灭。"埃德蒙没想到,他的提议非但没有赢得任何人的支持,还惹来了众人的嘲讽。

"撒克逊小伙,你肯定疯了,要不你也不会提出这样的想法。话说回来,我们也没法确认你撒克逊人的身份。你搞不好是维京人,你的同伙或许已经埋伏好了。我们要是听了你的话,岂不是自投罗网?你听好了,我们决不会出城，但我们会做好防守准备。城墙上，我们也会增派人手。果真如你所说，他们只有三百号人，我们守城应该不成问题。他们过来以后，看到我们的兵力以及严阵以待的状态，要是能放弃抢掠，继续顺流而下，当然更好。你说的派人出城，我们是想都不会想的。"

这一番话让埃德蒙清醒地意识到别人是指望不上了。他要救人，只能靠自己以及飞龙号。他立即叫来了两名手下，一名是撒克逊人，一名是维京人。他嘱咐二人以最快的速度赶往莱茵河河口，给埃格伯特送信，并拜托埃格伯特带着飞龙号的弟兄，全速赶往马斯河。

二人出发后，埃德蒙在列日城内购买了一条速度很快的小船，随后便带着余下的四人一起上船，划起了船桨，往上游驶去。三天后，船行至森林的边缘。他们继续划船，一直划到藏身地附近才靠岸。上岸后，他们小心地拨开了灌木丛。接着，他们一起将船拖了进去，船完全被灌木丛遮住以后，他们才停下来。紧接着，埃德蒙再次带着维京朋友走向了斯韦恩的营地。

二人上次来，已经是十天前了。到了以后，他们发现船已经造得差不多了，停在岸边，非常高大。从船骨上的木板到船员划桨时坐的长椅，从艏楼到艉楼，乃至上面的甲板，都已安装到位。他们在地上看到了一些长杆，下一

第十六章　弗蕾达

步，维京人想必会把长杆加工成船桨。照这个进度，过不了两三天，船就可以下水。船又窄又长，这么设计是为了争取更快的速度。埃德蒙并不认为这两艘船会用船帆，即使用了，也肯定是在顺风情况下作为船桨的辅助。三百号人，两艘船各装一百五十人。船两舷各有三十个座位，也就是说，可以有六十人同时划桨。

"好船啊！"维京朋友低声说道，"这么看来，斯韦恩很懂船。"

"是啊！"埃德蒙说道，"这两艘船一看就很快。要是单靠船桨，飞龙号的船速可能赶不上它们，但有风的话，飞龙号在船桨的基础上，加上船帆，应该能超过它们。唉，他们的船要是慢一点就好了。照现在这个情形，等真到了河口，要是没风，飞龙号也只能眼睁睁地看着它们跑掉了。瞧！那不是弗蕾达吗？"

说话间，小茅屋内走出了一位高挑的姑娘。距离太远，埃德蒙看不清她的脸，但他从服装风格断定，这就是西格贝特的女儿。维京人外出冒险，常常会带上妻子，斯韦恩的营地也不例外。二人已经看到好几个女的了，不过，这位姑娘的气度和仪态，明显与她们不同。出门后，她没走几步，就停了下来，看样子是在观察造船的进度以及周边的情形。这时，一个身材高大的人影走向了小茅屋。

"斯韦恩!"埃德蒙发现那个人只有一条胳膊后,惊叫道。

"你见过他?"

"当然见过。"埃德蒙面露不快,"他的右臂就是我砍掉的,我只恨自己当初没有直接砍掉他的脑袋。"

维京朋友听后非常震惊,眼前这位撒克逊领袖的形象也因此一下子高大了许多。他知道斯韦恩的右臂是在一场决斗中丢掉的,他也知道斯韦恩的对手是一位撒克逊勇士,但他并不知道这位勇士就是埃德蒙。

弗蕾达见斯韦恩过来,并没有躲,而是平静地站在原地。二人聊了一会儿,弗蕾达就扭头回去了。斯韦恩见她进屋后,愤怒地跺了一下脚,而后就朝着船走去。

"冒再大的险,我也得想办法告诉她,我会一直跟着她,在把她救出来以前,我绝对不会离开。否则,船一旦出海向南航行,身处茫茫大海,她看不到希望,或许会迫于无奈,嫁给斯韦恩。我本来想晚上去找她,但夜里,小茅屋外的守卫过多,我根本没有机会。既然如此,我也只能在白天赌一把了。明天,我换上你的衣服,躲在小茅屋附近的树林里。她要是出来散步的话,我会直接过去跟她说话。除此之外,我想不出别的办法了。"

隔天上午,埃德蒙换上维京服饰和头盔后,躲进了小

第十六章 弗蕾达

茅屋附近的树林。傍晚时分，弗蕾达终于出门了。这个时间点对埃德蒙非常有利，大多数男人不是在忙着船的收尾工作，就是在加工船桨；女人则在一起准备晚饭。离弗蕾达最近的是两名守卫，小茅屋不远处有一棵倒下的树，二人此刻正坐在树干上歇息。埃德蒙大胆地走出了树林，但他并没有直接走向弗蕾达。她来回踱步，走到离守卫最远处时，埃德蒙抓紧时机，若无其事地走了过去。

"弗蕾达，"他说道，"别怕，是我。这里到处都是眼睛，我们得小心点。"

"埃德蒙！"弗蕾达听到埃德蒙的声音后，一下子停了下来。她非常吃惊，但她还是依照埃德蒙的建议，控制住了自己的情绪。

"亲爱的弗蕾达，你放心，我一直在旁边盯着呢。我暂时没法带你离开，不过，我的飞龙号会到河口等你的。你记好了，船出发以后，快到河口了，你一定要在你艉楼舱室的窗外挂上白布。飞龙号上的人看到后，会竭力搭救你的。河口的行动万一失败了，我也不会放弃。我听说斯韦恩想去意大利，意大利虽远，但为了你，我就算一路追到那也在所不惜。因此，你千万别灰心。你父亲我也见过了，正是他拜托我来救你的。不好，守卫来了，我得走了。"

埃德蒙跑向了树林。"站住!"守卫喊道,"你是谁,从哪里来的?"

他默不作声,加快脚步,不一会儿就消失在了森林深处。守卫也没有继续追。斯韦恩下过命令,任何人都不得与弗蕾达交谈。他们一开始看到她身旁的人影,还以为是营地里的哪个人违反规定了。斯韦恩这样规定,是担心弗蕾达跟他的部下许以丰厚的奖赏,帮自己脱身。他们看到人影后,也只是想过去打断谈话。跑过去以后,他们才发现这个维京人是生面孔。他们好不吃惊,等回过神,人已经跑进了树林。斯韦恩听到守卫的喊声后,也跑了过去。

"怎么了?"他问。

"刚刚,有人跟弗蕾达小姐说话了。那人是从树林里走出来的,看样子是维京人,但肯定不是我们的人。"

斯韦恩走向了弗蕾达。对弗蕾达而言,刚才的一幕太突然了。她此时脸色苍白,整个人都在颤抖。

"你刚才在跟谁说话?"斯韦恩质问道。

弗蕾达闭口不言。

"你今天必须告诉我!"斯韦恩怒吼道。

弗蕾达努力平复情绪,抬头直视斯韦恩:"你很清楚,斯韦恩伯爵,你再怎么吼,对我也没用。不过,我也没什么好隐瞒的。你既然这么想知道,我就告诉你好了。那个

人是我父亲派来的,他托那个人告诉我,总有一天,他会想办法救我出去的。"

斯韦恩大笑了起来。

"他还是先救救自己吧。"他说道,"你的好父亲在巴黎受了重伤,他要过来救你,总得先养好身体吧!到了那时,我们想必已经到了意大利的阳光海岸,跟黑斯廷会合了。并且,过不了多久,你就会放弃你无谓的坚持,做我的妻子。等他康复了,我们早就是夫妻了。"

弗蕾达没吭声。她现在总算看到了逃走的希望,不论希望多么渺茫,有总是好的。她想了想,觉得还是给斯韦恩一些甜头,让他错以为自己有可能得逞为好。

"伯爵,我跟你说过无数次了,我决不会嫁给你。我是不会改变心意的。你说意大利的阳光可能会改变我的想法,但这也得到了那才能知道。"她的语气明显没之前强硬了,斯韦恩听后心满意足地离开了。

三天后,船顺利下水,斯韦恩一伙又用了一天的时间将船上的东西调整到位。白天,他们一直在航行,到了傍晚时分,他们将船系泊到岸边。天黑以后,突然有一条小船顺流而下,全速划了下来,任凭他们怎么喊,船也不停。他们射了几箭,也无济于事。船很快就从大船侧面经过,消失在了黑夜里。他们白天航行的时候,为了不让下游的

第十六章 弗蕾达

人知道自己的行踪,一路上都很留意河上的船,凡是被他们看到的,都被毁掉了。

"这艘船肯定被提前拖上岸,藏了起来。"斯韦恩说道,"我们这一路会经过不少村落。我本想带着弟兄们一起去抢些食物,装满我们的仓库,但这个计划估计行不通了。我们到了以后,只会发现空无一人的农舍,在河岸吃草的牛群也肯定会被早早赶跑。真倒霉!"

斯韦恩没说错,隔天,他们经过的村落,根本找不到人,河岸上也找不到一头牛的影子。下午,他们行至列日城下,发现城门紧闭,城墙上也尽是手握战矛的守卫。见这阵势,他们没做停留,继续往下游走了。要是可以不费什么兵力,就能抢到战利品,斯韦恩当然会带人去抢,但代价太大的话,他是不会干的。不久以后,船要在海上长期航行,他可不想因小失大,让自己的队伍和船只因为战利品而蒙受重创。当下的主要目标是为远航准备充足的食物,战利品都是其次。船继续顺流而下,航行了数日,途经了数个村子、城镇,但村子都空无一人,城镇也都做好了防守准备。

再航行一天,船就要到河口了。斯韦恩为了弄到吃的,只得下令靠岸。他留了一半人看船,另一半人则跟他一起向内陆进发,去抢夺食物。几场激战过后,他带回了牛和面粉。

　　埃德蒙一行人一直在斯韦恩前面。他们每次看到村子或城镇，都会靠岸告诉当地民众，维京人马上就要来了。按先前的估计，他们到达河口以后，斯韦恩一伙还得航行两天才能抵达。但是现在更重要的是，飞龙号还没有到达河口的会合点，这令他们备感失望。隔天下午，远方出现了一艘帆船，他们一开始还瞧不真切，但这艘船桨、帆配合，全速航行，不一会儿就到了河口附近。看清后，他们欣喜地发现这艘船果真是飞龙号。埃德蒙随即带人跳上了小船，划了过去。飞龙号上的人看到他们的郡长都非常激动。

　　"我们没来晚吧？"埃格伯特喊道。

　　"没有，你们来得刚刚好。"埃德蒙答道，"他们明天到。"登上飞龙号的甲板后，埃德蒙发现表兄身边站着一位熟人，正是西格贝特。

　　"有弗蕾达的消息吗？"西格贝特急切地问道。

　　"她很好，也非常勇敢。"埃德蒙答道，"她发过誓，斯韦恩要是敢硬来，就以死明志。我已经当面跟她说过了，我会救她出去的。不过，我的老朋友，你怎么会在这？"

　　"你走了以后，你的表兄埃格伯特建议我跟他一起出海。这样一来，一方面，我有可能早一点见到我的女儿；另一方面，乘船也更为安全，维京大部队离开后，我带那

第十六章　弗蕾达

么点人穿越法兰克，要冒很大的风险。"

"我早该考虑到这些的。"埃德蒙说道，"很抱歉，我当时满脑子都在想如何搭救弗蕾达，根本没心思想别的事。你现在身体如何？"

"非常好。"西格贝特答道，"我一到海上，闻到海风中熟悉的盐味，顿时觉得力量恢复了大半。我的伤基本好了，但我的膝关节还是很僵硬，这辈子恐怕都没法好利索了。这都是小事。你赶紧给我们讲讲你最近的经历吧。你派来的人都跟我们说了，你巧妙地找到了斯韦恩的老巢。"

第十七章　长途追击

飞龙号抵达河口的第二天,天色灰暗,一点风也没有,船帆基本派不上用场。

"这下可麻烦了。"埃德蒙说道,"光靠船桨,飞龙号是跑不过斯韦恩的船的。他们或许不认识飞龙号,但他们应该能一眼看出,这不是维京人的船。我们现在只能寄希望于他们主动攻击我们了。"

白天,埃德蒙一艘船的影子都没看到,但傍晚时分,远方出现了两艘船。上午,船员就依照埃德蒙的命令,将飞龙号停在了河中央。收好船桨后,他们便躲在了舷墙下。如此一来,斯韦恩一伙看到飞龙号上没几个人以后,或许会以为这是一块唾手可得的肥肉,主动出击。两艘船行驶到距离飞龙号半英里处,突然停了下来。

"那艘外形奇特的船,你们见过吗?"斯韦恩向身边的人问道。

"我见过。"一个维京人答道,"我随船出征,有两次都遇上了它。第一次是在泰晤士河河口,这艘船碰到我们的船队后,穷追不舍,有好几艘船都因为它葬身大海。第二次发生在去年,阿尔弗雷德国王在泰晤士河河口附近击败了我们,这艘船也参与了。在我印象中,这艘撒克逊战船速度奇快,船员的协同配合也非常出色。四艘普通撒克逊战船的破坏力加在一起,都不及它。"

"要不是有别的冒险计划,"斯韦恩说道,"我倒是想会会它。两艘船打一艘船,我们还是有优势的,更何况我们人手充足,那艘船的人数多半赶不上我们一艘船的兵力。但要啃下这块硬骨头,我们势必要付出不小的代价。到头来,很可能得不偿失。因此,我们还是别招惹它了。海雾朝着河面飘过来了,再过十分钟,河面就会被雾气彻底笼罩。我们到时候想避开它,应该不难。传令给另一艘船:从现在起,不要再划桨了,一会等雾过来以后,船贴左岸,借助近海岸的潮水往河口漂。在听到我的号角声之前,任何人不得讲话。我们这艘一会贴右岸往下游漂,一直漂到河口为止。"

弗蕾达就站在不远处。听到斯韦恩的话后,她心里一沉。她敢肯定,埃德蒙就在前面的撒克逊战船上。她本以

第十七章　长途追击

为自己终于可以得救了，但现在看来，她的愿望恐怕要被这糟糕的天气毁掉了。

埃德蒙一行人见了海雾，顿时愁眉紧锁。海雾将飞龙号吞没后，撒克逊人立即拿出了船桨，向维京战船划去。这种大雾天气下，他们希望斯韦恩一伙会选择抛锚停泊。此时，飞龙号上非常安静。艄楼上，埃德蒙、埃格伯特、西格贝特都竖起了耳朵，他们想通过声音判断敌船的位置，但他们什么也没听到。敌船起雾前的位置，他们是知道的。起雾后，它们如果就地抛锚，位置变化应该不大。他们将船划过去以后，船的左后方突然传来了女性的呼喊声。听声音，离他们已经有一段距离了。

"弗蕾达的声音！"埃德蒙喊道，"赶紧掉头，他们在大雾里跟我们擦肩而过了。"飞龙号转向后快速向声音的源头驶去。但那声音只响了一下，就没音了。突然，船猛烈地晃动了一下，甲板上的人都摔倒了。原来，他们不慎将船划到了河岸，搁浅了，船下满是淤泥。他们用尽全力，想把船推回水中，但河水在退潮，任凭他们怎么推，船都纹丝不动。几分钟后，他们只得认命。要想让船再次浮起来，只能等河水涨潮，这意味着他们要等九个钟头。涨潮以后，情形也没有好转多少，因为浓雾依旧笼罩着河面。

斯韦恩就这样溜了，埃德蒙和西格贝特非常失望。他们的计划相当周密，飞龙号及时赶到河口后，他们更是对未来满怀希望。不过，就在他们觉得跟弗蕾达触手可及的时候，斯韦恩的船从他们眼皮子底下溜走了，这令他们备感沮丧。

埃德蒙一边在甲板上踱步，一边跟身边的埃格伯特说道："不幸中的万幸是这场雾不仅会阻拦我们，也会阻拦他们。"

"这可说不准。"埃格伯特答道，"他们不仅不想跟我们交战，还这么急切地跑掉，这只能说明我们被认出来了。他们的船吃水很浅，根本不怕河口的沙坝。就算撞上沙坝了，他们也大可将重物搬下，减轻船体负重，而后再一同将船推回水中。船一旦驶入大海，到了开阔的海面，可能就没雾了。西格贝特跟我说过，雾气容易在河口聚集，开阔海域，雾大不到哪里去。"

涨潮后，埃德蒙决定不惜一切代价，驶出河口。下令解缆后，飞龙号随着水流向下游漂去。船首有人拿着长杆，不断测量水深；船尾则有人备好了两个船锚，埃德蒙一声令下，他们就会立即抛锚。埃德蒙有好几次都差点下了抛锚的命令，好在河水每次变浅后，都会随即深回来。

船就这样一直漂着，估计潮水快转向了，他们才抛锚停泊。雾没那么浓了，但能见度并没有好多少，他们只能

第十七章　长途追击

看到船周围一百码左右地方的情形。到了夜里，埃德蒙准备休息一会儿。前一晚，他过于焦虑，一分钟也没睡。他睡前给手下交代清楚了，天气一有变化，就立即叫醒他。太阳升起以后，雾逐渐散了，船的位置也跟着明朗了。船首冲西，船左侧很远的地方，可以看到低矮的海岸线。水面上，他们看不到一艘帆船。说来也是，水面上一点风也没有，船帆在这种天气下一点用场也派不上。埃德蒙下令立即起锚。随后，众人便拿起船桨，向海岸划去。

两小时后，船行至海岸附近，开始向西航行。船与海岸线一直保持着一英里左右的距离。埃德蒙的部下都知道他救人心切，划得都很卖力。他们两人一组，轮着划，这样可以确保每一刻都有一半的船桨在动。天黑了他们才停止划桨，抛锚停泊。天亮以后，终于起风了，但刮的是西风，反而给船的航行增添了阻力。

这几天，水面上根本看不到敌船的影子。他们都很无奈，虽然尽力了，但随着时间的流逝，飞龙号多半会被敌船越拉越远。即使在无风的情况下，飞龙号也划不过敌船。并且，敌船人手充足，可以确保所有的船桨同时划动。如今，逆风更是大大增加了敌船的优势。飞龙号很难逆风航行，而敌船船身低，船的大半部分都在水下，风对它们造成不了多少阻力，也就是说，敌船在逆风条件下依旧可以自如航行。

飞龙号行至多佛尔海峡附近,风越刮越大,船也走得愈发艰难。埃德蒙和同伴商量后,决定穿越海峡,到泰晤士河河口避避,等风转向了,再采取新的行动。西风只要不停,他们就会被越拉越远。更何况,斯韦恩一伙还有可能驶入某条河的河口,寻找港湾或食物,果真如此,他们就会彻底跟丢对手。西格贝特从未去过地中海,但他的许多维京朋友都去过那。他的朋友跟他提过去地中海的最佳航路:先沿着英格兰海岸,向西航行,到尽头后,向南航行,待看到西班牙北海岸后,沿海岸线向西航行,行至尽头后,再沿海岸线一路向南,最后会看到一个宽十英里左右的海峡,穿过后便可进入地中海。

埃德蒙一行人决定走这条航线。这样,他们或许能在海峡入口处拦住斯韦恩。如此一来,他们也可避开危机四伏的法兰克西海岸。众所周知,法兰克西海岸有许多岛屿和礁石,这些地方无不波涛汹涌,过往的船只常常因此遇难。飞龙号在河口躲了两周,风向还是没有变。随后,风停了两天。第三天,桅杆顶部的三角旗又飘了起来,风是从东边刮过来的,这令他们喜出望外。

船出航后,在桨和帆的双重推动下,很快就绕过了英格兰的东南角。之后,借着东风,船沿海岸向西航行。埃

第十七章 长途追击

德蒙一行人出航后的第三天,就到了兰兹角,随后,他们调整航向,向南方海域驶去。接下来的航行也较为顺利,风停了,比斯开湾非常平静。经过短暂的海上航行,飞龙号行至西班牙海岸附近。船开始沿西班牙海岸向西航行,到了尽头便沿海岸向南航行。为了补充食物,他们驶入了一条河的河口,当地人看到船后,都聚集到了岸边,想阻止他们上岸。埃格伯特见状,大喊道:"我们不是维京人,我们是撒克逊人。我们只想上岸换些吃的。"当地人这才允许他们上岸。他们并没有讨价还价。他们只想尽快买到牛肉,补充好水源。几小时后,东西到位,船再次出航,沿着西班牙海岸线一路向南航行,绕过海岸南端后,沿海岸向东航行。一天后,右舷方向出现了陆地。全船欢呼雀跃,大家都觉得这便是海峡入口。傍晚,船抛锚停泊。

夜里,西格贝特盯着锚链,若有所思。埃德蒙看到后,问道:"怎么了?"

"我总觉得有些不对劲。"西格贝特说道,"你也发现了吧,船首是冲着东北方向的。这和航行时一模一样,说明水流和我们是相对的。"

"没错,"埃德蒙说道,"但缆绳并没有绷紧,这说明水流并不急。"

"不过,这跟我朋友的描述对不上。"西格贝特说道,

"其一,这条海峡是东北朝向的,但通往地中海的那条海峡是正东朝向的;其二,我朋友还说了,海峡的海流跟北海截然不同,他们说那里的水流就如河水一般稳定,一直往东流。"

"这里的水是往西流的。"埃德蒙说道,"我们看来找错地方了。明天一早,我们就掉头回去,继续往南走,一直找到正确的海峡为止。"

天亮以后,飞龙号再度出发。不久以后,船驶入了一片海湾,这片海湾就是加的斯湾。船穿越海湾后,埃德蒙等人看到了一个海峡的入口。这一次,他们总算找对地方了。从海峡的宽度到朝向,再到流经海峡的水流,都与西格贝特朋友的描述一致。船驶入海峡后,行驶了一英里,抛锚停泊。

他们很快就跟当地民众建立了联系。双方虽然语言不通,但当地人一看他们友好的手势以及手上的物品,就知道这些人只是想换点吃的、喝的,并没有恶意。东西换好后,就只剩下耐心等待敌船了。

傍晚,埃德蒙望着海峡对岸的山丘,说道:"这条海峡要是窄一些就好了。斯韦恩的船上,肯定有人乘船来过这。他不用像我们一样,一边走一边探路。他的船要是趁夜驶入海峡,我们根本无法察觉。并且水流这么快,船要不了

第十七章　长途追击

多久，就可以穿越海峡。他甚至有可能已经先我们一步，驶入地中海了。我们避风避了那么久，他那段时间要是让手下不停划船，沿法兰克海岸一路向南航行，等到起东风我们再出发的时候，已经被他落下很远了。因此，他的船虽然没有船帆，但还是有可能先我们几日到达这里。我们都知道，斯韦恩想尽快到达地中海，跟着黑斯廷一起掠夺，因此，他在路上不会多做停留。我们先在这等着，一周以后，要还是没有敌船的踪影，我们就进入地中海，寻找黑斯廷船队的下落。我们只要能找到黑斯廷，就能找到斯韦恩。不过，这将是一项艰巨的任务，这里的人讲话，我们听都听不懂，更别说跟他们打听维京船队的消息了。"

埃德蒙派人在桅顶日夜放哨，还是一无所获。随着时间的流逝，埃德蒙越来越相信，斯韦恩已经先他一步进入地中海了。第七天上午，他下令起锚出航，穿越海峡。埃德蒙和朋友们多次商讨对策，最后决定先去罗马。西格贝特知道意大利的大致方位。船出了海峡后，便按他的指示，一路往东北航行，朝意大利去了。

罗马有一个撒克逊修道院，里面有许多撒克逊修道士。埃德蒙到了那以后，想必可以问到黑斯廷一伙的详细情况，不论是他们的所作所为还是他们的行踪，应该都可以问到。不过，飞龙号刚一出海峡，海上就刮起了东南风，埃德蒙一行人见船无法向东北进发，只得改变航线，沿西班牙海岸向北航行，途经了好几个小港口，但他们和当地人语言不通，单凭手势，也问不出维京人的下落。

船到了马赛以后，他们非常高兴，因为他们和法兰克人交流，语言上并不存在障碍。他们还专门雇了一个熟悉地中海情况的人做向导。他们了解到，以黑斯廷为首的维京船队常常侵扰普罗旺斯、意大利两地的海岸。热那亚船队和维京船队交手了几次，但最后还是被击败了。

此时，维京船队正在侵扰富饶的西西里岛。据传，维京人后面还想取道台伯河，一路烧杀抢掠到罗马。埃德蒙离开马赛前，还请了一位既会讲法兰克语，又会讲意大利语的翻译。船出航后，便朝着热那亚的方向去了。埃德蒙去那，主要是想碰碰运气。热那亚人若是有再次派船队出战的想法，他可以率领飞龙号的弟兄跟他们一起作战。靠岸后，热那亚人从翻译口中得知他们是维京人的英格兰劲敌后，热情地招待了他们。

埃德蒙一行人看到繁华的热那亚，备感震惊。从街道上宏伟的建筑到民众华丽的服饰，再到市场上琳琅满目的商品，都令他们大开眼界。不夸张地讲，热那亚的财富与繁荣让他们首次见识到了真正的文明。埃德蒙到了这儿，才深切感受到欧洲北部的落后。阿尔弗雷德国王总想提高

第十七章　长途追击

民众的生活水平，他现在总算知道为什么了。话说热那亚人看到撒克逊人的服饰以及外貌后，也非常惊讶。

飞龙号的成员都是埃德蒙精挑细选出来的。他们个个身材魁梧、膀大腰圆。热那亚人看到他们强壮的体形，都很震惊，但最令他们惊奇的还是他们金色的头发以及蓝色的眼睛。热那亚人对埃德蒙一行人非常热情，他们完全可以在热那亚多待一些时日。但等到船上的必需品补充齐全后，埃德蒙就决定出发了。三名热那亚贵族青年听了飞龙号的辉煌历史后，都跃跃欲试，想跟着飞龙号一起去抗击维京人。埃德蒙欣然同意，有这三个人，飞龙号将来到别的港口就方便多了。

船出航前，埃德蒙还为大家购置了意大利的服饰。如此一来，他们一换衣服，就跟当地的战士以及水手无异了。船上并不缺金银器物，有的是从维京人手上抢来的，有的是厄德伯爵以及巴黎民众送的。埃德蒙这次到热那亚，卖了不少。

飞龙号的外形和热那亚桨帆船相近。埃德蒙计划好了，他去维京人聚集的海岸前，要先将飞龙号伪装成热那亚船只。否则，斯韦恩一旦收到消息，说有一艘撒克逊船只在地中海活动，很可能会觉得这艘船是冲自己去的，如此一来，他多半会提高警惕。

飞龙号行至台伯河河口，沿河逆流而上，最后在罗马城墙下抛锚停泊。船上的热那亚贵族青年在罗马有不少亲戚好友，有他们的介绍，埃德蒙、埃格伯特和西格贝特很快就成了罗马人的座上宾。

城墙下的外来船原来是撒克逊人的。教皇得知此事后，特意邀请船长到他的宫殿做客。埃德蒙和埃格伯特带着三位热那亚朋友，一起去拜访教皇。教皇热情地欢迎了他们。随后，他问了问阿尔弗雷德国王的近况以及英格兰的情形。埃德蒙的船为何会千里迢迢地从英格兰跑到意大利，他自然也问了。

埃德蒙解释道，他来地中海是为了找一位对他有恩的维京姑娘，这位姑娘本来和她的父亲待得好好的，但后来却被一位维京首领抢走了。如今，这位维京首领已经成了黑斯廷船队的一员。埃德蒙提到自己保卫过巴黎后，教皇突然说他想起来了。原来，有一位巴黎的修道士专门将巴黎保卫战前前后后的经过详细地记录了下来，寄给了教皇。他在信中多次提到，撒克逊战船的船长和船员，个个英勇善战，没有他们的帮助，法兰克人不一定有把握将维京人拒之门外。

"我的孩子，我要是能帮你对付这帮海盗就好了。意大利海岸深受维京人掠夺之苦，但我们却无力抵抗他们。

第十七章 长途追击

他们甚至扬言要取道台伯河，攻打罗马。我们或许有能力守住罗马，但一想到围城以后，教徒们要受苦受难，我就于心不忍。我最后给了他们首领一大笔钱，好让他们放弃攻打罗马的计划。不过，我也知道，维京人拿了东西以后，只会变得更贪心。要不了多久，城下的河面上或许就会飘起他们的战旗。我倒是可以给你几艘船。人手的话，我也可以帮你找齐，他们会听你号令，但我得提前跟你讲好，罗马人可不大会打海战。我很清楚，我们如果不能将各地的民众联合起来，共同对付维京人，很难有胜算。也正因为如此，我一直都在尽我最大的努力，促成热那亚、比萨和威尼斯之间的合作。这件事若是成了，我们勠力同心，还是有可能赶走这群海狼的。"

埃德蒙谢了教皇的好意，称飞龙号还是单独行动为妙。

"飞龙号在速度上丝毫不逊于维京战船。"他说道，"你们如果要组织大规模的船队，打击海盗，我很愿意乘飞龙号，跟你们并肩作战。不过，您如果只能匀出几艘船，我只能谢谢您的好意了。相比之下，我还是觉得飞龙号单独行动方便些。我的兵力不足以和维京船队正面对抗，这是显而易见的。既然如此，我只能先找到我要的那艘船，而后再设计将其拿下了。为了方便日后行事，我想将飞龙号改造成威尼斯船或热那亚船的样子。为此，我的人可能得在罗马逗留几日,还望您恩准。"

教皇下令,全力帮埃德蒙实现他的计划。隔天上午,许多工匠受教皇委托,开始改造飞龙号。他们给船从头到尾地重新上了一遍漆,整艘船都穿上了鲜亮的外衣。他们还在艏楼和艉楼加装了刻有花纹的木制品。船首的形状也被调整了。施工结束后,飞龙号就像换了一艘船。没有人能想象这是当初那艘从台伯河驶入的外来船只。如今任谁看,都会觉得这是一艘热那亚船。

埃德蒙还弄到了一批苦役,这些人平日里都是划船的。他们上船以后,他的部下就可以全心全意作战了。他还专门指定了一位负责人,管理这批苦役。船上补充好食物等必需品后,埃德蒙跟教皇道了别,便再次带着部下出航。

维京船队在巴勒莫出现了。飞龙号驶出河口后,沿卡拉布里亚海岸一路向南航行。夜里,船行至海峡入口后,调整航向,向西西里海岸驶去。随后,船驶入一片平静的海湾。埃德蒙换上维京人的服饰后,在两位维京朋友的陪同下,共同上岸,步行前往巴勒莫。

西西里的景象让他们想起了法兰克。他们路过的村子,无不萧条破败,房屋被毁,庄稼和果树也被糟蹋得不成样子。一路上,他们连一个人影都没见到。不消说,人都跑到山里避难了。到达巴勒莫附近后,他们停下了脚步。天

黑以后，他们才进城。这里的情形更为糟糕，许多民众都赶在维京人进城前逃跑了，但还是有不少人没跑掉。这些人被困在城里，处境凄凉，野蛮的维京人不仅抢走了他们的财物，还将他们当奴隶使唤。

三人碰到几个维京人，埃德蒙的维京朋友主动上去跟他们搭话。二人称他们三个听说有维京船队在地中海活动，就从家乡赶来了，他们当晚刚到。二人还说他们想加入斯韦恩麾下。那几个人听后，说斯韦恩是三周前刚刚到的，但斯韦恩一伙如今在西西里岛南部，并不在巴勒莫。

三人得到这一情报，没做停留，就抓紧赶回去了。埃德蒙一上船，就下了出航的命令。船趁着夜色驶过了巴勒莫的海岸，随后，沿着西西里的西海岸，一路向南航行。这一段，船航行都是凭借船帆，并没有使用船桨。到了夜里，船会抛锚停泊，以免错过沿岸的维京船只。第三天，埃德蒙等人发现前方有一个小港口，里面停着好几艘维京船只。风不大，埃德蒙和朋友商量对策后，决定佯装逃跑，好吸引维京人出港追敌。风这么小，维京船只划起桨来，肯定比飞龙号跑得快，并且，斯韦恩说不好还在岸上。

这一会儿，天刚亮没多久，维京船只的甲板上没有一点动静，船员们还没睡醒。飞龙号上的人见敌人没有反应，掉头向北航行，绕过一处海角，抛锚躲了起来。对埃德蒙

第十七章　长途追击

而言，当务之急是弄清楚斯韦恩和弗蕾达的位置，他们二人究竟是在船上还是已经转移到了岸上。他和埃格伯特等人讨论后，决定先派两位维京朋友前去打探情况，等知道个大概了，再制订下一步计划。

第十八章　重逢

维京朋友回来后，称斯韦恩霸占了当地乌戈利伯爵的府邸；剩下的维京人则住在城镇居民的家中，房屋本来的主人，不是被杀了，就是被他们当下人使唤；弗蕾达小姐也住在岸上，维京人都觉得她要不了多久，就会嫁给斯韦恩。

"你觉得我们对弗蕾达的住处发动突袭，直接带走她，可行吗？"

"恐怕不行，"维京朋友答道，"维京人都很警觉，巡逻的也不少。他们这么做，是为了提防当地的民众。斯韦恩的主力部队，民众无法对抗，但一旦有落单的维京人或人数不多的小分队，民众就会主动出击。到现在为止，已经有不少维京人死在他们手上了。维京人甚至觉得民众有可能趁夜发动突袭，这也是他们安排岗哨的原因。对了，为了应对突发状况，他们还安排了一部分人担任应急分队，随时准备迎敌,一有风吹草动,就会立马出动。"

"我真想自己过去一趟,"埃德蒙说道,"实地了解一下那里的情况,看看能否找机会跟弗蕾达说上一两句话。她坚持了这么久,可能已经疲倦了。这样拖下去,她或许会答应斯韦恩。"

"不会的。"西格贝特答道,"弗蕾达这孩子一旦做了决定,就不会放弃。"

"我没有怀疑她。"埃德蒙说道,"不过,过去这么多个月了,她见没人救她,或许会绝望。这也是可以理解的。唉,不管我承不承认,斯韦恩都是一位非常勇敢、非常有胆识的维京领袖,她长时间跟斯韦恩相处,就算爱上他,也不足为奇。"

"不可能。"西格贝特答道,"你放心好了,她不会动摇的。我们还是说说你怎么上岸吧。"

"我会带上这位维京朋友。热那亚的贵族朋友要是愿意去,我也打算带上一位。对了,还有马赛的翻译。我要是碰上当地人了,他可以帮我翻译。"

"你带热那亚人和马赛人做什么?维京人要是碰上你们,你或许可以蒙混过关,但他们俩很容易被识破。"

"我不会带他们进入维京人的地盘的。"埃德蒙答道,"我带他们,主要是想跟当地的民众建立联系。我要是能

第十八章 重逢

劝他们跟我们一块对付斯韦恩，就方便多了。他们可以走陆路攻击他的营地，我们则可以乘飞龙号攻击他的船。没有翻译，我就没法跟当地人交流。"

埃德蒙刚跟热那亚青年说了自己的想法，有一人答应了。随后，四人换上维京服饰，换乘上了小船，划向了岸边。从飞龙号停泊的海湾到斯韦恩所在的城镇，沿海岸走有十英里。到了城镇边上以后，他们会先躲起来，等天黑了再进城。

他们没走多久，就进了一个村子。烈火已经将村子烧成了一片废墟。烧焦的木头随处可见，他们仔细观察，烧焦的时间并不长，这说明火是前些天刚刚放的。路上可以看到血迹，却看不到尸体。埃德蒙猜测维京人离开以后，幸存者就跑了回来，将遇害者安葬了。又走了一小段距离，突然，不远处出现了一个光着上身的男孩，这孩子就像一头敏捷的小鹿，跑得飞快。维京朋友看到后，立刻跟埃德蒙指了指那个方向。

"他跑得太快，我们追不上。"埃德蒙满不在乎地说道，"再说就算追上了，我们也问不出什么。他又不可能去过城镇周边。孩子这么小，不可能有那个胆。跑就跑了吧。"

一行人又走了三四英里。一路上，他们能看出这片土地相当肥沃，到处都是麦田和葡萄园。只可惜打理土地的村民都跑了。烧焦的土地随处可见。

"维京人真是死性不改。"埃德蒙说道,"我们叫他们海狼,真是一点也没叫错。他们掠夺财物,杀害跟自己对着干的人,已经够邪恶了,但他们并不满足于此。很多时候,他们烧杀抢掠,纯粹是因为他们享受作恶。我真不明白,欧洲为何可以纵容这帮海盗如此作孽。"

"是啊,为什么啊?"热那亚青年听了翻译的解释后说,"还不是因为大家不能联合起来,共同抗敌。一想到这件事,我就觉得羞愧难当。维京人并非不可战胜的,恺撒就曾攻占过他们的土地,让他们俯首称臣。今日的维京人难道就比那时强吗?我看不见得。罗马人能轻易办到的事情,今日,我们联合起来,也能办到。其实,光意大利就足以将维京船队赶出地中海。可恨的是,就算意大利的海岸都被这群海狼糟蹋成这样了,威尼斯、热那亚和比萨还在忙着内斗。"

"啊!怎么回事?"他突然大喊道。原来,一支箭射中了他的头盔。此时,他们正在穿越两条路中间的一片小树林。这支箭只是一个开始,转瞬之间,又射来了十几支箭。幸好他们拿着维京人的大盾牌,箭雨都被盾牌挡住了。不过,他们还是受了伤。翻译更是不幸前额中箭,倒地身亡。

埃德蒙一行人还没有缓过来,身前、身后就杀出了大

第十八章　重逢

批村民。这些村民手里不是拿着棍子,就是拿着斧头或战矛。他们一边用当地语喊着"杀死海盗""杀死海狼",一边冲向了三人。

热那亚青年不断大喊"我们不是维京人,是自己人",但现场都乱成一锅粥了,根本没人听得到他的声音。不一会儿,三人就被围了起来。村民的进攻非常疯狂,无奈之下,三人只得背靠背站成了三角形,拼死抵抗。

他们砍倒了几个村民,但村民的攻势过猛、人数过多,不久以后,三人就一个接一个地倒下了。见他们倒下后,村民继续拳打脚踢。在村民眼里,三人可能与可恨的野兽无异。他们身上虽有盔甲,但这么下去,小命马上就要丢了。幸而这个时候,热那亚青年用尽浑身力气,从胸口拽出了十字架。他一边举着十字架,一边喊道:"我们是意大利人,不是维京人。"

村民看到这一幕,非常震惊,一下子停止了攻击。维京朋友已经失去了知觉。埃德蒙也没什么力气了。他用尽最后一丝力量,抽出匕首,举起十字架刀柄后,重复起了热那亚青年的那句意大利语——"不是维京人"。

村民万万没想到,这几个维京人竟然是基督徒,这一事实令他们顿时觉得有些不知所措。大家都知道,维京人跟基督教水火不容。一位村民说这个十字架肯定是维京人从尸体上摘下的,余下的人听后非常激动,说着便要杀掉这三个人。这时,一位看上去很有权威的老人站了出来。老人说事情调查清楚以前,不能妄下结论。他还表示,那位手举十字架的年轻人一直在讲话,他们应该也能听出来,他说的话跟当地方言类似。既然如此,他们就更应该把事情问清楚了。他想多问那位年轻人几个问题,但热那亚青年受伤过重,失血过多,很快就没了知觉。

村民将三人绑好后,用树枝做了三个简易的担架,将他们抬了起来。埃德蒙的盔甲比别人的坚固不少,因此,三人虽然都被村民围攻了,但他还没有失去知觉。村民抬着他们走了很久,直到他们走进山上的密林,才停下脚步。周围有许多人,声音非常喧闹,这说明村民回到大本营了。

担架被放下后,埃德蒙挣扎着站了起来。他身前站着一位高大英俊的男子,衣着华丽,一看就是贵族。老人跟这位贵族说起刚才的经过,以及他们为何没下杀手。

"你们维京人不是信奥丁吗?"贵族听完老人的汇报后,看着埃德蒙问道,"你们这帮掠夺者和凶手,为何会有十字架?"

埃德蒙并没有完全听懂,但他也能大概猜出来。他本来就会法兰克语,学一点基础的意大利语,并非难事。

"我们不是维京人。"他艰难地说道,"我们是撒克逊

第十八章 重逢

人……撒克逊人！他是……是热那亚贵族！"

"撒克逊人？！"贵族貌似听懂了，"阿尔弗雷德国王的子民。他是热那亚贵族？那你们为何要伪装成维京人？"

"我的意大利语……很一般。"埃德蒙已经快词穷了，"等他恢复知觉了，他会告诉你。请快救救他吧！"

这位贵族其实就是乌戈利伯爵本人。听到这，尽管他还是一头雾水，但眼前这个撒克逊人应该没说谎。他用当地的方言跟村民解释这里面肯定有误会，让村民立马脱掉三人的盔甲，帮他们包扎伤口，无论如何都要把人救回来。

乌戈利伯爵吩咐村民拿来酒囊，倒了一大杯酒给埃德蒙喝。埃德蒙渴得要命，拿到酒后一饮而尽。酒喝下去以后，他一下子有了精神。剩下二人还躺在那，村民正忙着给他们暖手、涂草药、灌酒。不久以后，埃德蒙高兴地发现，他的两位朋友也醒了。

半小时后，热那亚青年终于能开口讲话了。他详细讲述了事情的来龙去脉以及他们伪装成维京人的原因。埃德蒙打算一个人去城镇打探情况的事，他也跟伯爵讲了。他还说，埃德蒙希望伯爵能带领村民，攻击城镇；埃德蒙则会在同时安排飞龙号上的弟兄走海路攻击维京战船。伯爵直言村民是不会答应的。

"不过，我倒有个办法，或许能帮上你朋友的忙。"伯爵说道,"你的朋友明天晚上到那以后,我会带人佯攻城镇。如此一来,你的朋友撤退会容易许多。维京人后天要是派人出去追我们,你们到时候需要对付的敌人自然也会少许多。"

隔天上午,埃德蒙睡醒后,身上不怎么疼了,走路也不成问题了,这都多亏了村民的及时治疗。下午,伯爵给他派了一位向导,他跟着这位向导往城镇走去。

到了城镇边上,埃德蒙就让向导回去了,他自己则躲进了树丛。天黑以后,城镇边上可以看到营火。维京人为了提防突袭,专门派了一部分人马驻扎在城外,营火就是这部分人点的。他小心地绕过营火,走进城镇。进城后,埃德蒙就没什么好怕的了。天这么黑,也不会有人认出他,更不会有人盘问他。

走在街道上,埃德蒙可以听到屋内狂欢的声音。不过,街上基本看不到人。他一路往海岸的方向走,走到城镇尽头后,发现前面有一片美丽的花园,中间坐落着一座气派的府邸,花园里还有好几顶帐篷。晚上气温并不低,但花园的空地上还是生了好几堆篝火,好些个维京人正在边上饮酒作乐。

埃德蒙小心地避开了花园的篝火,走到府邸边上,他发现窗户都是开着的。第一扇窗户下面空无一人。第二扇

第十八章 重逢

窗户下面有不少维京人。这是一间很大的宴会厅，中间是一张马蹄形的长桌，大人物都坐在桌子边上，坐在主位上的正是斯韦恩，坐在他右手边的则是自己苦苦寻找良久的弗蕾达，其他位置上坐着的都是斯韦恩船队的船长以及他们的妻子。饭已经吃完了，这会儿他们正在喝酒。房间里有好几名侍者在来回走动伺候他们。桌子周围还站着不少维京战士，在别处吃完饭后，他们就跑来跟头领一起聊天、喝酒。

这对埃德蒙来说简直是天赐良机，他现在不行动，后面很难再遇上这样的机会了。门是开着的，他毫不犹豫地走了进去，混入了宴会。为了不让油灯的光线照到自己的脸，他一直站在后排。

他刚站定，就听到了斯韦恩的声音："奥多亚赛，我们的吟游乐师，给我们唱首歌吧，就唱《渡鸦之歌》好了"。

斯韦恩话音刚落，一位吟游乐师就拿着一把小竖琴，走到了屋子的正中央。乐师拨动琴弦，唱起了维京人最爱的歌曲。

唱完后，周围响起了热烈的喝彩声。他们纷纷将酒杯举过头顶，为"渡鸦"干杯。

当吟游乐师唱歌时，埃德蒙趁机悄悄走到窗边。伯爵说他这个点会发动佯攻，埃德蒙想听一听外面有没有动静。第一首歌曲唱完，吟游乐师又唱起了其他歌曲。外面还是没有动静，埃德蒙开始担心了——村民会不会胆怯，不敢来了。

突然，他发现远处有五六个光点。他把头探出窗外，隐约听到了呼喊声。光点越来越亮，不久以后，光点变成了熊熊燃烧的烈火。屋外的维京人大喊了起来，屋内的人虽然在尽情地狂欢，但还是有好几个听到了喊声，他们走到窗边一看，大惊失色。"斯韦恩！我们恐怕被袭击了，城外起火了。"

"那帮懦夫不可能有这个胆。"斯韦恩不屑地说，"我们四处征战，还没见过比意大利人更软弱的民族。"

"你自己过来看啊！城外有八处起火了，这不可能是巧合。"斯韦恩离开座椅，到窗边一看，发现果真起火了。

"天哪！还真起火了！"他惊呼道，"这肯定不是巧合，弟兄们，准备好武器。"他跟一名年轻战士吩咐道，"你立马跑到城外的哨所，看看究竟发生了什么。"

话音未落，一个维京人就气喘吁吁地从外面跑了进来。

"伯爵，赶紧带兵过去吧！"他跟斯韦恩说道，"敌人打过来了。我们本来在城外的营地里坐着，房子突然起火了。后来才知道，有几个意大利人悄悄潜入了哨所，火就是他们放的。我们看到火焰后匆忙起身，还不知道怎么回事呢，黑夜中就射来了许多支箭，不少人都被射死了。

第十八章 重逢

一大群意大利人杀了过来。这一下,我们死的弟兄就更多了。别的哨所什么情况,我不知道,但我估计敌人是同时发动进攻的。我的头儿让我赶紧过来送信,后面发生了什么,我也不清楚。"

"给我吹响集合的号角。"斯韦恩说道,"奥德里克,你带上二十个外面的守卫,护送女士们乘小船返回战船。剩下的弟兄,立马跟我赶过去帮忙。我还是不敢相信,这帮懦夫竟然有种过来跟我们交战。"

屋内的维京人都在忙着准备武器和盾牌,场面非常混乱。埃德蒙趁机走到了弗蕾达身后。她此时也跟别人一样,站了起来。

"飞龙号来了。"他轻声道,"几小时后,我们就会攻打斯韦恩的船。你上船以后,把门关好,等战斗结束了,再出来。"

弗蕾达听到他的声音,吓了一大跳,但她马上就控制住了自己的情绪,身体也不颤抖了。她感觉到埃德蒙牵了一下自己的手。但弗蕾达环顾四周,附近只有匆匆往外走的维京人。突然,她在人群中看到了那双熟悉的眼睛。二人对视片刻,埃德蒙便跟着人流走了出去。不一会儿,奥德里克带着护卫走进了屋里,他们将女士们护送到小船上,朝着不远处的战船划去了。

斯韦恩带着大部队，急忙向城外赶去。到达以后，战斗已经结束了，村民一击得手就撤退了。两三个哨所的人还没来得及反应，就全被杀光了。余下的倒是抵住了攻击，从营火边上有序地撤回了屋内，但很多人还是在撤退途中被射杀了。

斯韦恩等人得知损失惨重，十分恼火，但现在追击，也没有意义。为了提防敌人再度突袭，他们留下了一大批人，加强防守。随后，斯韦恩便带着大小首领返回宴会厅商量对策。

多数人都觉得他们第二天应该带大部队去复仇，但斯韦恩认为此举不妥。他说岛上各地的民众，搞不好都聚到一块了。意大利人之前从未发动过突袭，这次一反常态，多半有诈。他们要是真的出去了，搞不好会中埋伏；还有一种可能，他们一出去，城内空虚，意大利人就会趁机攻进来。他说保险起见，还是先不要急着复仇，等过几天，意大利人放松警惕了，再出兵也不迟。

众人就此讨论了一番，最终，斯韦恩的意见占了上风，他们决定过几天再采取行动。

第十九章　团圆

埃德蒙一出门就离开了维京人的大队伍，沿着海岸线，往飞龙号的方向走去。夜色一片漆黑，海水已经退潮了，他贴着海岸的浪花往前走，并不会迷路。海角附近，海浪猛烈地拍打着海岸的礁石，他没法继续沿海岸走了。不过，凭借着星星的指引，他还是顺利穿过了海角，来到了海湾。

飞龙号的艉楼上可以看到灯光。埃德蒙喊了一声，立马得到了回应。几分钟后，一条小船划向了岸边。乘小船返回飞龙号后，他立即跟埃格伯特、西格贝特商量对策。埃德蒙讲完城内的情况，得知村民当晚已经将两位受伤的同伴送了回来。埃德蒙又将一行人如何被愤怒的村民围攻以及后来如何死里逃生的事跟他们说了。

三人讨论了各种方案，最后决定第二天立即采取行动，营救弗蕾达。因为他们觉得天一亮，斯韦恩必定会带主要兵力出城，找当地人复仇。

他们计划乘飞龙号沿海岸向南行进。敌船上的人看到飞龙号以后，若是因人手不足，不采取行动，飞龙号就主动出击，和敌船交战。敌船虽然有好几艘，最小的也能装一百号人，但大多数人都还在岸上，再加上飞龙号突然发动袭击，敌人缺乏准备，应该还是有胜算的。

上午，飞龙号扬帆起航，沿海岸线航行。船沿海岸继续向南航行，距城镇还有两英里处时，船突然转向，朝大海驶去。埃德蒙这样做是为了制造假象——让维京人觉得他们这一刻，才突然发现前方有维京战船。飞龙号刚一转向，维京战船那边就有大动静。许多小船满载着人，从岸边驶向大船。不久以后，维京人就取出了大船的船桨，升起了船帆。

"好家伙，这么多人！"埃格伯特说道，"斯韦恩今天肯定没带人出去复仇，否则，船上不可能有这么多人。这场仗不好打啊！"

"他没走更好。"西格贝特说道，"要我说，我们光救弗蕾达，不惩罚斯韦恩，只能算成功了一半。他们尽管过来。"他冲着敌方的船队挥了挥手中的战斧："我的腿虽然不行了，但我的胳膊一点问题也没有。斯韦恩最好别碰上我，否则，我会让他后悔的。"

第十九章 团圆

飞龙号的苦役拿出了船桨,开始划船,撒克逊人则悉数躲在舷墙下面。几分钟后,维京战船集体出动,追击飞龙号。不过在维京人眼里,他们追的是一艘意大利船。风不大,这反倒帮了飞龙号,维京船队里有四艘大帆船,它们很快就被甩开了。别的维京战船航行都靠船员划桨,它们和飞龙号的距离倒是越来越小了。

埃德蒙欣喜地发现,跑在维京船队最前面的正是斯韦恩的那两艘船。他让苦役全速划船。追击的过程越长,那两艘船与后面船只的距离就越远。

两艘船追了几英里后,与飞龙号的距离缩短到了数百码,后面的船则被这两艘船拉了近四分之一英里的距离。实际上,打一开始,维京船队中能追上飞龙号的就只有这两艘。埃德蒙下令停止划船,装出一副放弃逃跑的样子。

斯韦恩的船离飞龙号越来越近,马上就要撞过来了。热那亚人根据事先安排,跑上艉楼大声喊:"你们只要放我们一条生路,我们就不会抵抗。"维京人听后发出了狂妄的笑声,随后跳上了飞龙号的甲板。

两艘船中,先靠过来的是斯韦恩本人的船。埃德蒙见状,忙让手下撤去船桨,方便敌船并靠——请君入瓮。维京人跳过来以前,飞龙号上鸦雀无声。等到斯韦恩带着一大帮人跳过来的一瞬间,埃德蒙一声令下,舷墙下的人应声而起,"杀呀""冲呀",扑向了惊慌失措的敌人。

跳上飞龙号的维京人,不是被斩了,就是被逼退回去。紧接着,撒克逊人纷纷纵身跃下,跳到维京战船上,一场激烈的厮杀就此展开。埃德蒙和西格贝特带着半数弟兄在船尾跟敌人交战,埃格伯特则带着另一半人在船首作战。撒克逊人本来是占优势的,要不是第二艘船赶了过来,他们很快就可以击垮对手。第二艘船上的人见斯韦恩陷入恶战,纷纷上前支援。撒克逊人刚才斩杀了不少维京人,但第二艘船的增援兵力赶到后,敌人再次占据了人数优势。

斯韦恩带头冲在前面,跟撒克逊人激烈交战。不过,他部下的状态就没那么好了,他们万万没想到,送上门的大礼会突然变成训练有素的撒克逊人。更离谱的是,竟然还有西格贝特伯爵!他们发现自己要跟这位德高望重的伯爵交手后,都有些不知所措。

斯韦恩认出埃德蒙后,立马左手抡着巨斧杀了过来。不消说,他想取了这个宿敌的性命。埃德蒙虽然身体强壮、战斗经验丰富,但在斯韦恩雨点般的猛攻下,他也有些招架不住。不过,西格贝特很快就给二人的战斗画上了终止符。他用力掷出的标枪直接刺穿了斯韦恩的身体。

斯韦恩砰的一声倒在了甲板上。

维京人看到首领战死,战意尽失,纷纷逃到了另一艘

第十九章 团圆

船上。紧跟着，艉楼舱室的门被打开了，从里面跑出来的正是弗蕾达。她激动地跟父亲抱在了一起。

"西格贝特，赶快回飞龙号！"埃德蒙赶忙向众人喊道，"我们一刻也耽误不起，后面的船马上就要追上来了。"

撒克逊人回船以后，苦役立即划动船桨。后面的船赶到的一刹那，飞龙号刚好出发。一部分撒克逊人向身后的追兵射箭、投掷标枪；另一部分人则在埃德蒙的号令下，火速下到船底，跟苦役一起划船。这么多人同时划桨，飞龙号的速度一下子提了上去，跟维京战船也逐渐拉开了距离。不久以后，维京战船就在撒克逊人的射程以外了。维京人又追了一小会儿，见怎么也追不上便放弃了。

飞龙号上传来了胜利的欢呼声。埃德蒙刚才一直在忙着指挥，现在他终于可以喘口气了。弗蕾达就站在西格贝特身边，埃德蒙深情地说："让你苦等了这么久，真是抱歉。不过，你父亲可以作证，我已经竭尽全力了。感谢老天，我的努力总算没白费。"

"埃德蒙，我从来没有怀疑过你。我知道，你总有一天会来救我的。要不然，我也不可能抵得住斯韦恩的威逼利诱。你为我付出了这么多，我该如何报答你啊？"

"弗蕾达，我和你父亲说过了，他愿意将你许配给我。当然，前提是你得愿意。五年前，我跟你承诺过，只要你愿意等，我肯定会来找你。从那以后，我就再也没有想过别的女人了。"

"我一直都在等你。"弗蕾达双眼满是柔情，"你要是不来，我永远都不会嫁人。你是我唯一的英雄，你还记得你在亨伯河河口登上我们船的那一天吗？打那一天起，我就爱上你了。"

"埃德蒙，我女儿就交给你了。"西格贝特郑重地说道，"你正大光明地赢得了她的心。有你照顾她，我非常放心。我现在正式宣布，你们订婚了。"

这一幕，飞龙号上的船员都是见证人。西格贝特将弗蕾达的手放到埃德蒙的手心，船员们大声喝彩。他们早就猜到，郡长带着他们千里迢迢来救这位姑娘，定是为了爱情。如今，远航能有这样一个美好的结局，他们都非常高兴。

过了一会儿，埃德蒙跟弗蕾达说："弗蕾达，我们以前讨论过信仰。这几年，你肯定也仔细考虑过这个问题。许多生活在英格兰的维京人都改信基督教了，我相信你也会跟他们一样。如此一来，你就不用依照维京人的习俗嫁给我了，我们可以在教堂举行婚礼。"

"我确实仔细考虑过这个问题。"弗蕾达看上去若有所思，"上帝倡导和平，奥丁却喜欢战争。不过，我在放弃父辈的信仰之前，如果能有机会深入了解一下就好了。"

"这个简单。"埃德蒙说道,"你父亲不反对的话,我可以把你送到罗马的女修道院待一段时间。亲爱的弗蕾达,别担心,时间不会太长的。这段时间,我会跟飞龙号的弟兄到海上碰碰运气,看看能不能虏获几艘黑斯廷的战船,抢些战利品。大家跟我跑了这么远,我希望他们可以满载而归。"

弗蕾达和西格贝特都同意了。西格贝特说:"埃德蒙,我就不去了。我跟斯韦恩战斗,是因为我们有个人恩怨,但我决不能跟我的同胞开战。我就留在罗马陪弗蕾达好了。往后我打算跟你一块去英格兰,我在别的地方没有任何牵挂。我最在乎的女儿都要去英格兰了,我自然也要跟去。我也可以趁此机会,在罗马跟撒克逊人好好交流交流,提前了解一下英格兰。到那边以后,你要是不嫌弃,我想住在你家里。这样,我也可以离你和我的女儿近一些。"埃德蒙欣然同意。

飞龙号到达罗马,埃德蒙为西格贝特父女安排了住处。撒克逊人得知了他们的想法,都非常高兴,很快就安排好了一切。随后,飞龙号再次出海,前往西西里海岸。埃德蒙一行人虏获了不少维京船只——多半装有大量战利品。

一个月以后,飞龙号返回罗马。埃德蒙为西格贝特父女安排了隆重的受洗仪式。随后不久,埃德蒙和弗蕾达成婚,教皇本人出席了婚礼,并为新人献上了祝福。当天,

第十九章　团圆

许多罗马民众都放下了手头的事务，专门赶往教堂围观这一场盛大的典礼。

终于，飞龙号要回家了。埃德蒙一行人从罗马出发，前往英格兰，一路顺风顺水。撒克逊人得知这一消息都非常高兴。飞龙号船员帮法兰克人守卫巴黎的事，他们都听说了，但自此以后，飞龙号就像人间蒸发了一般。他们都以为船落到了敌人手中，船员也都不幸遇害了。如今，飞龙号不仅安然返航，还带回了大量的战利品。这怎么能说不是天大的好消息呢？阿尔弗雷德国王闻讯，更是亲自赶往舍伯恩，为埃德蒙接风。

国王见到弗蕾达，笑着跟埃德蒙打趣道："你对我们撒克逊姑娘一点都不感兴趣，原来是这个原因啊！我见到这位小姐，就什么都懂了。你一点也没做错。你美丽的新娘能来英格兰，我非常欢迎。"

国王三天后离开了舍伯恩。临行前，他嘱托埃德蒙好好管理封地。飞龙号带回了大量的战利品，凡是跟着埃德蒙一起出去的船员，回来后都成了富人，舍伯恩也因此变得更加富有。

在埃德蒙离开期间，国王推行了许多新的政策。审判制度就有不小的变动。原先，审判权掌握在各郡郡长手中。但如今，王国有一批专门的法官，各地如有需要审判的案件，必须请法官前去审理。埃德蒙很支持这一变化。大多数郡长办案，都会尽心尽力，但他们还有许多别的事务要操心。另外，他们有时处理不好会引发民怨和争端。法官审理案件，可有效避免此类问题。因为他们大多是外地人，办案不会偏袒任何一方。

按照传统，任何人受洗，都要取教名，弗蕾达也不例外，但在埃德蒙的争取下，她的名字变化不大。她原先叫"弗蕾达"，她的教名是"艾尔弗蕾达"。但埃德蒙还是称呼她为"弗蕾达"。这个习惯，他保持了一辈子。当地的民众非常爱戴弗蕾达，她到舍伯恩没多久，名望就与埃德蒙不相上下了。

西格贝特的教名是"哈罗德"。他在英格兰开启了新生活，和埃格伯特成了挚友。埃德蒙为了方便和他们往来，专门在自己的府邸边上盖了一栋房子，供他们居住。

884年，阿尔弗雷德国王收到情报，东盎格利亚的维京人再次和家乡的维京人以及法兰克的维京人建立了联系。英格兰的和平局面有可能会被再次打破。国王命令各地的大小首领做好战争准备，为封地的适龄男子备好武器，并定期组织训练，以确保每个人都可以熟练使用武器。

封地在滨海地区的郡长还需建造战船，如此一来，维京战船不论从哪里攻过来，撒克逊人都可以乘船迎敌。埃

第十九章 团圆

德蒙受命成了所有战船的总指挥。战船建造期间，他要到各个港口监督战船的建造过程；战船造好后，他要组织演习，训练船员的海上作战技巧。

884年冬，飞龙号再次派上了用场，埃德蒙为船配齐必要的兵力和装备后，便乘船往返于各个港口。弗蕾达对大海有着深厚的情感，有出海的机会，她自然不会放过，西格贝特和埃格伯特也一样。

885年5月，维京人大举入侵。阿尔弗雷德国王收到情报，有大批维京人在肯特王国罗切斯特附近上岸并将其包围。他立马召集手下兵力。几天后，国王率领大军赶往肯特。罗切斯特民众的守卫战打得非常出色，维京人拼尽全力，依旧无法杀入城门。

撒克逊大军快马加鞭，等维京人收到消息，大军都快赶到罗切斯特了。要不是刚好有一支外出抢掠的维京队伍听到风声，赶回去通风报信，维京人肯定会被打个措手不及。维京人得知撒克逊大军马上就要攻过来，无不惊慌失措，纷纷跑回船上。他们甚至都来不及把俘虏、从法兰克带过来的马匹以及刚刚从罗切斯特周边抢来的财物搬到船上。撒克逊人明显做足了战斗准备，大多数维京人见讨不到好，便乘船返回了法兰克。不过，还有一部分维京人不死心，他们乘着十六艘船驶入斯陶尔河，打算去和东盎格利亚的盟友会合。

国王命令船队赶往梅德韦集合。半个月后，南方各港口的战船都到齐了。船队满载着撒克逊人，向斯陶尔河杀去。河上的对手被扫除干净，撒克逊人为了严惩东盎格利亚，上岸大肆破坏了一番。后来，埃塞尔斯坦集结了东盎格利亚所有港口的战船以及同胞从法兰克派来的战船再次开战。此役，阿尔弗雷德国王率领的船队损失不小，但依旧成功突围。

维京人在这两场海战中充分感受到了撒克逊人的勇气。维京首领罗洛为了支援埃塞尔斯坦，专程从诺曼底赶来，但这次交手过后，他还是觉得少惹撒克逊人为妙。

886年春天，国王召集部队，围攻伦敦。维京人长期霸占伦敦，国王这次出兵打算解放伦敦。埃塞尔斯坦收到了情报，但没敢发兵支援。城市虽然最终攻了下来，但伦敦的大半部分都在围城过程中被烧毁了。国王又安排人手，重新建城，并邀请原先的伦敦居民回来居住。他还颁布诏令：凡是愿意在伦敦定居的，都可享受优惠条件。城墙和城市的防御工事完工后，国王将伦敦的管理工作交给了麦西亚的埃塞雷德郡长。此后，阿尔弗雷德国王和埃塞尔斯坦再次达成和平共处的约定，双方也确实好几年没交战。

893年，二百五十艘维京战船从布洛涅出发，驶往英

第十九章 团圆

格兰。他们最后在肯特的威尔德靠岸。维京人上岸后,在森林里过冬,他们时不时会到肯特、苏塞克斯以及汉普郡的开阔地带实施抢掠,但是都遭到了村里以及镇上留守的撒克逊人的顽强抵抗。大概同一时间,黑斯廷率领八十艘船驶入泰晤士河。他上岸后,带领部下在米尔顿修建了坚固的要塞。

阿尔弗雷德国王为了对付敌人,在威尔德与米尔顿的中间位置挑选了有利的地理位置。如此一来,不论哪边的维京人有所行动,撒克逊军队都可以及时应对。

893年复活节后,双方在米尔顿展开大战。这是一场史诗般的大战,撒克逊人士气高涨,最终占据上风,击败对手,攻占要塞。维京人之前搜刮的财物,总算物归原主了;维京人的家眷则成为撒克逊人的俘虏,其中包括黑斯廷的妻子以及两个儿子;维京船队也落到了撒克逊人手里,船不是被烧了,就是被带回了伦敦。不久以后,东盎格利亚和诺森布里亚派出了一大支船队。但这支部队在中道就被麦西亚的埃塞雷德歼灭了。

894年,维京人再次出击。他们的船队行至伦敦北部靠岸。维京人上岸后,在伦敦北部二十英里处修建了要塞。阿尔弗雷德国王在利亚河下游修筑了两处要塞,并在河面布设了成捆的树枝,阻碍船只通行。维京人得知他们的退路被切断后,舍弃了船只,走陆路赶往塞文河沿岸的科特布里奇。维京人留下的船只落入伦敦人的手中,小船不是被破坏了,就是被烧了,大船则被带回了伦敦。维京人多次被击败,再也没有继续跟撒克逊人交战的心气了。他们征服英格兰的念想,自然也放弃了。不久以后,他们乘船前往法兰克。

899年,阿尔弗雷德国王与世长辞,总共在位二十九年零六个月。在他统治期间,英格兰文明有了长足的发展。他在位的前几年,维京人占领了威塞克斯,但在他的英明统率下,撒克逊人成功地赶走了维京人。之后,他励精图治,威塞克斯乃至整个英格兰都因他的努力,逐步走向繁荣。这也是后世尊称他为阿尔弗雷德大帝的原因。在他的治理下,大批的公共建筑得以建成;城镇得以重建和美化;文化也得以高速发展;法规被编纂成册,严格施行,审判制度也拥有了牢固的根基;王权更是得到了极大的增强。过去,郡长在自己的封地拥有极高的权力,甚至可以摆脱国王做决策,封地颇有独立王国的意味。不过,自阿尔弗雷德国王以后,郡长成了国王的正式官员,必须听命于国王。农奴制虽然没有被彻底废除,但奴隶的数量明显得到了控制,奴隶的日子也没那么难过了;另外,艺术和制造业也取得了巨大的进步。

第十九章　团圆

埃德蒙和弗蕾达的离世时间比国王晚许多年。在二人的努力下，舍伯恩经济繁荣、社会秩序井然。整个王国都没有几个地方可以跟舍伯恩相提并论。埃德蒙去世后，历任的郡长都由他的后代担任。直到征服者威廉入主英格兰，这一脉才被斩断。黑斯廷斯一役，威廉大败对手，撒克逊人死伤无数，其中就包括埃德蒙的后代。这一分水岭以后，飞龙号的船首在舍伯恩的大礼堂陈列了多年。埃德蒙郡长当年英勇抗击维京人，本地人想以此纪念他的传奇经历。

—小竹马童书—
世界少年经典文学书屋